PERSEGUIDOS

James Patterson y Andrew Gross

Perseguidos

Traducción de Alberto Magnet

Argentina • Chile • Colombia • España
Estados Unidos • México • Uruguay • Venezuela

Título original: *Lifeguard*
Editor original: Little, Brown and Company, New York
Traducción: Alberto Magnet

© 2005 *by* James Patterson
   First published by Little, Brown and Company, New York, NY.
   All Rights Reserved
   Published by arrangement with Linda Michaels Limited.
© de la traducción 2006 *by* Alberto Magnet
© 2006 *by* Ediciones Urano, S. A.
   Aribau, 142, pral. – 08036 Barcelona
   www.umbrieleditores.com

ISBN: 84-89367-10-8
Depósito legal: B. 37.320 - 2006

Fotocomposición: Ediciones Urano, S. A.
Impreso por Romanyà Valls, S. A. – Verdaguer, 1 – 08760 Capellades (Barcelona)

Impreso en España - *Printed in Spain*

Los autores desean agradecer a las siguientes personas su ayuda para escribir este libro. A Sunny y Don Sweeney, nativos de Brockton y amigos. A Jennifer Genco y al equipo de los Breakers en Palm Beach. Y a Steve Vasblom, de Auckland, un neozelandés loco, aunque cada año que pasa tiene sus pies más firmemente anclados en la tierra.

PRIMERA PARTE

El golpe perfecto

1

—No te muevas —le dije a Tess, sudando y sin aliento—. Ni siquiera parpadees. Y si respiras, sé que me despertaré y entonces tendré que volver a arrastrar tumbonas de un lado a otro junto a la piscina, imaginándome a esta chica preciosa con la que sé que podría pasar algo increíble. Y todo esto no habrá sido más que un sueño.

Tess McAuliffe sonrió, y en esos ojos azules y profundos vi aquello que me parecía tan irresistible en ella. No era sólo que fuera la proverbial mujer diez. Tess era algo más que bella. Era una mujer delgada y atlética, y llevaba su abundante cabello cobrizo recogido en una larga trenza. Tenía una risa que contagiaba las ganas de reír. Nos gustaban las mismas películas: *Memento, Los Tenenbaum, Casablanca*. Nos reíamos casi siempre con los mismos chistes. Desde que la conocía, era incapaz de pensar en otra cosa.

En sus ojos asomó un brillo de simpatía.

—Lo siento, Ned, pero no nos queda otra alternativa que correr ese riesgo. Me estás aplastando el brazo.

Me empujó y yo quedé tendido de espaldas. Las sábanas impecables de la cama en la elegante *suite* de hotel estaban arrugadas y húmedas. Mis pantalones vaqueros, su *sarong* con estampado de leopardo y la parte inferior de su biquini negro habían quedado tirados por el suelo en algún lugar. Apenas media hora antes, estábamos sentados frente a frente en el minúsculo Café Boulud de Palm Beach, mordisqueando sin ganas unas hamburguesas estilo Daytona Beach (a treinta dólares la pieza): solomillo picado relleno de *foie-gras* y trufas.

De pronto, sus piernas rozaron las mías. Tuvimos el tiempo justo para llegar hasta la cama.

—Aaah —suspiró Tess, apoyándose en el codo—. Así está mucho mejor. —Tres brazaletes de oro de Cartier tintinearon flojamente en su muñeca—. Y mira quién está aquí todavía.

Respiré hondo. Palpé las sábanas a mi alrededor. Me golpée el pecho y las piernas, como para asegurarme.

—Sí —dije sonriendo.

El sol de la tarde penetraba de través en la *suite* Bogart del hotel Brazilian Court, un lugar donde yo apenas podría pagarme una copa, por no hablar de las dos lujosas habitaciones sobre el patio donde Tess se alojaba desde hacía dos meses.

—Espero que sepas, Ned, que este tipo de cosas no ocurren muy a menudo —dijo, algo incómoda, mientras apoyaba el mentón en mi pecho.

—¿A qué tipo de cosas te refieres? —inquirí mirándome en sus ojos azules.

—Ay, ¿qué habré querido decir? Aceptar una invitación a comer con alguien que sólo he visto dos veces en la playa. Venir con él aquí en pleno día.

—Ah, te refieres a eso… —dije encogiéndome de hombros—. A mí es algo que me sucede al menos un par de veces por semana.

—Con que sí, ¿eh? —dijo hincando el mentón con fuerza en mis costillas.

Nos besamos y yo sentí que, una vez más, *algo* comenzaba a despertarse entre nosotros. El sudor de sus pechos era tibio, delicioso, y con la palma de la mano recorrí sus muslos largos y suaves hasta llegar a su trasero. Algo mágico ocurría. No podía dejar de acariciarla. Casi había olvidado que era posible sentirse tan bien.

Allá de donde yo vengo lo llaman *tener dos ases*. Al sur de Boston. El pueblo se llama Brockton. Es como ver dos partidos contra los Yankees en un solo día. O encontrar un billete de cien dólares olvidado en unos pantalones vaqueros viejos. O ganar la lotería.

El golpe perfecto.

—Estás sonriendo —dijo Tess, alzando la mirada y apoyándose en un codo—. ¿Quieres contarme de qué va el chiste?

—No es nada. Sólo el hecho de estar aquí contigo. Ya sabes lo que dicen… Desde hace un tiempo, la única suerte que he tenido es la mala suerte.

Tess movió las caderas, sólo un poco y, como si lo hubiéramos hecho cientos de veces, volví a encontrarme dentro de ella, suavemente. Me quedé un instante mirando esos ojos de color azul claro, en aquella *suite* elegantísima, en pleno día, con esa mujer increíble que hacía sólo unos días habría sido algo impensable en mi vida.

—Y bien, felicidades, Ned Kelly. —Tess me puso un dedo en los labios—. Creo que tu suerte está empezando a cambiar.

2

Había conocido a Tess cuatro días antes, en una bella playa de arena blanca del North Ocean Boulevard de Palm Beach.

Yo siempre me presentaba como «Ned Kelly». *Como el bandido*. Suena bien en un bar, en medio de una muchedumbre agitándose alrededor. Aunque con la excepción de un par de australianos que bebían cerveza y unos cuantos ingleses, nadie sabía de qué hablaba.

Aquel martes, estaba sentado en la playa después de haber limpiado la cabaña y la piscina en la propiedad donde trabajaba. Yo era el encargado de la piscina, y me ocupaba de los recados de *mister* Sol Roth (Sollie para los amigos). Roth es el propietario de una de esas casas que están siempre en construcción, al estilo de las casas de Florida que uno ve desde la playa al norte del hotel Breakers y luego se pregunta: *Vaya, ¿quién será el dueño de eso?*

Yo mantenía limpia la piscina, lustraba su colección de coches antiguos de Ragtops, pasaba a recoger las novelas de misterio escogidas especialmente para él por sus amigas Cheryl y Julie en la librería Classic, incluso jugaba al *gin rummy* con él al borde de la piscina al final del día. Él me alquilaba una habitación en la casa encima del garaje. Sollie y yo nos conocimos en el Ta-boó, donde yo trabajaba de camarero por las noches los fines de semana. En aquella época también trabajaba media jornada de socorrista en Midtown Beach. Sollie, como él mismo solía decir en broma, me hizo una oferta que yo no pude rechazar.

Hace algún tiempo, estuve en la universidad. Hice un intento de vivir la «vida real». Incluso enseñé en un colegio durante un tiempo allá en el norte, hasta que todo aquello se estropeó. Es probable que mis compañeros se asombraran si supieran que en una época pensé en hacer un máster. En educación social, en la Universidad de Boston. ¿Un máster en *qué?*, preguntarían. ¿En administración de playas?

Así que ese bello día yo estaba sentado contra la pared al final de la playa. Le hice señas a Miriam, que vivía en la gran casa de estilo mediterráneo de al lado y que a esa hora paseaba por la playa a sus terriers yorkshire, *Nicholas* y *Alexandra*. Otra de las vecinas de Sollie, Melanie Butschere, la famosa biógrafa, paseaba con sus hijos Michael y Peter. Los chicos son Fescoe (su padre es el dueño de los Red Sox), pero Melanie ha conservado el apellido con que siempre ha firmado sus libros. Un par de chicos practicaban *surfing* a unos cien metros de la orilla. Yo había pensado en hacer algo de ejercicio, nadar y volver a correr. Hacer un kilómetro y medio de *footing* a lo largo de la playa, volver nadando y luego volver corriendo a toda velocidad. Todo el rato mirando hacia el mar.

Y, de pronto, como en un sueño, ahí estaba ella.

Con un estupendo biquini azul, con el agua hasta los tobillos. Su pelo largo y cobrizo recogido en un moño con unos cuantos rizos sueltos.

Sin embargo, enseguida vi que había un aire de tristeza en su expresión. Tenía la mirada perdida en el horizonte. Me dio la impresión de que se secaba los ojos.

Tuve una intuición repentina… La playa, las olas, la chica guapa que sufría un desengaño amoroso… como si estuviera a punto de cometer una locura.

En mi playa.

Así que me dirigí hacia ella trotando por la orilla.

—Oiga…

Me llevé la mano a la frente como visera y miré aquel rostro bellísimo.

—Si está pensando en lo que me parece, yo no se lo aconsejaría.

—¿Pensando en qué? —preguntó ella, mirándome con expresión de sorpresa.

—No lo sé. De repente veo a una chica guapa en la playa secándose los ojos y mirando tristemente hacia el horizonte. ¿No había una película con una escena como ésta?

Ella sonrió. En ese momento supe, sin dudarlo, que había estado llorando.

—¿Quiere decir, cuando la chica sale a darse un baño una tarde de mucho calor?

—Sí —dije, encogiéndome de hombros, de pronto un poco avergonzado—, a ésa me refería.

Ella llevaba una delgada cadena de oro al cuello y tenía un bronceado perfecto. Por su acento parecía de Inglaterra. Dios, era despampanante.

—Supongo que sólo estaba tomando mis precauciones. No quería encontrarme con un accidente en mi playa.

—¿Su playa? —preguntó mirando hacia la casa de Sollie—. Y supongo que ésa también es su casa —dijo sonriendo. Era evidente que jugaba conmigo.

—Claro que sí. ¿Ve esa ventana encima del garaje? Mire, desde aquí puede verla —dije, y la hice volverse—, a través de las palmeras. Si se inclina de este lado...

Como si fuera una respuesta a mis plegarias, conseguí que riera.

—Ned Kelly —dije, y le tendí la mano.

—¿Ned Kelly? ¿Como el bandido?

La volví a mirar. Nadie jamás me había preguntado eso. Me quedé ahí parado, sonriendo como un burro atontado. Creo que ni siquiera le solté la mano.

—Sidney. De Nueva Gales del Sur —dijo ella, con toda la fuerza de su acento australiano.

—Boston —dije yo, devolviéndole la sonrisa.

Y fue así como empezó. Conversamos un poco más, de cómo llevaba unos cuantos meses viviendo allí y de sus largas caminatas por la playa. Dijo que quizá volvería a pasear al día siguiente. Y yo le dije que quizá yo también estaría por allí. Mientras la miraba alejándose, pensé que no sería nada raro que se estuviera riendo de mí detrás de esas gafas de Chanel de cuatrocientos dólares.

—Por cierto —dijo de pronto dándose la vuelta—, es verdad que había una película. *Humoresque*. Con Joan Crawford. Debería confirmarlo.

Esa noche alquilé *Humoresque*, que acababa con la bella heroína que se adentraba en el mar y se ahogaba.

Y el miércoles Tess volvió. Tenía un aspecto aún más despampanante, con su bañador negro y un sombrero de paja. No parecía triste. Fuimos a nadar y le dije que le enseñaría a hacer *bodysurf,* y durante un rato me siguió la corriente. Y luego, cuando la solté, agarró una ola en el momento preciso y se montó en ella como una profesional. Me miró desde la orilla y se puso a reír.

—Vengo de Australia, tonto. También tenemos nuestro Palm Beach. Justo más allá de Whale Beach, al norte de Sidney.

Quedamos en reencontrarnos para una «cita» en el Brazilian Court, dos días más tarde. Ella se alojaba allí, uno de los sitios más exclusivos de la ciudad, a unas cuantas manzanas de Worth Avenue. Fueron dos días que me parecieron una eternidad. Cada vez que sonaba mi teléfono móvil, pensaba que era ella la que llamaba para cancelar la cita. Pero no la canceló. Nos encontramos en el Café Boulud, donde hay que reservar con un mes de antelación a menos que uno sea Rod Stewart o alguien por el estilo. Yo estaba muy nervioso, como un adolescente en su primera cita. Ella ya estaba sentada a la mesa, y llevaba un vestido muy sexy, sin tirantes. Yo no podía quitarle los ojos de encima. Ni siquiera llegamos al postre.

3

—Así que estoy pensando que ésta es una de las diez tardes más alucinantes de mi vida. —Crucé los brazos por detrás de la cabeza y le hice cosquillas a Tess juguetonamente con los pies. Estábamos los dos desparramados sobre su amplia cama en la *suite* de su hotel.

—Así que trabajaste de socorrista en Midtown Beach —dijo ella—. Antes de dejarte mantener. ¿A qué se dedica un socorrista en Palm Beach?

Yo sonreí, porque era evidente que Tess me lo estaba poniendo fácil.

—Un verdadero socorrista es un auténtico hombre del mar —dije con un dejo de malicia—. Observamos el mar. ¿Está tranquilo? ¿Está agitado? ¿Hay espuma que anuncia aguas revueltas? Advertimos al bañista dormido de piel blanca que debe darse media vuelta para freírse la otra mitad del cuerpo. De vez en cuando rociamos con vinagre a los que se han topado con medusas. Ese tipo de cosas.

—Pero ¿ahora te mantienen? —preguntó, y sonrió.

—Quizá, podría ser —dije.

Ella se volvió. En sus ojos asomó un brillo totalmente genuino.

—Ya sabes lo que he dicho de que tu suerte está cambiando, Ned. Puede que yo empiece a sentirme de la misma manera.

Yo no podía creer que alguien como Tess McAuliffe me estuviera diciendo de verdad eso a mí. Todo en ella era pura clase y refinamiento. Quiero decir, yo no era precisamente un hombre cualquiera. Sabía que si me tocaba participar en el espectáculo, sería una de las atracciones. Pero mientras la abrazaba, no podía dejar de preguntarme qué era lo que le daba ese aire tan triste. ¿Qué ocultaba en sus ojos aquel primer día en la playa?

Mi mirada vagó lentamente hasta el reloj antiguo sobre el escritorio desplegable que había frente a la cama.

—Dios mío, Tess.

Eran casi las cinco. La tarde ya se había consumido.

—Sé que me arrepentiré de pronunciar estas palabras…, pero tengo que irme.

Vi que en su semblante asomaba la misma tristeza que había visto unos días antes. Y entonces lanzó un suspiro.

—Yo también.

—Escucha, Tess —dije mientras metía una pierna en los vaqueros—, yo no sabía que hoy iba a pasar esto, pero tengo algo que hacer. Puede que no te vea en unos cuantos días, pero cuando vuelva a verte, las cosas serán diferentes.

—¿Diferentes? ¿En qué sentido?

—Conmigo. Para empezar, no tendré que ocuparme de que la gente no se meta en líos en la playa.

—Me gusta que te ocupes de que la gente no se meta en líos en la playa —dijo ella sonriendo.

—Quiero decir que seré libre. Para hacer lo que tú quieras. —Comencé a abrocharme la camisa y a buscar mis zapatos—. Podríamos ir a algún sitio. A las islas. ¿Te parece buena idea?

—Claro que me parece una buena idea —dijo, y volvió a sonreír, aunque vacilante.

Le di un largo beso, un beso que decía: *Gracias por una tarde maravillosa.* Y luego tuve que hacer acopio de toda mi voluntad, pero la verdad era que mi gente me esperaba.

—Recuerda lo que he dicho. No te muevas. Ni siquiera parpadees. Quiero recordarte exactamente como estás.

—¿Qué intenciones tienes, Ned Kelly? ¿Robar un banco?

Me quedé parado en la puerta. La miré un rato largo. La verdad es que me ponía caliente el solo hecho de que me hiciera esa pregunta.

—No lo sé —dije sonriendo—, pero un hombre tiene que hacer lo que tiene que hacer.

4

Un banco, no, pensaba mientras subía al viejo Pontiac Bonneville descapotable y me dirigía hacia el puente en West Palm sintiéndome en el séptimo cielo. Pero Tess no se equivocaba demasiado. Se trataba de una oportunidad única que no podía dejar pasar y que iba a cambiar mi vida.

Como he dicho, vengo de Brockton. Hogar del Maravilloso Marvin Hagler y de Rocky Marciano. Distrito Cuatro, Perkins Avenue, al otro lado de las vías del tren. Cualquier habitante de Brockton sabe que hay barrios, *y que luego está la Jungla.*

Cuando yo era pequeño, la gente decía que una cuarta parte de Brockton era negra, otra cuarta parte italiana, otra irlandesa, otra sueca y polaca, y que había otra «cuarta» parte con la que nadie quería tener líos. Barrios difíciles de casas adosadas en estado ruinoso, iglesias y ruinas de fábricas cerradas.

Y la Jungla era lo más duro. Pertenecíamos a pandillas. Todos los días había pelea. Ni siquiera se la llamaba pelea si alguien no se rompía un hueso. La mitad de los chicos que conocía acabaron en reformatorios o en programas de rehabilitación juvenil. Los chicos buenos hacían unas cuantas asignaturas en una escuela técnica, o se marchaban un año al noreste antes de empezar a trabajar en el restaurante de sus padres. O, si no, optaban por trabajar en la ciudad. Polis y bomberos, ésas eran las especialidades que Brockton daba de sí. Además de boxeadores.

Y, se me olvidaba, bandidos.

No es que fueran malas personas. Pagaban por sus casas. Se casaban y sacaban a pasear a la familia para celebrar cumpleaños y comuniones, como todo el mundo. Eran propietarios de bares y se hacían socios del Rotary. Organizaban barbacoas los domingos y animaban a los Sox y a los Pats hasta quedar afónicos. Y es verdad

que, a la vez, se dedicaban al juego. O traficaban con coches robados. O le abrían la cabeza a algún pobre desgraciado de vez en
cuando.

Mi padre era de ese tipo de hombres. Pasaba más tiempo en el
Souz, en Shirley, que sentado a nuestra mesa a la hora de cenar. Todos los domingos nos poníamos corbata, subíamos al Dodge y hacíamos el trayecto para visitarlo en la cárcel, él siempre vestido con
su traje naranja. He conocido a cien tíos como él. Todavía sigo co-
nociéndolos.

Lo cual me recuerda a Mickey, Bobby, Barney y Dee.

Los conozco desde que tengo uso de razón. Todos vivíamos en
un radio de cuatro manzanas. Entre Leyden y Edson y Snell. Lo sabíamos todo acerca de cada cual. Mickey era mi primo, hijo de mi
tío Charlie. Tenía el físico de una percha de alambre, pelirrojo y lleno de rizos, pero era uno de los hijos de puta más duros de toda la
historia de Brockton. Era seis semanas mayor que yo, pero parecía
que fueran seis años. Me metió en líos más veces de las que puedo
contar, pero fueron más las veces que me salvó. Bobby era primo
de Mickey pero no mío. Para mí había sido como un hermano mayor, desde que mi verdadero hermano mayor murió en un tiroteo.
Dee era la mujer de Bobby y habían estado juntos desde antes de
lo que se pueda recordar. Barney era uno de los personajes más di-
vertidos que jamás he conocido. También fue mi protector durante todos los años del instituto.

Pasábamos todos los veranos trabajando en el Vineyard. De camareros en los bares, atendiendo las mesas, haciendo algún «tra-
bajillo» de vez en cuando para pagar las cuentas. En los inviernos
veníamos aquí. Aparcábamos los coches en los clubes, trabajábamos de tripulantes en los barcos de turismo, de botones en los ho-
teles y en las empresas de *catering*.

Quizá alguien que viviera una vida convencional diría que éramos un atajo de gamberros. Pero se equivocaría. La gente suele decir que uno no puede escoger la familia en la que nace, pero se puede escoger a la gente que uno ama. Y para mí ellos eran más que
una familia. Lo demostraron cientos de veces.

Hay dos tipos de personas que vienen de Brockton. Los que intentan salir adelante ahorrando unos cuantos centavos cada semana (lo que no se lleva el Gobierno se lo lleva la Iglesia) y los que nunca dejan de esperar, vigilantes, con los ojos bien abiertos y atentos a esa gran, única oportunidad.

De vez en cuando, ésta se daba de verdad. Era la oportunidad que no se podía dejar pasar. La oportunidad que podía sacarte de esa vida.

Y hacia allá iba yo, cuando salí de la *suite* de Tess en el Brazilian Court.

Mi primo Mickey lo había montado.

El golpe perfecto.

5

En cuanto Ned se marchó, Tess se dejó caer en la cama con un suspiro de alegría e incredulidad.

—Tienes que estar loca, Tess. Estás loca de verdad.

Loca por entregarse a alguien como Ned, sobre todo con las cosas que estaban sucediendo en su vida.

Pero en Ned había algo que no la dejaba detenerse. Quizá fueran sus ojos, su aspecto de niño bueno. Su inocencia. Su manera de acercarse a ella en la playa, como si fuera una dama en apuros. Hacía mucho tiempo que nadie la trataba así. Que la *deseara* así. Y eso le gustaba. ¿A qué mujer no le gustaba? Si él supiera...

Ahora seguía enredada, refugiada entre las sábanas, reviviendo cada pequeño detalle de esa tarde maravillosa. Y en ese momento escuchó la voz.

—El siguiente. —Estaba ahí, con una mueca sonriente, inclinado en el umbral de la puerta de la *suite*.

Tess se quedó helada. Ni siquiera había oído la llave en la puerta de la habitación.

—Me has asustado —dijo, y se tapó con las sábanas.

—Pobre Tess. —El hombre sacudió la cabeza y lanzó la llave dentro de un cenicero sobre la mesa—. Veo que las comidas en el Boulud y el Ta-boó han empezado a aburrirte. Te has aficionado a recorrer las escuelas y a recoger a chicos después de las prácticas de selectividad.

—¿Estabas mirando? —preguntó Tess irritada. Era típico de aquel cabrón. Pensar que tenía el derecho de hacer eso—. Simplemente sucedió. —Tess se echó hacia atrás, como avergonzada. Pero la avergonzaba todavía más tener que justificarse—. Él cree que soy alguien. No como tú...

—Simplemente sucedió. —El tipo entró en la habitación y se quitó su chaqueta deportiva Brioni—. Simplemente sucedió, como que os visteis en la playa. Y luego tú volviste. Y luego los dos os encontrasteis como por casualidad para comer en el Boulud. Con un *socorrista*. Qué romántico, Tess.

Ella se incorporó en la cama.

—¿Me has estado siguiendo? Anda, que te den por culo.

—Pensé que lo sabías —dijo él ignorando su respuesta—. Soy un tipo celoso. —Comenzó a quitarse el polo. A Tess se le puso la carne de gallina. Estaba segura de que él se daba cuenta de lo alarmada que estaba cuando comenzó a desabrocharse los pantalones—. Y en cuanto a lo de que me den por culo —dijo quitándose los pantalones y sonriendo—, lo siento, Tess, ni la menor posibilidad. ¿Por qué crees que te compro todas esas joyas caras?

—Hoy no —dijo ella, envolviéndose con las sábanas—, hoy no. ¿Qué tal si hablamos…?

—Sí que podemos hablar —dijo él encogiéndose de hombros. Dobló pulcramente la camisa en el borde de la cama y se quitó los calzoncillos—. Me parece bien. Hablemos del trato de princesa que te doy, de cómo te compré los anillos que llevas puestos. Y hablemos de ese collar de diamantes que tienes alrededor del cuello. Joder, si hasta conozco a las chicas de Tiffany's por su nombre… Carla, Janet, Katy.

—Oye —dijo Tess mirándolo nerviosa—. Simplemente sucedió. Es un buen tipo.

—Seguro que lo es —respondió él sonriendo—. A ti es a quien no acabo de entender. Las joyas y el Mercedes. Y luego vas y eres como una puta caliente, y te pones a follar en el parking con el tío que aparca los coches.

Tess estaba asustada. Sabía cómo era cuando se ponía así. Él se acercó al borde de la cama y se sentó. Al ver su erección casi tuvo náuseas. Quiso apartarse, pero él la cogió por el brazo y se lo apretó. Y luego hizo un gesto, como acariciándole el collar de diamantes. Por un instante Tess pensó que se lo arrancaría.

—Ahora me toca a mí, bombón…

Arrojó lejos la sábana y lanzó a Tess sobre la cama. La agarró por los tobillos y le abrió las piernas. La echó hacia atrás y la penetró con fuerza. Ella no se resistió. No podía. Al sentirlo en su interior, tuvo ganas de vomitar. Él pensaba que era su dueño, y quizá era verdad. Se movió, endurecido, frotándose dentro de ella como solía hacer, como algo crudo y ajeno. Lo único que Tess sentía era vergüenza. «Lo siento, Ned», pensó. Y luego lo miró mientras gruñía y sudaba como una bestia asquerosa.

La obligó a hacerle todo lo que le gustaba, todo lo que ella odiaba. Al acabar, se quedó tendida. Se sentía sucia y tiritaba, como si el ambiente de la habitación se hubiese enfriado. Tenía ganas de llorar. Tenía que acabar con aquello. Ahora.

—Tengo que hablar contigo —dijo Tess. Él se había levantado y se pasaba el cinturón por las presillas de sus elegantes pantalones de golf.

—Lo siento, cariño, ahora no tengo tiempo para conversaciones íntimas. Tengo que volver.

—¿Entonces te veré más tarde? ¿En la gala benéfica?

—Pues eso depende —dijo él alisándose el pelo frente al espejo.

—¿Depende de qué? —Tess no entendía.

Él sonrió, y su expresión era casi patética.

—Las cosas se han vuelto muy íntimas, ¿no, Tess? Seguro que te sientes como en casa, ¿verdad?, ya que parece que tienes la costumbre de cagar donde duermes. Eres muy guapa, mi amor, pero ¿sabes lo que pienso? Las joyas y ese coche tan elegante… Estoy empezando a pensar que te han hecho creer que realmente perteneces a estos ambientes. —Ahora volvió a sonreír—. Espero que haya sido tan agradable para ti como lo ha sido para mí.

Se volvió, cogió la llave de la habitación y la agitó en la palma de la mano.

—Por cierto, tendrías que cerrar bien la puerta. La verdad es que nunca sabes quién puede entrar en la habitación para echarte un polvo rápido.

6

—¡Se ha acabado! —gritó Tess para sí misma.

Enfurecida, le dio una patada al cubrecama. Se sentía avergonzada y rabiosa. Se sentía débil. *Aquello no volvería a ocurrir.*

Vio sobre las sábanas algo que se le había caído del pantalón. Unas cuantas monedas y un *tee* de golf. Tess los lanzó con todas sus fuerzas contra la pared. Ya no valía la pena seguir. Nada valía la pena.

Se puso la bata y fue a prepararse un baño, cualquier cosa para quitarse la sensación de suciedad que él le había dejado. Sería la última vez que le pusiera las manos encima. Eso significaba renunciar a todo aquel lujo, pero ese tipo era más de lo que podía soportar. Como dijo Ned, podrían ir a cualquier sitio. Desaparecer. No sabía lo proféticas que eran sus palabras. Volver a comenzar. Sí, se merecía algo mejor.

Fue hasta el armario y sacó un vestido Dolce & Gabbana, una prenda de noche escotada por atrás. Escogió unos Manolo Blahniks marrones. Esa noche se arreglaría como una princesa. La iba a echar de menos el resto de su vida.

Se recogió el pelo y se metió en la bañera. La fragancia del aceite de lavanda para baño la relajó, y se sintió limpia. Echó la cabeza hacia atrás y la dejó descansar sobre el borde liso de porcelana. El agua le acarició los hombros. Al cabo de un rato cerró los ojos.

La imagen de la cara de Ned y su risa se colaron en sus pensamientos. La vergüenza que sentía, no bastaba para borrar aquel día maravilloso. Ned Kelly. *Como el bandido.* Volvió a sonreír. Se sentía como un gatito. Ya era hora de que tuviera la oportunidad de ir con alguien que la tratara bien; no, con alguien que la tratara espléndidamente. En realidad, se podía decir que Ned la admiraba.

Oyó que se encendía el ventilador del cuarto de baño. Se quedó tendida en la bañera un segundo con los ojos cerrados. Y luego escuchó una especie de zumbido.

Abrió los ojos sorprendida. Había alguien enorme, de pie junto a la bañera. Sintió el corazón en la boca de la garganta.

—¿Qué es esto? ¿Qué está haciendo aquí?

El hombre tenía una mirada fría, cargada de desprecio. Llevaba el pelo negro atado en una coleta. Tess lo había visto antes en algún sitio.

—Es una pena —dijo él encogiéndose de hombros.

De pronto agarró a Tess por el cuello con sus manos gruesas. Le hundió la cabeza bajo el agua.

¿Qué haces?

Tess mantuvo la respiración todo lo que pudo, pero cuando abrió la boca, el agua penetró en sus pulmones y comenzó a toser y a ahogarse, por lo cual tragó más agua. Empezó a retorcerse y a lanzar patadas contra la bañera de porcelana. Intentó incorporarse, pero el hombre de la coleta la tenía agarrada por los hombros y la cabeza. Tenía una fuerza increíble, y pesaría unos cincuenta kilos más que ella.

Sintió un pánico horroroso, y el agua llenó sus pulmones. Intentó agarrar la cara del hombre, arañarlo, cualquier cosa. A través del agua espumosa, alcanzó a ver los brazos poderosos que la sujetaban. Había pasado demasiado tiempo. Dejó de patalear. Dejó de agitar los brazos en el vacío. Ahora había dejado de toser. *Esto no puede estar sucediendo*, dijo una voz interior.

Y luego, surgió otra voz, mucho más resignada de lo que ella hubiera esperado. *Sí, sí que puede suceder. Esto es lo que se siente al morir.*

7

—¡Qué pasa, bandido! —exclamó Bobby al verme entrar en la cocina de la maltrecha casa de color amarillo canario en un barrio de mala muerte que bordea la interestatal 95, en Lake Worth.

—Neddie. —Dee se levantó y se acercó a saludarme con un beso en la mejilla. Estaba preciosa, vestida con vaqueros y su pelo largo rubio sedoso. Cada vez que me ponía los brazos alrededor del cuello, recordaba cómo me había enamorado de ella a los quince años. Lo mismo les había pasado a todos los del barrio. Pero ella se decidió por Bobby y por esa pinta de Bon Jovi que tenía aquel primer año de instituto.

—¿Dónde has estado? —preguntó mi primo Mickey, levantando la mirada. Llevaba una camiseta negra con la leyenda: NO PUEDES SER UN MALO DE VERDAD SI NO ERES UN MALO DE BROCKTON.

—¿Dónde te parece que ha estado? —Barney se echó hacia atrás en su silla y me lanzó una sonrisa, oculto tras unas gafas oscuras como las que llevaría Elvis Costello—. Mira la cara que trae este chico. Es el día más importante de su vida y se ha enredado con una mujer.

—Haz el favor —le reprochó Dee con una mirada dura. Y luego se encogió de hombros y me lanzó una mirada inquisitiva—. ¿Y?

—Y… —dije, mirando alrededor de la mesa— apareció.

Un breve hurra saludó mi noticia.

—Gracias a Dios —dijo Bobby—. Ya me estaba preguntando cómo nos íbamos a apañar si a Neddie le daba por coger un ataque de pánico cada cinco minutos. Ten, te lo mereces —dijo, y me acercó una cerveza.

—A juzgar por la hora y por esa sonrisa de pringado que llevas

—observó Mickey mirando su reloj—, diría que ha sido la mejor comida de tu vida.

—Ni me creeríais —dije sacudiendo la cabeza.

—Oye, si nosotros tenemos tiempo de sobra —dijo Mickey, siempre con la voz cargada al sarcasmo—. ¿Qué es lo que tenemos pendiente hoy? Ah, sí, ese asuntillo de los cinco millones de dólares.

—Relájate —dijo Barney con un guiño—, está mosqueado porque la única criatura que quiso acostarse con él acabó víctima de una eutanasia practicada por la Asociación contra la Crueldad con los Animales.

Unas cuantas risas recorrieron la mesa. Mickey cogió un saco de lona negra. Del interior sacó los cinco sobres marrones tamaño americano.

—¿Y...? ¿Cómo se llama?

—Tess —dije.

—Tess —Mickey frunció los labios y luego los curvó sonriendo apenas—. ¿Crees que esa Tess te seguirá queriendo cuando te vea volver con un millón de pavos?

Todos acercaron sus sillas a la mesa. Esa noche la vida iba a cambiar. Para todos nosotros. Era muy estimulante. Pero también era un asunto de negocios.

Mickey repartió los sobres.

8

El artífice del plan era Mickey, hasta el último detalle. Sólo él lo conocía. Y sabía cómo encajaban las piezas.

Se trataba de una casa fabulosa en South Ocean Boulevard. En Billionaire's Row, en Palm Beach. Incluso tenía un nombre. Se llamaba Casa del Océano, así, en castellano.

Y en su interior había entre cincuenta y sesenta millones de dólares en cuadros de gran valor. Un Picasso. Un Cézanne. Un Jackson Pollock. También había otras joyas menores. Pero Mickey lo tenía muy claro. Teníamos que llevarnos sólo esos tres cuadros.

Detrás de la operación había una mente maestra. Se le conocía por el nombre de doctor Gachet. Mickey no quería decirnos quién era. Lo mejor de todo era que ni siquiera tendríamos que colocar el material. Sólo teníamos que hacer lo más sencillo del manual. A nosotros nos tocaba el diez por ciento en metálico. *Cinco millones.* Al día siguiente. Como en los viejos tiempos, repartidos entre cinco. Yo lo arriesgaba todo en esa jugada. Un historial policial limpio. La vida que llevaba, por intrascendente que fuera.

—Bobby, Barney y yo entraremos —explicó Mickey—. Dee estará fuera con el *walkie-talkie*. Ned, a ti te he reservado la parte más fácil.

Lo único que tenía que hacer era pasearme por Palm Beach haciendo saltar las alarmas de varias mansiones. Todos los propietarios estarían en ese momento en una gala benéfica para pijos en el Breakers. Había fotos de las casas y una página con las direcciones. La policía local no contaba con demasiados agentes, así que, si las alarmas empezaban a sonar por toda la ciudad, estarían como los Keystone Cops, yendo y viniendo como locos en quince direcciones diferentes. Mickey sabía cómo entrar en Casa del Océano y desactivar la alarma. Puede que hubiera uno o dos mayordomos de qué preocuparse, pero nada más. La parte difícil sería no dejar caer los cuadros al descolgarlos de la pared.

—¿Estás seguro? —Revisé las fotos de las casas y me volví hacia Mickey—. Ya sabes que yo puedo ir contigo.

—Nadie te obliga a demostrar nada —dijo sacudiendo la cabeza—. Nunca te han detenido desde que eras un crío. Además, para el resto de nosotros, ¿qué podría tener de grave una simple condena por robo a mano armada y tráfico interestatal de objetos robados? Si te echan el guante a ti, ¿de qué te acusarán…? ¿De hurto?

—Si te pillan, ni se te ocurra volver por aquí —rió Barney, y tomó un trago de cerveza—. Nosotros te guardaremos tu parte.

—Esto lo hemos votado todos —dijo Dee—. No se trata de discutirlo ahora. Queremos que sigas sano y salvo. Para tu Tess —rió burlona.

Miré las direcciones. El Bravo, Clarke, Wells Road. Eran las calles más bonitas de Palm Beach. Ahí vivía la «gente del núcleo duro», la Vieja Guardia.

—Nos volveremos a encontrar aquí a las nueve y media —avisó Mickey—. Tendremos el dinero en nuestras cuentas mañana. ¿Alguna pregunta…?

Mickey paseó la mirada por la mesa. Los conocía a todos de toda mi vida, eran mis mejores amigos. Inclinó la cerveza para brindar.

—Es el gran golpe. Después de esto, nos jubilamos. Dee, tú y Bobby podéis comprar el restaurante del que siempre habláis. Barney tendrá un negocio de coches usados en Natick, con su nombre en la fachada. Neddie, tú te puedes retirar a escribir la gran novela americana, o te puedes comprar un equipo de hockey. Siempre te he dicho que te daría una gran oportunidad, y aquí la tienes. Cinco millones, me alegro de que lo compartamos entre todos. Así que… éstas son las cartas… Hemos estado trabajando para esto desde que teníamos trece años —dijo mirándonos uno a uno—. Es la última oportunidad para jubilarse. Chicos, Neddie, ¿jugamos?

El estómago se me retorcía. Era el asunto más gordo en el que me había metido. En realidad, era feliz con la vida estable que llevaba allá abajo. Pero ¿se volvería a presentar una ocasión como ésa? La vida me había arrebatado unas cuantas cosas, allá en el norte. Era como si ésta fuera mi oportunidad de recuperar una parte de todo ello.

—Adelante —dijeron Bobby, Barney y Dee.

Yo respiré hondo. Cinco millones. Sabía que estaba cruzando el límite. Pero era lo que yo quería. Como había dicho Tess, quizá mi suerte estaba cambiando. Empezaba a soñar de nuevo, y con un millón de dólares se pueden comprar muchos sueños.

Puse la mano sobre las demás.

—Adelante —dije.

9

En Palm Beach no llueve sino que cae agua Perrier. Algún cretino me dijo esa frase en una ocasión, y debo decir que algo había de verdad en ella. Palm Beach era decididamente el lugar adecuado para el golpe perfecto.

Una hora y media después de la reunión en Lake Worth, aparqué el Pontiac Bonneville cerca de un imponente edificio moderno de estuco y vidrio, detrás de unos setos altos en Wells Road. Me había puesto un pantalón, una gorra de béisbol y una camiseta oscura que se fundía con la luz del crepúsculo.

En el buzón estaba el apellido: *Reidenouer.* Me preguntaba si era el mismo Reidenouer que había salido en las noticias después de haber demandado y arruinado a un centro de salud. Si así era, dolería un poco menos.

Había un Mercedes todoterreno aparcado en la entrada circular de baldosas. Entré sigilosamente por un lado de la casa y abrí el pestillo de la verja metálica que daba a la parte trasera. Imploraba que no hubiera nadie más en casa y que la alarma estuviera activada. El interior estaba a oscuras, con la excepción de una luz tenue que parecía venir desde muy adentro. Quizá fuera en la cocina. Se suponía que los Reidenouer asistían a la gala. Todo parecía perfecto. Todo, excepto las diez mil mariposas que sentía revoloteando en el estómago.

Había una fantástica piscina rectangular en la parte trasera, y una caseta de vestuarios del mismo estilo que la casa principal bajo un tupido techo de palmeras inclinadas. Miré mi reloj: eran las 19.40. Los chicos estarían tomando posiciones, mientras Dee escaneaba las frecuencias de los polis.

Respira hondo, Neddie... Aquí me lo jugaba todo, los años con un historial policial limpio, la posibilidad de la cárcel y lo que pudiera pasar con Tess. Me dije que, por esta vez, merecía la pena. Y que no estaba haciendo nada que no hubiera hecho unas cuantas veces antes.

Me deslicé por un lado de la piscina hasta las ventanas corredizas de atrás. Una típica cerradura de pestillo. En las paredes del interior vi obras de arte. Estaba seguro de que la puerta tenía una alarma.

Cogí una palanqueta de mi bolsillo trasero y la metí entre la puerta y la guía del vidrio. Hice palanca, con el resultado de un leve movimiento. El cierre ni se movió, pero no me sorprendió. Volví a meterla. Y entonces se aflojó ligeramente. *Venga, Neddie, ¡con fuerza!*

Sentí que el marco de vidrio cedía. De pronto, una serie de alarmas agudas y a todo volumen resonaron por toda la casa. Las luces se encendieron y mi corazón dio un vuelco. Miré a través del vidrio y no vi a nadie.

Había hecho lo que había ido a hacer. ¡Ahora tenía que salir de allí!

Abandoné deprisa la propiedad, tal como había ido, siguiendo los setos hasta llegar a la calle. Subí al Bonneville a toda carrera. Nadie salió a la calle. No vi que se encendiera ninguna luz. Apenas se oía la alarma sonando a mis espaldas. Pero sabía que la policía no tardaría en llegar.

Sentí una descarga de adrenalina.

¡Una menos!

Volví al condado, vigilando que los polis no me estuvieran esperando a la vuelta de cada esquina. *Conserva la calma...* Hasta ahora todo marchaba de acuerdo con el plan.

Me dirigí hacia el sur, a Cocoanut Row, más allá del Royal Poinciana Plaza. Giré a la izquierda, en dirección al lago. Una calle protegida por setos, llamada Seabreeze. Esta vez era un rancho estilo plantación tradicional, como de los años treinta. Aparqué a media manzana del lugar y procuré acercarme hasta la casa de la forma más disimulada posible, aunque tenía que ceñirme al plan, minuto a minuto.

En la puerta de entrada vi una pegatina de seguridad de ADT. *Debe de ser para ahuyentar a los ladrones*, pensé. Me quedé un rato vacilando sobre los setos y miré alrededor. Más abajo, una señora había sacado a pasear al perro, y esperé un momento a que volviera a entrar. Las 19.58. Todo despejado. Encontré una piedra en el suelo. La lancé con todas mis fuerzas contra la ventana de la entrada. Sonó una alarma de tonos agudos y de pronto una luz automática iluminó toda la entrada. Me cogió por sorpresa. Luego oí los ladridos de un perro.

Salí corriendo, envuelto en sombras, con el corazón a mil por hora.

¡Ya iban dos!

La última era una de esas imponentes mansiones Mizner en El Bravo, cerca de South County, por debajo de Worth Avenue. Eran las 20.05. Había acabado a la hora convenida.

Un enorme seto de boj en forma de arcada y una pesada puerta de hierro cercaba la casa. Supuse que dentro había un ejército de criados. Aparqué el coche más o menos a una manzana de la casa y me acerqué por la parte de atrás. Me metí entre los setos altos y esculturales. Era una casa con solera. Debía de pertenecer a una familia de la Vieja Guardia, un Lauder, o un Tisch, o quizá algún pez gordo millonario de Internet. Los ventanales que miraban al mar tenían doble protección. Jamás conseguiría romperlos.

Seguí por el lado de la casa y llegué a una puerta normal que, supuse, daba a la cocina. Miré en el interior. No había luces.

Me envolví la mano en un trapo que había llevado y di un golpe al vidrio de la puerta. Mierda. Ni un ruido.

Miré mi reloj. Mickey y los otros estarían preparados para entrar.

Metí la mano por dentro, hice girar el pomo y entré. *Madre mía*. Me encontraba en una especie de despensa, por donde se llegaba a la parte trasera de la casa. Vi una galería que daba al césped. Al lado había un comedor. Techos altos, tapices en las paredes. Un par de candelabros que podrían haber pertenecido a los Romanov.

Dios, ¿estaré loco haciendo esto? Sabía que el lugar estaba protegido. Era evidente que los propietarios o el personal no habían activado la alarma. Pensaba que podría buscar los puntos de contacto en las ventanas. Las 20.10. Los chicos harían su entrada en cualquier momento. Tenía que acabar mi parte del trabajo. El corazón se me había desbocado.

De pronto oí pasos y me quedé paralizado. Una mujer negra con un vestido blanco se acercaba a la cocina arrastrando los pies. Debía de ser la criada. Levantó la mirada y me vio. Yo vi por su manera de tragar saliva que tenía más miedo que yo.

No gritó. Sólo se quedó boquiabierta. Yo tenía el rostro oculto por la gorra. No había nada con que pudiera identificarme. Me quedé allí parado un segundo y sólo atiné a murmurar: «Perdón, señora», y salí disparado hacia la puerta.

Calculé que en dos segundos la criada estaría llamando por teléfono a la pasma. Era como hacer saltar una alarma.

Volví corriendo hacia los setos y me fundí con la oscuridad hasta llegar a Ocean Boulevard. De un saltó subí al coche, metí la primera y me alejé a una velocidad razonable. Miré hacia atrás. Todo estaba a oscuras. Nadie había salido a mirar mi matrícula. Eran las 20.15. Seguro que en ese mismo momento los polis estarían cruzándose por toda la ciudad, intentando averiguar qué demonios estaba ocurriendo.

—¡Estás como una cabra, Ned Kelly! —grité a todo pulmón.

¡Había conseguido hacer sonar las alarmas de tres casas en un tiempo récord!

Hundí el acelerador y sentí que la brisa marina de la noche me azotaba el pelo. Avanzaba por la línea de la costa iluminado por la luna, y sentí una emoción poderosa vibrando en mis venas. Pensé en Tess. En cómo podría ser una vida con ella. Pensé en los años que llevaba allá abajo malgastando mi tiempo, y en cómo ahora había dado el golpe perfecto.

10

Algo no iba bien. Mickey lo percibió en cuanto cruzaron las puertas de la entrada.

Mickey tenía un olfato muy fino cuando se trataba de este tipo de cosas.

Ahí estaba la casa, frente a ellos. Espectacular, espaciosa. Iluminada como un soberbio palacio italiano. Arcos venecianos y ventanas con balcones de piedra. Una galería cubierta por una arcada y adornada de buganvillas llegaba hasta el mar. La entrada tendría unos cien metros de largo, y cada arbusto, cada árbol estaba perfectamente iluminado. Oyó el crujido de las piedrecillas bajo sus zapatos. Todos vestían uniformes de policía robados. Si había alguien por los alrededores, nadie sospecharía. Todo estaba tal como le habían dicho que estaría.

Y, sin embargo, tenía ese extraño sabor de boca.

Miró a Bobby y a Barney. Se dio cuenta de que ellos también estaban nerviosos. Los conocía lo suficiente para saber en qué estaban pensando.

Jamás habían estado tan cerca de algo tan grandioso.

La Casa del Océano.

Mickey sabía todo lo que había que saber sobre el lugar. Lo había estudiado a fondo. Sabía que lo había construido un tal Addison Mizner en 1923. Conocía los interiores, las alarmas. Sabía cómo entrar, dónde estaban los cuadros.

Entonces, ¿a qué venía tanto nerviosismo? *Venga, ahí dentro hay cinco millones de pavos,* se dijo para calmarse.

—¿Y qué coño es eso? —preguntó Barney, tocándolo con el saco negro de herramientas a su lado. Al final del camino de piedrecillas de la entrada había una… fuente de mármol, enorme, iluminada.

—Una fuente para los pájaros —respondió Mickey, y sonrió.

—¿Una fuente para los pájaros? —dijo Barney. Se encogió de hombros y se ajustó la gorra de policía—. Yo diría que es una puñetera fuente para pterodáctilos.

El reloj de Mickey marcaba las 20.15. Dee ya se había puesto en contacto. Need, como estaba previsto, había cumplido con su trabajo. En ese momento, los coches de la policía estarían peinando la ciudad de arriba abajo. Sabía que había cámaras ocultas en los árboles, y por eso escondían sus caras con las gorras. Cuando llegaron ante las puertas de roble, Mickey lanzó una última mirada a Bobby y Barney. Estaban listos. Habían esperado mucho tiempo este momento.

Mickey tocó el timbre y al cabo de un minuto acudió un ama de llaves hispana. Mickey sabía que no había nadie más en la casa. Explicó que había incidentes por toda la ciudad, y que se había disparado una alarma de la casa. Ellos estaban allí para verificar que todo iba bien. Quizá la mujer reparó en la bolsa de Barney. Quizá se preguntó dónde habían dejado el coche. Pero sólo un segundo después Bobby la golpeó con su linterna y la arrastró hasta un armario. La mujer no alcanzó a ver detalles. Bobby volvió con una sonrisa ancha como el Charles River. Una sonrisa de un millón de dólares.

¡Estaban dentro!

11

Lo primero era desactivar la alarma del interior. Los cuadros y esculturas estaban conectados a puntos clave que se dispararían si eran manipulados. También había detectores de movimiento. Mickey desplegó un trozo de papel que llevaba metido en el bolsillo.

Pulsó los números de un panel digital: 10-02-85.

Será mejor que funcione. Todo dependía de... los... siguientes... segundos.

Se encendió una luz verde. *¡Sistemas desactivados!* Por primera vez, Mickey sintió que se relajaba. En su cara asomó una sonrisa. *¡Todo iba sobre ruedas!* Les guiñó un ojo a los otros dos.

—Venga, chicos, estamos en casa.

Frente a ellos, una arcada de caoba labrada era la antesala de una gran salón blindado. Había objetos espectaculares por todas partes. Cuadros en todas las paredes. Por encima de la ancha repisa de la chimenea de piedra colgaba un cuadro de una escena veneciana. Era un Canaletto, pero le habían dicho que lo dejara. Urnas chinas blanquiazules, Brancusis de bronce. Un candelabro que parecía heredado de algún zar. Seis puertas vidrieras daban a un patio con vistas al mar.

—No sé si se refería a esto aquel tío cuando decía que los ricos eran diferentes a nosotros —dijo Barney, que miraba boquiabierto—. Pero ¿qué te parece?... Jooder.

—Olvídalo —sonrió Mickey emocionado—. ¡Esto no es más que calderilla comparado con lo que hemos venido a buscar!

Sabía adónde tenían que ir. El Cézanne estaba en el comedor. A la derecha. Barney sacó un martillo y una lima de su bolsa negra para despegar las telas de sus marcos antiguos y pesados.

En el comedor, empapelado de rojo con relieves, había una

mesa larga y brillante, con unos candelabros gigantescos. En aquella sala se podía acomodar a la mitad del mundo libre.

A Mickey el corazón se le salía por la boca. *Busca el Cézanne* —se dijo—. *Manzanas y peras.* En la pared de la derecha.

Pero en lugar de los deslumbrantes cinco millones que esperaba tocar, sintió que algo se le helaba por dentro. Un frío polar, justo en medio del pecho.

La pared estaba vacía. No había naturaleza muerta. No había Cézanne.

¡El cuadro no estaba!

Mickey sintió como una puñalada en el corazón. Por un segundo, los tres se quedaron inmóviles, mirando el espacio vacío. Y luego él salió corriendo hacia otro rincón de la casa.

La biblioteca.

El Picasso estaba sobre la chimenea, en la pared del otro extremo. A Mickey le hervía la sangre, la sentía correr por las venas. Todo estaba en el mapa. Entró corriendo en la sala tapizada de libros.

Otro escalofrío. No, esta vez sintió algo mucho más fuerte que un escalofrío.

¡No había ningún Picasso! ¡Aquella pared también estaba vacía! De pronto tuvo ganas de vomitar.

—¡Qué coño…!

Mickey volvió corriendo como un poseído a la entrada de la casa. Subió la escalera hasta la primera planta. Era su última oportunidad. El dormitorio. En la pared del dormitorio tenía que haber un Jackson Pollock. Ése sí que no se les escaparía. Había invertido demasiado trabajo en ello. Era su billete de salida. Pero no tenía ni idea de lo que estaba ocurriendo.

Mickey fue el primero en llegar. Bobby y Barney lo seguían de cerca. Pararon en seco y se quedaron mirando la pared, con la misma mirada de desconcierto pintada en sus rostros.

—¡Hijo de puta! —gritó Mickey. De un puñetazo hizo añicos el marco de vidrio de un grabado en la pared y le empezaron a sangrar los nudillos.

El Pollock había desaparecido. Igual que el Picasso y el Cézanne. Quería matar al que le había hecho aquello, al tipo que le había robado sus sueños.

¡Alguien les había preparado una encerrona!

12

Ahora parece absurdo… Un martini con zumo de naranja, un velero meciéndose en las aguas azules del Caribe…

En eso pensaba cuando me avisaron que algo había salido mal.

Estaba aparcado en South Country Road, frente a los bomberos de Palm Beach, mirando pasar a los polis de arriba abajo, con los faros y las sirenas encendidos. Había hecho mi trabajo muy, pero que muy bien.

Dejaba que mis pensamientos vagaran hacia Tess, a la que imaginaba tendida en el velero a mi lado. Con un bañador ajustado, preciosa y bronceada. Y los dos bebíamos nuestros martinis a pequeños sorbos. No sé quién los preparaba. Seguramente tendríamos un capitán y una tripulación. Pero ahora estábamos en el Caribe. Y esa copa estaba realmente *muuuuy* buena.

Fue en ese momento cuando oí la voz de Dee mezclada con la estática del *walkie-talkie*.

—Ned, ¿dónde estás? ¡Neddie!

Al oír su voz volví a ponerme nervioso. Según el plan, no tenía que saber nada de ella hasta que nos encontráramos en la casa en Lake Worth a las 21.30. Parecía asustada. Supongo que en ese momento supe que con toda seguridad la escena del velero jamás se materializaría.

—Ned, algo ha ido mal —gritó Dee—. Vuelve aquí, ¡ahora mismo!

Cogí el aparato y pulsé el botón de TALK.

—Dee, ¿qué quieres decir con que «algo ha ido mal»?

—El golpe ha fallado —dijo—. Se ha jodido, Ned.

Conocía a Dee desde que éramos críos. Era una persona tranquila. Ahora su voz estaba cargada de frustración y rabia.

—¿Qué quieres decir con que se ha jodido? —pregunté—. ¿Bobby y Mickey están bien?

—No hagas preguntas y vuelve aquí —dijo ella—. El contacto de Mickey... Gachet. ¡Ha sido una encerrona del muy cabrón!

13

Me pareció que el corazón se me paraba en seco. ¿A qué se refería Dee con eso de que los habían engañado?

Apoyé la cabeza contra el volante. Lo único que tenía era un nombre… Gachet. Mickey nunca nos contó más. Pero estaba claro, el golpe se había jodido. Y mi millón de dólares también. Luego pensé que la cosa podría empeorar. Y mucho. A Mickey, Bobby y Barney quizá les habían echado el guante.

Puse el coche en marcha, pero no sabía hacia dónde debía ir. ¿Volvía a Lake Worth? ¿O iba a mi habitación en casa de Sollie, y evitaba meterme en líos? De pronto caí en la cuenta de que lo estaba arriesgando todo. Mi empleo, mi habitación en casa de Sollie. Mi vida entera. Y pensé en Tess… ¡Todo!

Puse el coche en marcha. Giré a la derecha en Royal Palm Way, en dirección al puente que va a West Palm.

De pronto se oían sirenas por todas partes. Me quedé helado. Miré por el retrovisor y vi que se acercaban los coches de la pasma. El corazón me dio un vuelco, como si hubiera tocado un cable pelado. ¡Me habían cogido! Disminuí la velocidad, esperando que me obligaran a detenerme en el arcén.

Fue increíble, porque pasaron de largo a toda velocidad. Dos coches blanquinegros. No era a mí al que buscaban, ni siquiera iban hacia la Casa del Océano ni a ninguno de los lugares donde yo había disparado las alarmas. *Curioso.*

De pronto giraron en Coconut Row, la última calle importante antes del puente. Giraron bruscamente a la izquierda, con las sirenas y luces encendidas. Aquello no tenía ni pies ni cabeza.

¿Adónde diablos iban, con todo el jaleo que había por toda la ciudad? Los seguí, al menos durante un par de manzanas. Los coches giraron hacia Australian Avenue. Los vi detenerse a media manzana.

Más coches de la pasma. Y un coche de la morgue.

Se detuvieron frente al Brazilian Court. Yo me empecé a poner nervioso. Era el lugar donde vivía Tess. ¿Qué estaba pasando?

Aparqué el Bonneville al final de la calle y me acerqué paseando hasta el hotel. Había una pequeña multitud al otro lado de la calle, frente a la entrada. Nunca había visto tantos coches de la policía juntos en Palm Beach. Aquello era una locura. Se suponía que debían estar pisándonos los talones. Supe que sería mejor volver a Lake Worth. Pero me volvieron las palabras de Dee. *El muy cabrón nos ha engañado.* Engañado. ¿Cómo?

Un semicírculo de curiosos se arremolinaba en la entrada del hotel. Me aproximé lentamente. Me acerqué a una mujer que llevaba un jersey blanco sobre su vestido de playa y le tenía cogida la mano a un niño.

—¿Qué ha pasado?

—Un asesinato —contestó ella con expresión dramática—. Por eso todas las sirenas.

—Ah —farfullé.

Ahora me entró el miedo de verdad. *Tess vivía allí.* Dejé atrás el remolino de gente, sin pensar siquiera en mi propia suerte. El personal del hotel, de uniforme negro, había empezado a abandonar el interior. Consulté con una empleada en la mesa de recepción, una rubia que había visto antes aquel día.

—¿Me puede decir qué está pasando?

—Han asesinado a alguien —dijo la rubia, y sacudió la cabeza, como aturdida—. Una mujer. En el hotel.

—¿Quiere decir que era una cliente?

—Sí. —Y luego me miró con un dejo de curiosidad. Yo no sabía si me había reconocido—. La habitación ciento veintiuno —dijo.

El mundo empezó a girar. Me quedé paralizado, sintiendo que mis labios comenzaban a temblar. Intenté decir algo, pero no pude emitir ningún sonido.

La ciento veintiuno era la *suite* Bogart.

Tess había muerto...

14

Me quedé mirando justo lo necesario para ver cómo cargaban la camilla y la dejaban en el interior del coche de la morgue, que esperaba con las luces de alerta encendidas. Fue entonces cuando vi la mano de Tess que asomaba de la bolsa, con los tres brazaletes colgando de su muñeca.

Me separé de la multitud, sintiendo que estaba a punto de estallarme el pecho. Sólo atinaba a pensar que la acababa de dejar, hacía sólo unas horas…

Tenía que salir de allí. La policía de Palm Beach estaba por todas partes. Temí que también me estuvieran buscando a mí.

Al volver al coche, me puse a temblar. Y de pronto sentí un nudo horrible en la garganta. Acabé vomitando sobre el bonito césped de algún vecino.

Tess había muerto.

¿Cómo era posible? Si acababa de dejarla. Acababa de pasar la tarde más maravillosa de mi vida con ella. Y la empleada del hotel había dicho *asesinada*. ¿Cómo? ¿Por qué? ¿Quién querría matar a Tess?

Aturdido, empecé a rebobinar a toda prisa los días pasados desde que nos conocimos. Cómo habíamos quedado en volver a vernos. Cómo se había montado el golpe de la Casa del Océano.

Eran historias aisladas. Sólo era una coincidencia. Una coincidencia macabra. Me di cuenta de que intentaba reprimir mis lágrimas.

Y cuando ya no pude seguir conteniéndolas, el dique se derrumbó.

Me quedé con la cabeza colgando sobre el pecho y la cara bañada en lágrimas. En algún momento me di cuenta de que tenía que irme. Alguien podría haberme reconocido de esa tarde. La ru-

bia de recepción. No estaba en condiciones de acercarme a la policía y aclarar las cosas, no después de lo sucedido esa noche. Puse el
coche en marcha, aunque no sabía adónde diablos tenía que ir.
Sólo sabía que tenía que largarme.

15

Giré a la izquierda una vez, luego otra, y me encontré de vuelta en Royal Palm. Tenía la cabeza hecha un lío. La ropa empapada de sudor. Hice todo el trayecto hasta Lake Worth medio aturdido. Todo había cambiado de repente. Toda mi vida. Había ocurrido una vez antes… en Boston. Pero esta vez no sería capaz de volver a reconstruir mi vida.

Salí de la interestatal 95 en la Sexta Avenida, mientras en mi recuerdo se alternaban las imágenes del brazo colgante de Tess y de Dee gritándome que volviera.

La casa de Mickey no quedaba lejos de la carretera. No había ningún hotel Breakers en esta calle. Ni restaurantes Bices ni Mar-a-Lagos. Sólo casas y caravanas que parecían cajas destartaladas, lugares donde la gente toma cerveza en sus sillas de jardín, con camionetas *pick-up* y Harleys en sus garajes abiertos.

Un coche patrulla pasó volando a mi lado, y volví a ponerme tenso. Y luego pasó otro. Me pregunté si alguien conocía mi coche. Tal vez me hubiesen visto en Palm Beach.

Seguí en mi Bonneville hasta llegar a West Road, a unas cuantas manzanas de la casa amarilla que habían alquilado Mickey y Bobby.

Se me hizo un nudo en la garganta.

Coches de la pasma, con sus luces rojas parpadeando, por todos lados. Igual que antes. No podía creer lo que estaba viendo. Había gente arremolinada sobre el césped, gente con camisas militares y camisetas ajustadas, enseñando los músculos y mirando hacia la calle. ¿Qué coño estaba pasando?

Habían acordonado la manzana donde vivía Mickey. Polis por todas partes. Las luces parpadeando como si aquello fuera zona de combate.

Sentí una punzada de pánico. La pasma nos había encontrado. Al principio sólo tuve miedo. Nuestro golpe fallido saldría a la luz. Me lo tenía merecido. Por haberme involucrado en algo tan estúpido.

Después ya no sentí sólo miedo. Fue algo parecido al pánico. Algunas de las luces rojas parpadeantes eran de las unidades de urgencias del Servicio Médico.

Y estaban justo delante de la casa de Mickey.

16

De un salto bajé del Bonneville y me abrí camino hasta la primera fila de la multitud. No era posible que estuviera sucediendo de nuevo. *Imposible, imposible.*

Me acerqué a un viejo negro vestido con uniforme de portero. Ni siquiera tuve que preguntar.

—Ha habido una especie de masacre en esa casa —dijo sacudiendo la cabeza—. Mucha gente blanca. Hasta había una mujer.

Ahora era como tener un infarto en toda regla. Sentí tal tensión en el pecho que no podía respirar. Me quedé en la penumbra con los labios temblorosos y las lágrimas bañándome las mejillas. Antes estaban vivos. Dee me había dicho que volviera. Mickey, Bobby, Barney, Dee. ¿Cómo era posible que estuvieran muertos? Era como una espantosa pesadilla de la que uno se despierta y descubre que nada era real.

Pero sí lo era. Ahí estaba yo, mirando la casa amarilla y todos esos polis y el personal del servicio de urgencias. *¡Que alguien me diga que no es verdad!*, pensé

Avancé. Pude ver la puerta de entrada abierta. Asomó el personal médico. Empezaron los murmullos entre la multitud. Estaban sacando las camillas.

Una de las bolsas estaba abierta.

—Un chico blanco —dijo alguien.

Vi el pelo rojo y rizado de Mickey.

Mientras observaba cómo lo llevaban hasta el coche de la morgue, me vino a la memoria una imagen de hacía veinte años. Mickey siempre me daba golpes en la espalda cuando íbamos al cole. Era su manera un poco bruta de decir hola. Yo nunca lo veía venir. Iba por un pasillo, entre dos clases, y de pronto *¡bum!* ¡Y el muy cabrón sabía pegar! Luego empezó a pedirme veinticinco centavos para no darme. Le bastaba con levantar el puño con los ojos bien abiertos. «¿Tienes miedo?» Un día ya no aguanté más. Lo empujé y lo lancé de espaldas contra un radiador. Le dejé un verdugón que debió de haberle durado todos los años de instituto. Él se levantó, recogió sus libros y me tendió una mano en la que tenía unos cuatro dólares, todo en monedas de veinticinco. Todo lo que yo le había dado. Sólo me sonrió.

—Estaba esperando que algún día hicieras esto, Neddie, chico.

Eso fue lo que me vino a la mente, toda una escena absurda en un instante. Luego aparecieron más camillas. Conté cuatro. Mis mejores amigos en este mundo.

Retrocedí entre la muchedumbre. Me sentía encerrado, atrapado. Tenía un dolor en el pecho. Traté de abrirme paso entre la marea de gente que intentaba ver lo que ocurría.

Y me fulminó un pensamiento: *¿De qué sirve un socorrista que no puede salvar vidas?*

17

No recuerdo demasiado bien lo que sucedió después. Lo único que sé es que volví rápido a mi coche, y me alejé de allí más rápido aún.

Empecé a barajar las alternativas. ¿Qué opciones tenía? ¿Entregarme? *Venga, Ned, has participado en un robo. Tus amigos están muertos. Alguien no tardará en relacionarte con Tess. Te acusarán de asesinato.* Me costaba pensar con claridad, pero una cosa era evidente: mi vida en ese lugar había acabado.

Busqué una emisora local en la radio. Los reporteros ya habían llegado a las escenas de los crímenes. *Una joven belleza en el exclusivo Brazilian Court, de Palm Beach. Cuatro personas no identificadas asesinadas, como si se tratara de una ejecución, en Lake Worth...* Y otras noticias. *Espectacular robo en la playa. ¡Sesenta millones de dólares en arte se han esfumado!* De modo que se había producido un robo. Pero ningún comentario sobre si la policía relacionaba los dos casos. Y, gracias a Dios, ¡nada sobre mí!

Eran más de las once cuando finalmente crucé el puente Flagler de vuelta hacia Palm Beach. Había dos coches de policía aparcados en medio de Poinciana, con los faros parpadeando, bloqueando el paso. Yo estaba seguro de que buscaban un Bonneville.

—¡Se acabó la partida, Ned! —dije casi resignado. Pero pasé junto a ellos sin ningún problema.

La ciudad estaba tranquila allá arriba, teniendo en cuenta todo lo que había sucedido. El Palm Beach Grill todavía estaba lleno. Y también el Cucina, de donde llegaban unas melodías. Pero las calles estaban, en general, tranquilas. Me acordé de un chiste que dice que hay más luces encendidas en el centro de Bagdad durante un bombardeo que en Palm Beach después de las diez de la noche. Giré a la derecha en County, bajé hasta el Sea Spray y luego doblé a la izquierda hacia una playa. Me detuve con cautela frente al número 150 y las puertas se abrieron automáticamente. Esperaba que no hubiera polis. *Te lo ruego, Dios, ahora no.* La casa de Sollie estaba a oscuras, el patio vacío. Mis plegarias habían sido atendidas. Al menos durante un rato.

Sollie estaría mirando la tele o durmiendo. Winnie, el ama de casa, también. Aparqué en la entrada y subí las escaleras hasta mi habitación, encima del garaje. Como he dicho, mi vida allí llegaba a su fin.

Había aprendido una cosa en Palm Beach. Que hay millonarios de mil dólares que fingen ser ricos, pero no lo son, y que hay los antiguos ricos y los nuevos ricos. Los antiguos ricos suelen ser más educados, están más acostumbrados a que les sirvan. Los nuevos ricos, a los que pertenecía Sollie, eran problemáticos, exigentes e insultantes, y sus inseguridades con el dinero que les había caído del cielo las sufrían las personas que los servían. Pero Sollie era un príncipe. Al final, me necesitaba para que le limpiara la piscina, para que llevara a su enorme labrador amarillo al veterinario, le sirviera de chófer cuando tenía una cita de vez en cuando y le mantuviera los coches bien lustrosos. Aquello era una gozada. Sollie cambiaba de coche en Ragtops, en Palm Beach, con la misma frecuencia con que yo cambiaba un DVD en Blockbuster. Ahora tenía una limusina Mercedes Pullman, de 1970, seis puertas, que había pertenecido al príncipe Rainiero; un Mustang descapotable del 65, un Porsche Carrera para correr de vez en cuando, y un Bentley color chocolate para los grandes acontecimientos… Una típica colección de coches de Palm Beach.

Saqué dos bolsas de lona de debajo de la cama y empecé a llenarlas de ropa. Camisetas, vaqueros, un par de sudaderas. El palo de hockey firmado por Ray Bourque que tenía desde el décimo curso. Unos cuantos libros de bolsillo que siempre llevaba conmigo: *El gran Gatsby, Al romper el alba* y *Grandes esperanzas* (supongo que siempre tuve una debilidad por los intrusos que fastidian a las clases dirigentes).

Le escribí una nota a Sollie a toda prisa. Una explicación de por qué tenía que irme repentinamente y las razones. Detestaba irme así. Sol era como un tío para mí. Un tío estupendo. Me dejaba vivir en su enorme casa, y lo único que tenía que hacer era mantener la piscina limpia, lavarle los coches y ocuparme de unos cuantos encargos. Me sentía como una anguila escabulléndose en la oscuridad. Pero no tenía otra alternativa.

Lo cogí todo y bajé. Abrí el maletero del Bonneville y metí dentro las bolsas. Lancé una última mirada para despedirme del lugar donde había vivido los últimos tres años y, en ese momento, se encendieron las luces.

Me volví sintiendo un nudo en la garganta. Sollie estaba frente a mí, con su bata y sus zapatillas, y tenía un vaso de leche en la mano.

—Dios, me has asustado, Sol.

Él miró el maletero abierto y las bolsas. Cuando sumó dos más dos, apareció la decepción en su rostro.

—Así que no tienes tiempo para una última partida de *gin rummy*.

—Te he dejado una nota —dije avergonzado de que Sol me pillara escabulléndome de esa manera, y sobre todo de lo que descubriría por la mañana—. Han pasado cosas horribles. Puede que oigas algún rumor… Sólo quiero que sepas que no es verdad. Yo no he hecho nada malo. No he tenido nada que ver con lo que ha ocurrido.

—La cosa debe de ser grave —dijo él frunciendo los labios—. Venga, chico. Quizá te pueda echar una mano. Un hombre no debería escapar así, en medio de la noche.

—No puedes ayudarme —dije, y dejé caer la cabeza—. Ahora nadie puede. —Tenía ganas de acercarme y abrazarlo, pero estaba demasiado nervioso y confundido. Tenía que irme—. Quiero darte las gracias —dije mientras subía al Bonneville y lo ponía en marcha— por confiar en mí, Sol. Por todo…

—Neddie —oí que me decía—. Sea lo que sea, no puede ser tan horrible. No hay ningún problema que no se pueda resolver. Lo que un hombre necesita son amigos, no es el momento de salir huyendo…

Pero yo había llegado a la verja de la entrada antes de oír el final. Lo vi por el retrovisor al girar para salir de la propiedad, y luego aceleré.

Estaba a punto de ponerme a llorar antes de llegar al puente Flagler. Lo dejaba todo atrás. Mickey, mis amigos, Tess…

Pobre Tess. Me estaba matando el sólo pensar que habíamos estado juntos unas horas antes, cuando creía que las cosas comenzaban a salir bien. Un millón de dólares y la chica de mis sueños.

Tu suerte ha vuelto, Neddie. No pude más que echarme a reír. *La mala suerte*.

Mientras me acercaba al puente Flagler, divisé las torres de The Breakers que iluminaban el cielo. Calculaba que me quedaba un día, como máximo, antes de que apareciera mi nombre en la investigación de los casos. Ni siquiera sabía demasiado bien hacia dónde iba.

Alguien había matado a mis mejores amigos. *Doctor Gachet, no sé qué tipo de doctor eres, pero ya puedes estar seguro de que te lo haré pagar*.

—Dos ases —volví a murmurar al cruzar el puente. El brillo de las luces de Palm Beach se apagaba en la distancia. El golpe perfecto. *Sí, ya lo creo*.

SEGUNDA PARTE

Ellie

18

Ellie Shurtleff estaba arrodillada frente al panel de seguridad en el sótano de la Casa del Océano, iluminando con la linterna el cable coaxial cortado que sostenía en la mano enguantada.

Algo no encajaba en aquella escena del crimen.

Como agente especial a cargo del nuevo Departamento de Robos y Fraude de Objetos de Arte del FBI para la región del sur de Florida, hacía tiempo que esperaba un caso como ése. Sesenta millones en objetos de arte robados la noche anterior, justo en el patio trasero de su casa. En honor a la verdad, Ellie era el departamento.

Desde que había dejado Nueva York ocho meses antes, así como su trabajo de conservadora adjunta en Sotheby's, se dedicaba a pasear por la oficina de Miami controlando las ventas de las subastas y leyendo los cables de Interpol, mientras otros agentes atrapaban a traficantes de droga y especialistas en lavado de dinero. Ellie empezaba a preguntarse, como todos los miembros de su familia, si aquel cambio era un ascenso en su carrera o un desastre. El robo de objetos de arte no era precisamente una tarea muy espectacular. Todos sus colegas eran licenciados en derecho, y nadie tenía un máster en bellas artes.

Desde luego Ellie no dejaba de recordar que aquello tenía sus ventajas. El pequeño bungalow en la playa de Delray. Salir con el kayak a remar, y poder hacerlo todo el año. Además, seguro que cuando celebraran los diez años de los ex alumnos de bellas artes de la Universidad de Columbia, promoción de 1996, sería la única que llevara una pistola Glock.

Finalmente se incorporó. Con su escaso metro cincuenta y siete y sus cuarenta y ocho kilos, con su pelo corto de color castaño y sus gafas de carey, sabía que no tenía pinta de agente del FBI. Al menos, no de una agente que saliera demasiado del laboratorio. El chiste en la oficina era que había tenido que comprar su anorak del FBI en la sección de ropa infantil de Burdiness. Sin embargo, había acabado segunda de la clase en la academia de Quantico y había obtenido una mención en Actuación en el Escenario del Crimen y en Psicología Criminal Avanzada. Era una alumna que puntuaba bien con el uso de la Glock, y podía desarmar a una persona dos palmos más alta que ella.

Y, por cierto, también sabía un par de cosas sobre los orígenes estilísticos del cubismo.

Y algo de instalaciones eléctricas y cables. Se quedó mirando el corte del cable coaxial. *Vale, Ellie, ¿por qué?*

La empleada de la casa había oído con claridad que introducían el código de la alarma. *Sin embargo, habían cortado el cable.* De las alarmas interiores y exteriores. Si sabían el código, ¿por qué cortar el cable? Tenían acceso. La casa estaba cerrada. Al parecer, la policía de Palm Beach ya había llegado a una conclusión, y eso era algo que hacían con mucha facilidad. Buscaron huellas dactilares. Los ladrones estuvieron en la casa sólo unos minutos. Sabían exactamente qué llevarse. La policía declaró que los tres intrusos con uniformes de policía robados eran a todas luces ladrones profesionales.

Sin embargo, a pesar de lo que pensaban los polis locales y de los gimoteos de ese imbécil de allá arriba, Dennis Stratton, por la pérdida irreemplazable de los cuadros que le habían robado, cuatro palabras comenzaban a insinuarse en el pensamiento de Ellie:

Un trabajo desde dentro.

19

Dennis Stratton estaba sentado con las piernas cruzadas en una silla de mimbre con mullidos cojines en la lujosa galería que miraba al océano. Varias llamadas esperaban en el teléfono fijo, mientras él seguía con el móvil pegado al oído. Vern Lawson, inspector jefe de Palm Beach, daba vueltas a su alrededor, junto a la mujer de Stratton, Liz, una rubia alta y atractiva vestida con pantalones color crema y un jersey de cachemira azul sobre los hombros. Una criada hispana circulaba con una bandeja de té frío.

Un mayordomo condujo a Ellie hasta la sala. Stratton los ignoró a los dos. Ellie se sentía un poco aturdida viendo cómo vivían los ricos. Cuanto más dinero tenían, más relleno y más capas de telas parecían poner entre ellos y el resto de la raza humana. Más aislamiento en las paredes, fortalezas más gruesas, mayor distancia que recorrer hasta la puerta de entrada.

—¡Sesenta millones! —ladró Stratton al teléfono—, y quiero a alguien aquí hoy. Y nada de mandarme a funcionarias licenciadas en bellas artes.

Colgó de un golpe. Stratton era un tipo bajo, buen físico, con una leve calvicie en la coronilla, y ojos intensos y acerados. Llevaba una camiseta ajustada de color verde salvia y pantalones blancos de lino. Finalmente le lanzó a Ellie una mirada furibunda, como si fuera una fastidiosa aprendiz de contable que espera para preguntarle algo acerca de sus impuestos.

—¿Ha encontrado todo lo que necesita, inspectora?

—Agente especial —corrigió Ellie.

—Agente *especial* —dijo Stratton asintiendo con la cabeza.

Estiró el cuello hacia Lawson.

—Vern, quizá la «agente especial» tiene que inspeccionar alguna otra parte de la casa...

—No —dijo Ellie despidiendo al poli de Palm Beach con un movimiento de la mano—. Pero si no le importa, quisiera repasar la lista.

—¿La lista? —Stratton suspiró, como diciendo «¿No la hemos repasado ya tres veces?» Dejó una hoja de papel sobre una pequeña mesa china lacada que, según los cálculos de Ellie, databa de comienzos del siglo dieciocho—. Empecemos con el Cézanne. *Manzanas y peras...*

—Aix-en-Provence —interrumpió Ellie—. Mil ochocientos ochenta y uno.

—¿Lo conoce? —inquirió Stratton sorprendido—. ¡Qué bien! Quizá pueda convencer a estos imbéciles del seguro de lo que vale de verdad. Y luego está el flautista de Picasso, y el Pollock grande de la habitación. Esos hijos de puta sabían exactamente lo que hacían. Sólo por el Pollock pagué once millones.

Demasiado, pensó Ellie, con un ligero chasquido de la lengua. Había quienes intentaban comprar su acceso a los altos círculos sociales adquiriendo obras de arte.

—Y no se olvide del Gaume... —Stratton empezó a hojear unos papeles que tenía en las rodillas.

—¿Henri Gaume? —preguntó Ellie. Consultó la lista y le sorprendió encontrarlo allí. Gaume era un postimpresionista aceptable, moderadamente coleccionable. Pero con un valor de entre treinta y cuarenta mil dólares, era sólo una fracción de lo que valdrían las otras piezas robadas.

—El cuadro preferido de mi mujer, ¿no, cariño? Es como si alguien quisiera darnos una puñalada en el corazón. Tenemos que recuperarlo. Mire... —dijo Stratton, y se puso unas gafas de lectura, mientras intentaba recordar el nombre de Ellie.

—Agente especial Shurtleff —dijo ella.

—Agente Shurtleff —asintió Stratton—, quiero que esto quede perfectamente claro. Me parece usted una persona rigurosa, y ya entiendo que tenga que mirar un poco por todas partes, tomar unas cuantas notas y luego volver a su despacho y redactar un informe antes de que acabe la jornada...

Ellie sintió que la sangre le hervía en las venas.

—Pero no quiero que este asunto vaya pasando de despacho en despacho por la línea de mando hasta quedar en la mesa de algún director regional. Quiero que me devuelvan mis cuadros. Todos y cada uno de ellos. Quiero que trabajen en este caso los mejores hombres del departamento. El dinero no significa nada. Estos cuadros están asegurados por sesenta millones...

¡Sesenta millones! Ellie sonrió para sus adentros. *Quizá cuarenta, como mucho.* La gente tiene siempre una impresión exagerada de sus propiedades. La naturaleza muerta de Cézanne era un cuadro ordinario. Ellie lo había visto varias veces en subastas, y nunca se había pagado más del precio mínimo. El Picasso databa del período azul, cuando el artista pintaba para seguir pasándolo en grande. El Pollock... El Pollock era bueno. Ellie tenía que reconocerlo. Alguien había aconsejado bien al magnate en ese caso.

—Pero lo que se han llevado de aquí es irreemplazable —dijo Stratton mirándola fijamente a los ojos—. Y eso incluye el Gaume. Si el FBI no se pone a ello, se encargará mi propia gente. Y tengo medios para hacerlo, como entenderá. Dígaselo a sus superiores. Que pongan a gente competente a trabajar en ello. ¿Puede encargarse, agente Shurtleff?

—Creo que tengo lo que necesito —dijo Ellie, y dobló el inventario y lo guardó entre sus notas—. Sólo una pregunta. ¿Me puede decir quién activó la alarma cuando ustedes salieron anoche?

—¿La alarma? —Stratton se encogió de hombros y miró a su mujer—. No sé si la activamos. Lila estaba aquí. En cualquier caso, las alarmas del interior siempre están activadas. Estos cuadros estaban conectados directamente con la policía. Usted habrá visto las instalaciones en comisaría.

Ellie asintió. Guardó las notas en su maletín.

—¿Y quién más sabía el código?

—Liz. Yo. Miguel, el gestor de nuestras propiedades. Lila. Nuestra hija, Rachel, que está en Princeton.

—Me refería a la alarma del interior.

Stratton dejó sus papeles. Ellie vio que aparecía una arruga en su ceño.

—¿Qué insinúa? ¿Qué alguien conocía el código? ¿Que es así como han entrado?

Empezó a ponerse rojo. Le lanzó una mirada a Lawson.

—¿Qué está pasando aquí, Vern? Quiero que trabaje gente competente en este asunto. Profesionales, no una agente novata que se dedica a lanzar acusaciones... Ya sé que la policía de Palm Beach no moverá un dedo. ¿No podemos hacer algo con respecto a esto?

—Señor Stratton —comenzó a decir el inspector de Palm Beach, incómodo—, no es el único problema que tuvimos anoche. Han matado a cinco personas.

—Una cosa más —dijo Ellie, que ya iba hacia la puerta—. ¿Le importaría decirme cuál era el código de la alarma interior?

—¿El código de la alarma? —dijo Stratton apretando los labios. Ellie veía que aquello no le gustaba nada. Ese hombre estaba acostumbrado a poner a la gente en movimiento con un chasquido de los dedos—. Diez, cero, dos, ochenta y cinco —recitó lentamente.

—¿El cumpleaños de su hija? —preguntó Ellie, con una corazonada.

Stratton negó con la cabeza.

—La fecha de mi primera Oferta Pública Inicial.

20

La *agente novata* Ellie estaba furiosa cuando el mayordomo cerró la puerta a sus espaldas y ella se encontró en el largo camino de entrada cubierto de piedrecillas.

A lo largo de los años había visto muchas casas lujosas como ésa. El problema era que solían estar habitadas por gilipollas insoportables. Como ese payaso rico. Recordó que, más que nada, era eso lo que la había impulsado a dejar Sotheby's. Las divas ricas y los imbéciles como Dennis Stratton.

Subió al Ford Crown Victoria del departamento y llamó al agente especial comisionado Moretti, su superior en el C-6, la División de Robos y Fraudes. Dejó un mensaje diciendo que tenía que salir a investigar unos homicidios. Como dijo Lawson, habían muerto cinco personas. Y en la misma noche habían desaparecido sesenta millones en obras de arte. O al menos cuarenta…

El trayecto entre la casa de Stratton y el Brazilian Court era corto. Ellie había ido en una ocasión, cuando acababa de mudarse, a almorzar al Café Boulud con su tía Ruthie, una anciana de ochenta años.

En el hotel se abrió camino entre la policía y las furgonetas de la prensa enseñando su placa y se dirigió a la habitación 121 en la primera planta. La *suite* Bogart. Aquel nombre le hizo recordar a Ellie que Bogart y Bacall, Cary Grant, Clark Gable y Greta Garbo se habían hospedado en ese hotel.

Un poli de Palm Beach estaba apostado delante de la puerta. Ellie le enseñó su placa del FBI y él le respondió con la mirada de rigor, una mirada larga y escrutadora a la fotografía y luego nuevamente a ella, como si el poli fuera un escéptico gorila de discoteca ocupado en detectar documentos falsos.

—Es de verdad —dijo Ellie, mientras lo miraba con paciencia, aunque ligeramente irritada—. Yo también soy de verdad.

En el interior había un amplio salón, decorado con elegancia, una especie de estilo Bombay tropical. Muebles antiguos de la Inglaterra colonial, reproducciones de flores de lis, palmeras ondeando frente a las ventanas. Un técnico de la Brigada Criminal rociaba un *spray* sobre una mesilla de café para obtener huellas dactilares.

Ellie estaba algo nerviosa. No había trabajado en demasiados homicidios. En realidad, no había trabajado en ninguno. Sólo cuando había hecho su formación en la academia de Quantico.

Entró en la habitación. No importaba que en su placa dijera FBI, sintió que había algo escalofriante en todo aquello: la habitación, escrupulosamente intacta, tal como había quedado en el momento del macabro asesinato la noche anterior. *Venga, Ellie, que eres del FBI.*

Paseó la vista por la habitación sin tener ni la menor idea de lo que buscaba. Sobre la cama deshecha vio desplegado un vestido largo muy sexy. Dolce & Gabbana. En el suelo, un par de zapatos de tacón muy caros. Manolos. La chica tenía dinero. ¡Y buen gusto!

Algo más llamó su atención. La calderilla que habían guardado en una bolsa de plástico y etiquetado como prueba. Y luego, un *tee* de golf. Era negro y tenía unas letras doradas.

Ellie sostuvo la bolsa más cerca. En el *tee* se podía leer: «Trump International».

—Se supone que el FBI todavía tiene que esperar unos cuarenta minutos para poder entrar a inspeccionar. —La voz a sus espaldas la sobresaltó.

Ellie se dio media vuelta y vio a un tipo bronceado, atractivo, con las manos hundidas en los bolsillos de su americana, apoyado contra la puerta de la habitación.

—Carl Breen —dijo el hombre—. Departamento de Policía de Palm Beach. Homicidios. Relájese —añadió entonces sonriendo—, la mayoría de los federales que aparecen por aquí tienen pinta de recién salidos de la academia.

—Gracias —dijo Ellie alisándose los pantalones y ajustándose la cartuchera que le apretaba la cintura.

—¿Y se puede saber cómo es que el FBI está en nuestro terreno de juego? Homicidios sigue siendo un asunto local, ¿no?

—En realidad, estoy investigando un robo. Unos cuadros, en una de las grandes mansiones de más abajo. Debería decir *más arriba*.

—Cuadros, ¿eh? —Breen asintió con un amago de sonrisa—. ¿Y ahora ha venido a comprobar que los zánganos locales hacen su trabajo, no?

—La verdad es que investigaba si había alguna relación entre los asesinatos —explicó Ellie.

—Una relación con el robo de los cuadros —dijo Breen. Sacó las manos de los bolsillos y miró alrededor—. Veamos. Hay una huella dactilar allí, en la pared. ¿Es el tipo de cosas que busca?

Ellie sintió de sopetón la sangre que le ruborizaba las mejillas.

—No exactamente, pero me alegro de ver que tiene buen ojo para lo cualitativo, inspector.

Él le sonrió para darle a entender que sólo bromeaba. En realidad, tenía una sonrisa agradable.

—Ahora bien, si hubiera dicho crimen sexual, esto sería ahora un hervidero. Cuestiones típicas de la actividad social de Palm Beach. La chica llegó al hotel hace un par de meses. De la gente que llega y se marcha cada día. Seguro que cuando descubramos quién paga la cuenta, resultará ser un fondo fiduciario o algo por el estilo.

Condujo a Ellie por el pasillo hasta el cuarto de baño.

—Puede que tenga que aguantar la respiración. Estoy seguro de que Van Gogh nunca pintó algo parecido.

Había una serie de fotos de la escena del crimen pegadas en la pared de baldosas. Eran horrorosas. La víctima. La pobre chica tenía los ojos totalmente abiertos y las mejillas hinchadas como neumáticos. Estaba desnuda. Ellie intentó no hacer ninguna mueca de repugnancia. *Era muy guapa*, pensó. Excepcionalmente guapa.

—¿La violaron?

—El juez no ha llegado todavía —dijo el policía de Palm Beach—, pero ¿ve esas sábanas que hay ahí? Esas manchas no son precisamente de compota de manzana. Y los exámenes preliminares de la escena del crimen señalan que estaba dilatada como si hubiera tenido relaciones sexuales pocos minutos antes. Puede que sea una corazonada, pero yo diría que quien hizo esto se entendía de alguna manera con ella.

—Sí —dijo Ellie, y tragó saliva. Era evidente que Breen estaba en lo cierto. Quizá estuviera perdiendo su tiempo allí.

—El técnico ha dicho que ocurrió entre las cinco y las siete de la tarde de ayer. ¿A qué hora fue el robo?

—A las ocho y cuarto —dijo Ellie.

—A las ocho y cuarto, ¿eh? —Breen sonrió y la condujo por el codo, con gesto amable, nada de condescendiente—. No le diré que soy un gran experto, agente especial, pero estoy pensando que esto de la relación entre los asesinatos que usted ha mencionado podría tener algún fundamento. ¿Qué cree usted?

21

Se sentía un poco como una imbécil. Estaba enfadada consigo misma, avergonzada. En realidad, el inspector de Palm Beach había intentado ayudarla.

Cuando subió al coche, volvió a sonrojarse y sintió nuevamente ese calor. *Obras de arte.* ¿Acaso tenía que ser tan evidente que no se encontraba precisamente en su elemento?

Ahora le tocaba ir a aquella destartalada casa de Lake Worth, justo saliendo de la interestatal, donde habían asesinado a cuatro personas de entre veinte y treinta años, como si de una ejecución se tratase. Era una escena totalmente diferente. Era mucho peor. Un homicidio con cuatro víctimas siempre creaba una gran expectación nacional. Las furgonetas de la prensa y los coches de la policía todavía tenían bloqueado un radio de dos manzanas alrededor de la casa. Parecía que todos los policías y técnicos forenses del sur de Florida se hubieran dado cita allí y ahora pululaban por el interior.

Al entrar en la casa de tejado claro Ellie sintió que le costaba respirar. La escena era realmente macabra. Las siluetas de tres de las víctimas estaban dibujadas en el suelo de la habitación apenas amueblada y en el de la cocina. Los charcos de sangre y otras sustancias incluso peores manchaban el suelo y la delgada capa de pintura de las paredes. Sintió náuseas. Tragó saliva. *Esto no tiene nada que ver con el plan de estudios de la licenciatura en bellas artes.*

Al otro lado de la habitación vio a Ralph Woodward, de la oficina local. Ellie se le acercó, alegrándose de ver una cara conocida.

Ralph pareció sorprendido de verla.

—¿Qué le parece, agente especial? —preguntó, paseando la mirada por la habitación sin decorar—. Se pegan unas cuantas fotos en la pared, se ponen unas plantas aquí y allá, y ni se reconocería el lugar, ¿eh?

Ellie comenzaba a cansarse de oír esas chorradas. Ralph no era un tipo tan pesado, pero, bueno, joder.

—Me parece que esto va de drogas —dijo Ralph Woodward encogiéndose de hombros—. ¿Quién más mata así?

Al revisar las identificaciones se había sabido que las víctimas eran vecinos de Boston. Todos tenían antecedentes, pequeños delitos y robos de poca monta. Hurtos, robos de coches. Uno de ellos había trabajado media jornada en el bar Bradley's, un local que estaba cerca de la carretera de la costa en West Palm. Otro aparcaba coches en uno de los clubes locales. Y otra era una mujer. Ellie hizo una mueca cuando leyó el informe.

Vio que el inspector jefe de la policía de Palm Beach, Vern Lawson, entraba en la casa. Conversó unos segundos con los agentes y luego se fijó en ella.

—Un poco lejos de su campo, agente Shurtleff.

Lawson se acercó a Woodward como si fueran viejos amigos.

—¿Tienes un momento, Ralphie?

Ellie observó que los dos hombres se iban hacia la cocina. Se le ocurrió que quizá estaban hablando de ella. *Que se jodan, si eso es lo que hacen.* Éste caso era suyo. No pensaba dejarse presionar para que abandonara. Sesenta millones de dólares en obras de arte, o lo que fuera, no era exactamente un pequeño hurto.

Ellie se puso a mirar una serie de fotos del crimen. Ver a Tess McAuliffe en la bañera le había revuelto el estómago, pero aquello casi la hizo vomitar el desayuno. A una de las víctimas la habían lanzado contra la puerta de un disparo en la cabeza. El pelirrojo estaba tendido junto a la mesa de la cocina. Un disparo con una escopeta de caza. Otros dos habían quedado en la habitación. Al hombre corpulento le habían disparado por la espalda, quizá cuando intentaba huir, y la chica estaba acurrucada en un rincón, probablemente implorando que la dejaran vivir. Había recibido un disparo a bocajarro. Los impactos de las balas y perdigones estaban numerados en las paredes.

¿Drogas? Ellie respiró hondo. *¿Quién más mata de esta manera?*

Sintiéndose un poco inútil, se volvió para ir hacia la puerta. Tenían razón. Éste no era su terreno. También necesitaba respirar aire fresco.

Y entonces vio algo en el mostrador de la cocina y se detuvo en seco.

Herramientas.

Un martillo. Una lima de borde recto. Un cuchillo de carpintero.

No eran unas herramientas cualesquiera. Para otra persona no habrían significado nada, pero ella sabía que eran las herramientas básicas para una tarea que había visto llevar a cabo cientos de veces. Para desmontar un marco.

Dios. Ellie trató de ordenar sus ideas.

Volvió a las fotos del crimen. Algo encajó en su mente. *Tres* hombres muertos. En el robo de los cuadros de Stratton habían participado *tres* ladrones. Miró las fotos más de cerca. Acababa de fijarse en algo. Si no hubiera estado en los dos lugares, no se habría dado cuenta.

Las tres víctimas masculinas llevaban los mismos zapatos negros.

Ellie recordó la grabación de seguridad en blanco y negro de la Casa del Océano. Y luego empezó a mirar por la habitación.

Había más o menos una docena de polis custodiando el lugar. Los miró más detenidamente. Su corazón latió con fuerza.

Eran los zapatos que usaba la policía.

22

Los ladrones iban vestidos de policías, ¿no? Primer tanto para la licenciada en bellas artes.

Ellie miró alrededor de la habitación llena de gente. Vio a Woodward en la cocina, todavía conversando con Lawson como si conspiraran. Se abrió camino hasta llegar a ellos.

—Ralph, creo que he encontrado algo.

Él tenía esa manera bonachona de los sureños de ignorar a alguien con una simple sonrisa.

—Ellie, dame sólo un segundo. —Ella sabía que no la tomaba en serio.

De acuerdo, si querían que ella lo hiciera todo sola, eso iba a hacer.

Se acercó a uno de los inspectores de homicidios al que identificó como uno de los mandamases.

—Me preguntaba si habéis encontrado algo interesante, chicos. En los armarios o en el coche. Uniformes de policía, quizá una linterna.

—Los del laboratorio criminal se han llevado el coche —dijo el inspector—. Nada fuera de lo normal.

Desde luego —pensó Ellie—. *En realidad, no buscaban nada. O quizá los ladrones se deshicieron de todas las pruebas.* Sin embargo, esa corazonada que tenía se afirmaba.

La silueta de cada una de las víctimas, identificada con banderitas, estaba dibujada con tiza. Al lado, había una bolsa con las pruebas encontradas.

Ellie entró en la habitación. La víctima número tres: Robert O'Reilly. Un disparo por la espalda. Ellie cogió la bolsa con las pruebas. Unos pocos dólares. Una cartera. Nada más. Luego estaba la chica. Diane Lynch. La misma sortija de matrimonio que Robert O'Reilly. Ellie vació la bolsa. Sólo unas llaves y un recibo de Publix. No era gran cosa.

Mierda.

Algo la impulsó a continuar, aunque no tuviera idea de lo que buscaba. El hombre junto a la mesa de la cocina. Michael Kelly. Reventado contra la pared, pero todavía sentado en su silla. Ellie recogió la bolsa de las pruebas que había junto a él. Llaves del coche y billetes sujetos con una pinza; unos cincuenta dólares.

También había un pequeño trozo de papel plegado. Ellie lo hizo girar dentro de la bolsa. Parecían números.

Se puso unos guantes de látex, sacó el trozo de papel de la bolsa y lo desplegó.

La sacudió la certeza de que había dado con algo.

10-02-85.

Eran algo más que números al azar. Se trataba del código de la alarma de Dennis Stratton.

23

Me dirigía hacia el norte en medio de la noche, rodando a una velocidad estable de ciento veinte por hora por la interestatal 95. Quería poner la máxima distancia posible entre Palm Beach y yo. Creo que no pestañeé ni una sola vez hasta que llegué a la frontera entre Georgia y Carolina del Sur.

Salí de la autopista en un lugar llamado Hardeeville, una parada de camiones con un cartel enorme en el que se leía: LAS MEJORES CREPES DE TODO EL SUR.

Estaba agotado. Llené el depósito y me senté en una mesa vacía del restaurante. Eché una mirada. Sólo unos cuantos camioneros con cara de sueño tomando café o leyendo el periódico. Sentí una descarga de adrenalina. Todavía no sabía si era un hombre buscado o no.

Se acercó una camarera pelirroja con una etiqueta que decía Dolly, y me sirvió la taza de café que necesitaba urgentemente.

—¿Va muy lejos? —preguntó con un simpático acento sureño.

—Eso espero —contesté. No sabía si mi foto había salido en las noticias o si de repente me reconocería alguien con sólo mirarme. Sin embargo, me llegó entonces el olor del jarabe de arce y el bizcocho—. Lo bastante lejos como para que me den ganas de comer esas crepes.

Pedí un café para acompañarlas y me dirigí al lavabo de hombres. Al entrar, me crucé con un fornido camionero. Una vez a solas, me miré en el espejo y quedé impresionado por aquella cara que se reflejaba: demacrado, con los ojos irritados, asustado. Caí en la cuenta de que todavía llevaba la camiseta vieja y los vaqueros que vestía cuando hice saltar las alarmas la noche anterior. Me lavé la cara con agua fría.

Mi estómago lanzó un gruñido, un ruido horrible. Me di cuenta de que no había comido desde el día anterior, con Tess en el restaurante.

Tess... Sentí que las lágrimas volvían a aflorar. Mickey, Bobby, Barney y Dee. Dios mío, cómo deseaba poder echar atrás las agujas del reloj y verlos a todos vivos. En una sola noche de pesadilla todo había cambiado.

Cogí un *USA Today* del mostrador y volví a sentarme. Abrí el periódico sobre la mesa. Me di cuenta de que me temblaban las manos. Era la realidad que comenzaba a imponerse. Todas las personas en las que más confiaba en mi vida estaban muertas. Había revivido la pesadilla cientos de veces durante las últimas seis horas. Y cada vez me sentía peor.

Empecé a hojear el periódico. No estaba seguro de si esperaba encontrar algo o no. La mayoría de las noticias eran sobre Irak y la situación económica. El nuevo recorte de los tipos de interés.

Volví la página y los ojos casi se me salieron de las órbitas.

ESPECTACULAR ROBO DE OBRAS DE ARTE
Y UNA OLA DE ASESINATOS SACUDEN PALM BEACH.

Doblé el periódico por la mitad.

El refinado y famoso distrito de Palm Beach se vio sorprendido anoche por una sucesión de crímenes violentos, empezando por la muerte por inmersión de una atractiva mujer en una *suite* de hotel, seguida de un espectacular robo de unos cuadros de inestimable valor en una de las mansiones más respetables de la ciudad, y rematado horas más tarde por la ejecución violenta de cuatro personas en un pueblo de la zona.

La policía ha declarado que no tiene pistas concretas en relación con la brutal serie de crímenes, y que todavía ignora si están relacionados.

No entendía nada. *Robo de cuadros de inestimable valor...* Dee me había dicho que el trabajo había salido mal.

Seguí leyendo. Los nombres de las víctimas. Normalmente, es

algo que parece abstracto, nombres y caras. Pero en este caso era espantosamente real. Mickey, Bobby, Barney, Dee... y Tess.

Esto no es un sueño, Ned. Esto está sucediendo de verdad.

El artículo continuaba con la descripción de cómo tres valiosas obras de arte habían sido robadas de una mansión de cuarenta habitaciones, la Casa del Océano, propiedad del conocido hombre de negocios Dennis Stratton. *Valorado en cerca de sesenta millones de dólares, el robo de esos cuadros (no se dan sus nombres) era uno de los más importantes de la historia de Estados Unidos.*

No podía creerlo.

¿Robados? Nos habían traicionado.

Llegaron mis crepes, con una pinta estupenda como decía el anuncio. Pero a mí se me había quitado el hambre.

La camarera me llenó la taza de café y preguntó:

—¿Va todo bien, cariño?

Intenté sonreír lo mejor que podía y asentí con la cabeza, pero no pude contestarle. Un miedo nuevo se había apoderado de mí.

Me conectarán con este asunto.

Todo acabaría sabiéndose. Me costaba pensar, pero una cosa sí estaba clara. Cuando la policía fuera a ver a Sollie, sabrían lo de mi coche.

24

Lo primero que tenía que hacer era deshacerme de mi coche.

Pagué la cuenta, cogí el Bonneville y seguí por la carretera hasta llegar a un camino lateral, donde le quité las placas de la matrícula y saqué todo lo que podía incriminarme. Caminé de vuelta al pueblo y me paré frente a una pequeña nave Quonset que funcionaba como la estación de autobuses local. Madre mía, mi nuevo apellido era ahora *paranoia*.

Una hora más tarde, me encontraba en un autobús en dirección al norte, a Fayetteville, en Carolina del Norte.

Supongo que sabía perfectamente cuál era mi destino. En el mostrador de un chiringuito de la estación de Fayetteville, engullí una hamburguesa con patatas fritas antes de desfallecer, evitando las miradas de las personas con las que me cruzaba, como si la gente estuviera pendiente de hacer un inventario de mi cara.

Después, a última hora de la noche, subí a un autobús de la Greyhound con destino a todas las ciudades del norte, a Washington y Nueva York.

Y a Boston. ¿Adónde puñetas iba a ir si no?

Ahí era donde todo había empezado.

Me dediqué sobre todo a dormir y a pensar en lo que haría una vez que llegara. No había vuelto a casa en cuatro años. *Desde mi gran caída en desgracia*. Sabía que ahora mi padre estaba enfermo, pero incluso antes, cuando no lo estaba, tampoco era un ejemplo de buen progenitor. Bastaba con contar sus condenas, por cualquier cosa, desde traficar con bienes robados y apuestas clandestinas, hasta las tres temporadas en chirona, en el Souz, en Shirley.

Y mamá… Digamos simplemente que mi madre siempre estaba ahí. Mi admiradora número uno. Al menos lo era desde que a mi hermano mayor, John Michael, lo mataron en el robo de una tienda de licores. Sólo quedábamos yo y mi hermano menor, Dave. *No sigas los pasos de tu padre y de tu hermano, Ned,* me obligó a prometer cuando era pequeño. Mi madre me sacó no sé cuántas veces de líos pagando las fianzas. Me iba a buscar a medianoche a los entrenamientos de hockey de la Organización Católica de Jóvenes.

Ahora ése era mi problema principal. No tenía ganas de verle la cara cuando llegara huyendo a casa. Seguro que le destrozaría el corazón.

Cambié de autocar dos veces, en Washington y en Nueva York. En cada parada inesperada se me helaba el corazón. *Ya está,* pensaba. Nos detendríamos en un control policial y me sacarían del autocar. Pero no había controles. Desfilaban las ciudades y los estados, y todo me parecía demasiado lento.

Me di cuenta de que no paraba de divagar. Era hijo de un bandido de poca monta, y ahora volvía a casa. Y me buscaban, después de un gafe monumental. Había superado a mi propio viejo. Seguro que habría crecido dentro del sistema, como habían hecho Mickey y Bobby, si no hubiera sabido patinar. El hockey, en efecto, me había abierto puertas. El Premio Leo J. Fennerty al mejor delantero de la liga de baloncesto CYO de Boston. Un billete directo a la Universidad de Boston. Fue como un billete de lotería. Hasta que el segundo año me destrocé la rodilla.

La beca acabó junto con mi accidente, pero la universidad me dio un año para que demostrara que merecía seguir. Y eso hice. Probablemente pensaron que no era más que un deportista inútil que abandonaría, pero empecé a conocer el mundo más amplio que tenía a mi alrededor. No estaba obligado a volver al viejo barrio y esperar a que Mickey y Bobby salieran de la cárcel. Empecé a leer, a leer de verdad, por primera vez en mi vida. Ante el asombro general, me licencié con honores. En políticas gubernamentales. Conseguí un trabajo como profesor de ciencias sociales de octavo curso en la Stoughton Academy, una escuela adonde iban a parar chicos conflictivos. Mi familia no acababa de creérselo. *¿Es posible que paguen a un Kelly por dar clases en un aula?*

En cualquier caso, todo aquello se acabó. En un solo día, igual que ahora.

Después de pasar por Providence, todo empezó a volverse más familiar. Sharon, Walpole, Carton, lugares donde había jugado al hockey cuando niño. Empecé a ponerme muy nervioso. Ya llegaba, había vuelto a casa. Ya no era el chico que se había ido a estudiar a la Universidad de Boston. Ni el que habían sacado de la ciudad prácticamente a la fuerza... y que había acabado en Florida.

Era un hombre perseguido, con un problema mucho más grande que los que había tenido mi padre.

La manzana no cae muy lejos del árbol, pensaba cuando el bus se detuvo en la terminal de Atlantic Avenue, en Boston. *Ni siquiera cuando la lanzas.*

Ni siquiera cuando la lanzas con todas tus fuerzas.

25

—La agente especial Shurtleff fue la que hizo que las piezas encajaran —dijo el jefe de Ellie, George Moretti, encogiéndose de hombros, como diciendo *¿Te lo puedes creer?*, a Hank Cole, el director responsable adjunto. Estaban los tres en su despacho de la última planta en Miami.

»Reconoció los objetos en la escena del crimen que podrían usarse para desmontar marcos de cuadros. Luego encontró unos números entre los efectos personales de las víctimas que correspondían al código de la alarma de Stratton. Poco después descubrimos los uniformes falsos metidos en una bolsa que encontramos en un coche aparcado en la calle de la casa.

—Parece que finalmente le ha servido de algo esa licenciatura en bellas artes, agente Shurtleff —dijo el director adjunto Cole con una gran sonrisa.

—Fue porque tuve acceso a las escenas de los dos crímenes —dijo Ellie un poco nerviosa. Era la primera vez que se presentaba ante el director responsable adjunto.

—Todas las víctimas se conocían, eran de Boston y tenían antecedentes por delitos menores. —Moretti deslizó una copia del informe preliminar sobre la mesa de su jefe—. Nunca hemos tenido un crimen de esta magnitud. Hay otro miembro de este grupo que vivía con ellos y que, al parecer, ha desaparecido. —Empujó una foto sobre la mesa—. Se hace llamar Ned Kelly. No se presentó a su trabajo en un bar de noche. No me sorprende, ya que la policía de Carolina del Sur ha encontrado un viejo Bonneville registrado a su nombre. En un camino lateral que da a la I-95, a seiscientos kilómetros al norte de aquí…

—Bien. ¿Este Kelly tiene antecedentes?

—Delincuencia juvenil —dijo Moretti—. Ahora está limpio.

Pero su padre es una buena pieza. Tres condenas por diferentes delitos: apuestas clandestinas, tráfico de objetos robados... Enviaremos la foto del chico al hotel en Palm Beach donde se produjo el otro incidente. Nunca se sabe.

—Yo estuve allí —dijo Ellie. Les contó a sus jefes que las horas de las muertes no coincidían. Además, la policía de Palm Beach enfocaba el asesinato como si se tratara de un crimen sexual.

—Parece que nuestra agente tiene intención de trabajar también como inspectora de homicidios —dijo Hank Cole sonriendo.

Ellie se contuvo y encajó la indirecta con las mejillas ruborizadas. *No habrían llegado a ninguna parte sin mí.*

—En cualquier caso, ¿por qué no les dejamos algo a las autoridades locales para que tengan de qué ocuparse? —le sonrió Cole—. Así que este Ned Kelly puede haber traicionado a sus amigos, ¿eh? Parece que ha querido volar muy alto. ¿Qué piensa usted, agente? —dijo volviéndose hacia Ellie—. ¿Está preparada para volar al norte en busca de este tipo?

—Desde luego —dijo ella. No estaba segura de si lo hacían por condescendencia o no, pero le fascinaba formar parte del equipo A por una vez.

—¿Alguna idea de hacia dónde se dirige?

Moretti se encogió de hombros y se acercó a un mapa en la pared.

—Tiene su familia y sus raíces allí arriba. Puede que también tenga a quien vender los cuadros —añadió, y clavó una chincheta roja—. Hemos pensado en Boston, señor.

—En realidad —dijo Ellie—, en Brockton.

26

El bar de Kelty, en la esquina de Temple y Main, en el sur de Brockton, solía cerrar hacia medianoche, después del informativo de Bruin tras el partido o *Baseball tonight*, o cuando Charlie, el propietario, conseguía finalmente separar al último cliente parlanchín de su Budweiser.

Esta noche estaba de suerte. Las luces se apagaron a las 23.35.

Pocos minutos después un tipo grande de pelo castaño rizado, vestido con un chándal de Falmouth con la capucha puesta, gritó:

—Hasta luego, Charl —y cerró la puerta al salir a la calle. Empezó a caminar por Main con una pequeña mochila al hombro, protegiéndose del frío de abril.

Lo seguí por la acera de enfrente a una distancia segura. Todo había cambiado en el barrio. La tienda de ropa de hombre y la tienda de donuts Supreme B donde solíamos reunirnos era ahora una roñosa lavandería de autoservicio y una tienda de licores del tres al cuarto. El tipo que yo seguía también había cambiado.

Era uno de esos tíos fuertes de hombros anchos y sonrisa arrogante capaz de romperle a uno la muñeca en una pelea. En el instituto local se conservaba una foto de él. En una ocasión, con sus más de ochenta kilos de peso, lo habían declarado campeón del distrito por el instituto de Brockton.

Será mejor que pienses en cómo te lo vas a montar, Ned.

Giró a la izquierda en Nilsson y cruzó las vías. Lo seguí, unos treinta metros más atrás. En una ocasión miró por encima del hombro, quizá porque oyó pasos, y yo me oculté entre las sombras. Las mismas hileras de casas destartaladas y frágiles por donde yo había pasado mil veces cuando niño ahora parecían todavía más destartaladas y más ruinosas.

Dobló la esquina. A la izquierda estaba la escuela de primaria y Buckley Park, donde solíamos quedar para hacer el gamberro en la cancha de baloncesto. A una manzana, en Perkins, quedaban las ruinas de la fábrica de zapatos Stepover, cerrada desde hacía años. Recordé cómo solíamos escondernos allí de los curas, saltarnos las clases y juntarnos a fumar. Cuando giré en la esquina, ¡el tipo ya no estaba!

Vaya, mierda, Neddie, me maldije. *Nunca fuiste demasiado hábil sorprendiendo a nadie.*

¡Y de pronto yo mismo me convertí en el sorprendido!

Sentí un brazo poderoso alrededor del cuello. Me tiraron hacia atrás clavándome la rodilla en la espalda. El hijo de puta era más fuerte de lo que recordaba.

Estiré los brazos para intentar lanzarlo por encima de la espalda. No podía respirar. Lo oí gruñir, y sentí que aplicaba más presión, doblándome hacia atrás. Pensé que iba a partirme la columna.

Me empezó a entrar el pánico. Si no lograba librarme rápido, me rompería la espalda.

—¿Quién lo cogió? —silbó de pronto en mi oído.

—¿Quién cogió qué? —dije luchando para respirar. Él apretó con más fuerza.

—El pase de Flutie. En la Orange Bowl de 1984.

Intenté obligarlo a darse la vuelta, utilizando mis caderas como palanca, tirando con toda mi fuerza. Sólo conseguí que aumentara la presión. Sentía un dolor agudo en los pulmones.

—Gerard… Phelan —balbucí finalmente, a duras penas.

De pronto, se aflojó la presión de torniquete en mi cuello. Caí de rodillas y traté de inspirar todo el aire posible.

Levanté la mirada y vi la cara burlona de mi hermano menor, Dave.

—Has tenido suerte —dijo sonriendo, y me tendió una mano para ayudarme—. Iba a preguntarte quién cogió el último pase de Flutie en la universidad.

27

Nos abrazamos. Y luego Dave y yo nos quedamos mirando, como haciendo un inventario de cómo habíamos cambiado. Él estaba mucho más robusto. Ya no parecía un chico sino todo un hombre. Nos dimos golpecitos en la espalda. No había visto a mi hermano pequeño desde hacía casi cuatro años.

—Qué gusto volver a verte —dije, y otra vez lo abracé.

—Ya —dijo él, sonriendo—, pues a ti sí que da pena verte.

Reímos, como reíamos cuando éramos críos, y chocamos las manos como lo hacíamos en el barrio. Y luego le cambió la expresión. Como si ya se hubiera enterado. Seguro que ya todos se habían enterado.

Negó con la cabeza, como confesando su impotencia.

—Neddie, ¿qué diablos ha pasado allá abajo?

Lo llevé hasta el parque y nos sentamos en un reborde. Le conté cómo había llegado a la casa de Lake Worth y visto a Mickey y a nuestros amigos cuando los sacaban en bolsas sobre las camillas.

—Dios mío —dijo Dave sacudiendo la cabeza. Se le humedecieron los ojos y escondió la cara entre las manos.

Le rodeé los hombros con un brazo. Era duro verlo llorar. Y extraño al mismo tiempo. Era cinco años menor que yo, pero siempre había sido un tipo equilibrado y centrado, incluso cuando murió nuestro hermano mayor. Yo siempre perdía los nervios, y ahora era como si se hubieran invertido los papeles. Dave cursaba el segundo año en la Escuela de Derecho del Boston College. La lumbrera de la familia.

—Las cosas se han complicado —dije apretándole el hombro—. Creo que me buscan, Dave.

—¿Te buscan? —inquirió ladeando la cabeza—. ¿A ti? ¿Por qué?

—No estoy seguro. Quizá por asesinato. —Esta vez se lo conté todo, sin dejarme nada. También le conté lo de Tess.

—¿Qué dices? —Se me quedó mirando—. ¿Vienes huyendo? ¿Estás implicado? ¿Has participado en esa locura, Ned?

—Mickey estaba al mando —dije—, pero él no conocía a nadie allí que pudiera planear una cosa así. Tiene que haber sido alguien de aquí, y esa persona, Dave, es la que mató a nuestros amigos. Hasta que no demuestre lo contrario, la gente pensará que fui yo. Y los dos sabemos —dije mirándolo a los ojos, que, en el fondo, eran como mis ojos— con quién trabajaba Mickey aquí.

—¿Papá? ¿Crees que papá ha tenido algo que ver con esto? —Me miró como si estuviera loco—. Es imposible. Estamos hablando de Mickey, Bobby y Dee. Para él, eran casi como su propia carne y sangre. Además, no lo sabías, pero está enfermo, Ned. Necesita un trasplante de riñón. Está demasiado enfermo para seguir trabajando de ladrón.

En ese momento Dave se me quedó mirando con un gesto raro. No me gustó el brillo que vi en sus ojos.

—Neddie, ya sé que no has tenido suerte en los últimos tiempos...

—Escúchame —dije, y lo cogí por los hombros—, mírame a los ojos. Oigas lo que oigas, Dave, digan lo que digan las pruebas, yo no tuve nada que ver con esto. Los quería igual que tú. Lo único que hice fue hacer saltar las alarmas. Ya sé que fue una estupidez, y que ahora tendré que pagar por ello. Pero recuerda que, oigas lo que oigas, o digan lo que digan las noticias, lo único que hice fue hacer saltar unas cuantas alarmas. Creo que Mickey quería compensarme por lo que sucedió en Stoughton.

Mi hermano asintió con la cabeza. Cuando volví a mirarlo, vi un brillo diferente en sus ojos. El chico con el que había compartido habitación durante quince años, al que le había ganado jugando al baloncesto hasta que tenía dieciséis años, un ser que era carne de mi propia carne.

—¿Qué quieres que haga?

—Nada. Tú vas a la Escuela de Leyes —dije dándole un golpecito en el mentón—. Puede que necesite tu ayuda si esto se pone feo.

Me incorporé.

Dave me imitó.

—Vas a ver a papá, ¿no? —preguntó, pero no le contesté—. Es una estupidez, Ned. Si ellos te buscan, lo sabrán.

Nos despedimos chocando ligeramente los puños, y lo abracé con fuerza. Mi gran hermano pequeño.

Bajé corriendo calle abajo. No quería volverme porque temía que, si lo hacía, me echaría a llorar. Sin embargo, había algo que quería decirle. Me volví cuando estaba llegando a Perkins.

—Fue Darren.

—¿Qué? —preguntó Dave.

—Darren Flutie —dije sonriendo—. El hermano pequeño de Doug. Fue él quien cogió el último pase de Doug en la universidad.

28

Pasé la noche en el Beantown Motel, en la Ruta 27 de Stoughton, a unos cuantos kilómetros del bar de Kelty.

La historia salía en todas las noticias. Residentes de Brockton asesinados. Las fotos de mis amigos. Una toma de la casa en Lake Worth. Después de eso no era fácil dormirse.

A las ocho de la mañana del día siguiente tomé un taxi hasta Perkins, a un par de manzanas de la casa de mis padres. Me había puesto vaqueros y una vieja sudadera de la Universidad de Boston. Llevaba una gorra de los Red Sox. Estaba asustado. Los conocía a todos y todos me conocían a mí, a pesar de los cuatro años que habían pasado. Pero no era sólo eso. Era volver a ver a mi madre. Después de todos esos años. Volver a casa así...

Rezaba para que los polis no me estuvieran esperando.

Pasé a toda prisa frente a las viejas casas que me eran tan familiares, con sus porches inclinados y los pequeños jardines terrosos. Finalmente divisé nuestra vieja casa victoriana verde desteñida. Parecía bastante más pequeña de lo que la recordaba. Y bastante más destartalada. *¿Cómo diablos cabíamos todos en ella?* El todoterreno Toyota de mi madre estaba en la entrada. El Lincoln de Frank no se veía por ninguna parte. Me pareció que todo estaba bien, así que me dirigí sigilosamente a la puerta de atrás.

A través de una ventana de la cocina vi a mi madre. Ya estaba vestida y llevaba una falda de pana y un jersey que podría ser de Fair Isle. Estaba tomando una taza de café. Todavía tenía una cara bonita, pero ahora parecía mucho más vieja. ¿Cómo podría ser de otra manera? Toda una vida tratando con Frank «Whitey» Kelly la había desgastado hasta llegar a esto.

Vale, Ned, ha llegado la hora de portarse como un chico mayor...
La gente que amabas ha muerto.

Llamé al cristal de la puerta trasera. Mamá levantó la vista de su café y enseguida palideció. Se levantó y fue corriendo hasta la puerta para abrirme.

—Madre de Dios, ¿qué haces aquí, Ned? Ay, Neddie, Neddie, Neddie.

Nos abrazamos, y ella me apretó como si acabara de volver del país de los muertos.

—Pobres chicos... —balbuceó, y escondió el rostro en mi hombro. Sentí sus lágrimas. Y luego se apartó, con los ojos desorbitados—. Neddie, no puedes estar aquí. Ha venido la policía.

—Yo no lo hice, mamá —dije—. Digan lo que digan, te lo juro por Dios, te lo juro por el alma de JM, no tengo nada que ver con lo que pasó.

—No tienes por qué decírmelo —dijo mi madre acariciándome ligeramente la mejilla. Me quitó la gorra y sonrió al ver mi pelo rubio despeinado y el bronceado de Florida—. Tienes buen aspecto. Me alegro de verte, Neddie, incluso en estas circunstancias.

—Yo también me alegro de verte, mamá.

Y era verdad... Volver a la vieja cocina. Por un momento, me sentí nuevamente libre. Cogí una vieja instantánea pegada en la nevera. Los hijos de la familia Kelly, Dave, JM y yo, en el terreno de juego detrás del instituto de Brockton. JM con su camiseta roja y negra de fútbol. El número 23. El penúltimo año del instituto.

Cuando levanté la vista, mi madre me estaba mirando.

—Neddie, tienes que entregarte.

—No puedo —dije sacudiendo la cabeza—. Ya me entregaré. Pero todavía no. Tengo que ver a papá. ¿Dónde está?

—¿Tu padre? —preguntó, y sacudió la cabeza—. ¿Te piensas que lo sé? —dijo, y se sentó—. A veces creo que incluso duerme donde Kelty. Las cosas se han puesto feas para él, Neddie. Necesita un trasplante de riñón, pero ya es demasiado viejo para que lo cubra nuestro seguro. Está enfermo. A veces pienso que sólo quiere morir...

—Confía en mí, vivirá el tiempo suficiente para darte más problemas —dije con un resoplido.

De pronto oímos el ruido de un vehículo que se detenía afuera en la calle. Una puerta que se cerraba de golpe. Esperaba que fuera Frank.

Me acerqué a una ventana y bajé las persianas.

No era mi padre.

Dos hombres y una mujer se dirigían hacia nuestra casa por la entrada principal.

Mi madre fue a toda prisa a la ventana. En sus ojos asomó cierta inquietud.

Habíamos visto demasiadas veces a mi padre cuando se lo llevaban a la cárcel como para no reconocer a los representantes de la ley.

29

Los dos nos miramos con expresión de pánico al ver a los policías que se acercaban a la casa.

Uno de los agentes, un negro vestido con un traje marrón, se separó de los otros dos y se dirigió hacia la parte de atrás.

Mierda, Neddie, ¡piensa! ¿Qué vas a hacer ahora?

Jamás he sentido mi corazón tan desbocado como durante los segundos que los agentes tardaron en subir la escalera. Intentar escapar era absurdo.

—Neddie, tienes que entregarte —volvió a decir mi madre.

Sacudí la cabeza.

—No, tengo que encontrar a Frank. —Cogí a mi madre por los hombros, implorándole con la mirada—. Lo siento…

Me apreté contra la pared junto a la puerta, sin saber qué diablos haría a continuación. No tenía un arma. Ni tampoco un plan.

Llamaron a la puerta.

—¿Frank Kelly? —preguntó una voz—. ¿Señora Kelly? ¡FBI!

Pensaba en mil cosas a la vez, pero no se me ocurría nada que pudiera ayudarme. Tres agentes, uno de ellos era una mujer. La chica estaba bronceada, y probablemente venía de Florida.

—¿Señora Kelly? —volvieron a llamar. A través de las cortinas, vi a un tipo grande en la puerta. Al final, mi madre contestó. Me miró con gesto de impotencia. Asintiendo con la cabeza, le dije que abriera la puerta.

Cerré los ojos por espacio de medio segundo. *Por favor, no cometas el error más tonto de tu vida.*

Sin embargo, lo cometí de todas maneras.

Cargué contra el agente en cuanto cruzó la puerta. Caímos rodando al suelo. Oí que el tipo lanzaba un gruñido, y cuando alcé la mirada, vi que el arma se le había caído y ahora estaba a poco más de un metro. Los dos nos la quedamos mirando, él sin saber si un asesino despiadado se le había adelantado, yo sabiendo que en cuanto hiciera un movimiento hacia la pistola, mi vida tal como la conocía se había acabado. No me importaba la mujer, ni el tipo que había ido por la parte de atrás. Simplemente me lancé a por la pistola. No había otra salida.

Me aparté de él rodando por el suelo y cogí el arma con las dos manos.

—¡Que nadie se mueva!

El agente seguía en el suelo. La mujer (que, en realidad, era pequeña y tenía cierto encanto) buscó a tientas su propia arma debajo de la chaqueta. El tercer agente acababa de entrar por la puerta trasera.

—¡No! —grité, extendiendo el brazo con la pistola. La mujer me miró. Tenía la mano sobre su cartuchera.

—Por favor… Por favor, no la saque —le advertí.

—Te lo ruego, Neddie —imploró mi madre—, deja esa pistola. Es inocente —dijo mirando a los agentes—. Ned no le haría daño a nadie.

—No quiero hacerle daño a nadie —la corregí—. Ahora dejad vuestras armas en el suelo. Venga.

Cuando me obedecieron, me agaché deprisa para recogerlas. Retrocedí hasta la puerta trasera y las lancé hacia el bosque que lindaba con la casa. *¿Y ahora qué hago?* Miré a mi madre y le sonreí sin mucha convicción.

—Supongo que tendré que pedirte prestado el coche.

—Neddie, por favor —volvió a implorar mi madre. Ya había perdido a un hijo en un tiroteo. Pobre John Michael.

Yo me moría por dentro, sabiendo el daño que le estaba haciendo. Me acerqué a la guapa agente. Casi podría levantarla con un solo brazo, pensé. Aunque ponía cara de valiente, vi que estaba asustada.

—¿Cómo se llama?

—Shurtleff —dijo ella vacilando—. Ellie.

—Lo siento, Ellie Shurtleff, pero tú vienes conmigo.

El agente que estaba en el suelo se incorporó.

—Ni lo pienses. No te la llevarás. Llévate a cualquiera. Llévame a mí.

—No —dije, y le indiqué con la pistola que volviera a agacharse—. Me la llevo a ella. Viene conmigo.

La cogí por el brazo.

—No te haré daño, Ellie, si todo esto sale bien. —En medio de ese momento desquiciado, le sonreí apenas, por la comisura de los labios—. Ya sé que esto no servirá de nada —dije volviéndome hacia el tipo que había rodado por el suelo—, pero yo no soy culpable de lo que me imputáis.

—Sólo hay una manera de demostrarlo —dijo el federal.

—Ya lo sé —dije asintiendo con la cabeza—. Por eso hago esto, porque tengo que demostrarlo..., tengo que demostrar que soy inocente.

Cogí a la agente Shurtleff por el brazo y abrí la puerta de un empujón. Los otros dos agentes se quedaron donde estaban, como suspendidos en el aire.

—Sólo quiero cinco minutos —dije—. No pido más. La tendréis de vuelta sana y salva, ni se le arrugará la ropa. Yo no maté a esa gente en Florida. Lo que suceda ahora depende de vosotros.

Me volví hacia mi madre.

—Supongo que debería advertirte que no vendré a cenar a cualquier hora un día de estos. —Le guiñé un ojo—. Te quiero, Mamá.

Y luego salí retrocediendo por la puerta con la agente Shurtleff bien cogida por el brazo. La hice bajar las escaleras. Los tipos del FBI ya estaban en la ventana, y uno de ellos había sacado su teléfono. Abrí la puerta del todoterreno y la empujé para que subiera.

—Sólo espero que las llaves estén puestas —dije y, de hecho, sonreí—. Suelen estarlo.

Y lo estaban, ¡gracias a Dios! Puse la marcha atrás para salir, segundos después ya rodábamos por Perkins, cruzábamos la línea del tren y llegábamos a Main.

Todavía no había luces. Ni sirenas. Había unas cuantas maneras de salir de la ciudad y calculé que la mejor opción era ir hacia el norte, por la carretera 24.

Miré hacia atrás y suspiré aliviado.

Bonita faena. Acabas de añadir el secuestro de una agente federal a tu currículum.

30

—¿Tienes miedo? —preguntó el delincuente, ese tal Ned Kelly, volviéndose hacia ella mientras corría a toda velocidad por la carretera 24. Sostenía el arma flojamente sobre los muslos, apuntando hacia ella.

¿Miedo? Ellie vaciló. *Al tipo éste lo buscan para interrogarlo por el homicidio de cuatro personas.*

Por su mente desfilaron las posibilidades que podían darse en un caso de secuestro. Seguro que en algún libro de texto había leído lo que tenía que decir. Conservar la calma. Empezar un diálogo. Estaba segura de que ya habían lanzado una orden de busca del coche. Todos los policías en un radio de ochenta kilómetros de Boston habrían recibido la alerta. Finalmente, decidió responder lo que sentía.

—Sí, tengo miedo —dijo, asintiendo con la cabeza.

—Bien —dijo él entonces—, porque yo también tengo miedo. Nunca he hecho algo así. Pero relájate, lo digo en serio. No te haré daño. Sólo tenía que salir de allí. Incluso le quitaré el seguro a la puerta. Puedes bajarte la próxima vez que nos detengamos. No es broma, te doy mi palabra.

A Ellie le sorprendió el chasquido del mecanismo automático de los seguros al levantarse. Se acercaban a una salida y él disminuyó la velocidad al llegar a la rampa.

—O —siguió— te puedes quedar otro rato y ayudarme a pensar en cómo voy a salir de este lío.

Kelly detuvo el coche y esperó a que ella se moviera.

—Venga. Calculo que me quedan… ¿qué? ¿Unos tres minutos antes de que todas las salidas de esta autopista estén plagadas de polis?

Ellie le lanzó una mirada, un poco aturdida. Puso la mano en la puerta. *Te están dando un regalo*, le dijo una vocecilla interior.

¡Acéptalo! Recordó la casa de Lake Worth, la sangre y los cuerpos masacrados. Ese tipo estaba relacionado con las víctimas. Y había huido.

Sin embargo, algo la retenía. La sonrisa del tipo expresaba miedo, y cierto fatalismno.

—No te he mentido antes. No soy un asesino. No tuve nada que ver con lo que pasó en Florida.

—Secuestrar a una agente federal desde luego no te favorecerá nada —dijo Ellie.

—Eran mis amigos, mi familia. Los conocía de toda mi vida. No he robado ningún cuadro ni he matado a nadie. Lo único que hice fue hacer saltar unas cuantas alarmas. Mira —dijo, y sacudió la pistola—, ni siquiera sé cómo utilizar esta mierda.

Al menos así parecía, pensó Ellie. Y también recordó que se habían activado una serie de alarmas de las mansiones por todo el distrito justo antes del robo. Habían pensado que se trataba de una diversión.

—Venga, baja —dijo Kelly—. Espero visitas.

Pero Ellie no bajó. Se quedó en el coche sin decir nada, mirándolo. De pronto, ya no le parecía tan loco. Sólo confundido, y asustado. Abrumado por las circunstancias. Y ella, por algún motivo, no se sentía tan amenazada. Los policías estaban al caer. Quizá podría convencerlo. *Vaya, Ellie, ¡esto sí que no tiene nada que ver con el Departamento de Grabados Raros de Sotheby's!*

—Dos. —Ellie lo miró y alejó la mano de la puerta—. Tienes unos dos minutos. Antes de que esto se llene de todos los coches patrulla del sur de Boston.

A Ned Kelly pareció iluminársele la cara.

—De acuerdo —dijo.

—Cuéntame todo lo que sucedió en Florida —dijo Ellie—. Quizá pueda ayudarte. Nombres. Contactos. Todo lo que sepas del robo. ¿Has dicho que quieres salir de este lío? Es la única manera.

Ned Kelly sonrió, pero parecía indeciso. Ellie no vio en su rostro a un asesino, sólo a un tipo que estaba tan nervioso como ella, un tipo que se había cavado un agujero muy profundo del que tal vez jamás saldría. Pensó que quizá podía ganarse su confianza. Hablar con él para que se entregara, y que nadie resultara herido. Si la policía lo encontraba en ese momento, no estaba segura de lo que podría pasar.

—De acuerdo —dijo Ned.

—Y yo, en tu lugar, apuntaría esa pistola hacia mí de vez en cuando —dijo Ellie. Le costaba creer lo que estaba haciendo—. Debes saber que nos enseñan a desarmar a nuestros atacantes.

—Vale —dijo Ned Kelly, con una sonrisa nerviosa, y aceleró el todoterreno para tomar la rampa de salida—. Lo primero que tendríamos que hacer es deshacernos del coche de mi madre.

31

Cambiamos el todoterreno por un Voyager monovolumen que alguien se había dejado en marcha en el aparcamiento de un supermercado.

Una vieja maniobra. De pequeño había visto a Bobby hacerlo una docena de veces. La dueña del coche había ido a devolver el carrito. Con todo lo que estaba pasando, calculé que tenía al menos una hora antes de que alguien respondiera a la llamada.

—No puedo creer que haya hecho una cosa así. —Ellie Shurtleff parpadeó, asombrada, cuando al cabo de un minuto ya rodábamos de vuelta por la Ruta 24. La expresión de su rostro parecía decir: *Una cosa es seguir con este tío, otra muy diferente es participar en el robo de un coche.*

Un ambientador con perfume de pino colgaba del retrovisor. En una libreta amarilla sujeta al salpicadero se leía: *Compras, manicura, recoger a los niños a las 15.00.* En la parte de atrás se sacudió la bolsa de la compra. Minipizzas y cereales Count Chocula.

Nos miramos y casi nos echamos a reír cuando pensamos al mismo tiempo: un asesino buscado por la policía conduciendo un monovolumen.

—Vaya coche para una escapada —dijo ella, y sacudió la cabeza—. Todo un Steve McQueen.

No tenía ni idea de adónde ir. Pero supuse que el lugar más seguro era mi pequeña habitación del motel de Stoughton. Por suerte, era un motel de carretera, de modo que podía llegar a la habitación sin pasar por recepción.

Cerré con llave la puerta de la habitación y me encogí de hombros.

—Oye, tengo que registrarte.

Ella me miró y puso los ojos en blanco, como diciendo: *¿Qué? ¿Estás de broma? ¿A estas alturas?*

—No te preocupes —dije—. Nunca me aprovecho de las agentes del FBI en la primera cita.

—¿Crees que, si quisiera detenerte, no lo habría hecho ya? —preguntó Ellie Shurtleff.

—Lo siento —dije, y volví a encogerme de hombros, un poco incómodo—. Supongo que sólo es una formalidad.

Tenía suerte de haber secuestrado a una agente del FBI, como Ellie Shurtleff y no a una especie de Lara Croft, que ya me habría torcido el brazo hasta sacarlo de sus articulaciones. La verdad es que jamás la habría tomado por una federal. Quizá por una maestra de escuela primaria. O por una licenciada en letras. Tenía el pelo castaño, corto y ondulado, unas cuantas pecas en las mejillas y una nariz respingona. Y también unos bonitos ojos azules tras las gafas.

—Manos arriba —dije agitando la pistola—, o hacia los lados, lo que prefieras.

—Se dice «contra la pared» —dijo ella volviéndose.

Extendió los brazos. Me arrodillé y le palpé los bolsillos del pantalón y los muslos. Llevaba unos pantalones color canela con una camiseta de algodón blanca que le ceñía el busto de manera muy sugerente. Lucía una piedra semipreciosa colgada del cuello.

—Te diré una cosa: no me costaría nada darte un golpe con el codo en plena cara —dijo. Vi que estaba perdiendo la paciencia—. Nos enseñan ese tipo de cosas, ¿sabes?

—No soy lo que se llamaría un profesional en esto —dije, y me retiré a una distancia prudente. No me había gustado el comentario del codazo en la cara.

—Ya que estás ahí abajo, podrías mirar los tobillos. La mayoría llevamos algún arma en los calcetines cuando salimos a investigar.

—Gracias —asentí con la cabeza.

—Sólo es una formalidad —dijo Ellie Shurtleff.

No encontré gran cosa en su bolso, excepto unas llaves y pastillas de menta. Me senté en la cama. De golpe, me di cuenta de lo que acababa de hacer. Esto no era una película. Yo no era Hugh Jackman, ella no era Jennifer Aniston, y esa escena no iba a tener precisamente un final feliz.

Apoyé la cabeza en las manos.

Ellie se sentó en una silla frente a mí.

—¿Qué hacemos ahora? —pregunté. Encendí la diminuta tele, aunque sólo para ver las noticias. Intenté refrescarme la boca, pero se me quedó tan seca como el desierto del Sáhara.

—Ahora —dijo Ellie Shurtleff encogiéndose de hombros— hablamos.

32

Se lo conté todo.

Todo lo que sabía sobre el robo de las obras de arte en Florida. No me dejé nada.

Salvo la parte de cuando conocí a Tess. No sabía cómo contárselo y conseguir que me creyera todo lo demás. Además, me costaba mucho pensar siquiera en lo que le había pasado a Tess.

—Sé que he hecho unas cuantas estupideces en los últimos días —dije mirando a Ellie muy serio—. Sé que no debería haberme escapado de Florida, ni haber hecho lo que hice hoy. Pero tienes que creerme, Ellie, la muerte de mis amigos, mis primos... —balbucí, y sacudí la cabeza—. Nada. Ni siquiera cogimos esos cuadros. Alguien nos montó una encerrona.

—¿Gachet? —inquirió Ellie, que tomaba notas.

—Supongo —dije frustrado—. No lo sé.

Me miró fijamente. Habría dado cualquier cosa por que me creyera. Tenía que creerme. Ella cambió de tema.

—¿Por qué has venido aquí?

—¿A Boston? —Dejé la pistola sobre la cama—. Mickey no tenía contactos en Florida. Al menos no un contacto que pudiera montar un robo como ése. Toda la gente que conocía era de aquí.

—¿No has venido para traficar con los cuadros, Ned? Tú también conoces a gente en Boston.

—Mira a tu alrededor, agente Shurtleff. ¿Ves muchos cuadros? Yo no hice nada de eso.

—Tendrás que entregarte —dijo ella—. Tendrás que hablar de lo que sea, a quién conocía tu primo y para quién trabajaba. Nombres, contactos, de todo, si quieres mi ayuda. Yo puedo minimizar el episodio del secuestro, pero entregarte es tu única salida. ¿Entiendes eso, Ned?

Yo asentí con la cabeza, resignado. Tenía un gusto amargo en la boca. La verdad era que no conocía a los contactos de Mickey. ¿A quién iba a delatar? ¿A mi padre?

—En cualquier caso, ¿cómo supisteis hacia dónde me dirigía? —pregunté. Suponía que Sollie Roth había llamado a la policía al verme partir.

—En general, no hay muchos Bonnevilles viejos rodando por ahí —dijo Ellie—. Cuando lo encontramos en Carolina del Sur, tuvimos una idea bastante clara de hacia dónde ibas.

Al menos eso, pensé. *Sollie no se chivó.*

Estuvimos hablando horas. Empezamos con los crímenes, pero daba la impresión de que Ellie Shurtleff quería revisar cada detalle de mi vida. Le conté cómo era crecer en Brockton. Le expliqué cosas del barrio y de la vieja pandilla. Cómo había salido de allí con una beca para jugar en el equipo de hockey de la Universidad de Boston.

Eso pareció sorprenderla.

—¿Fuiste a la Universidad de Boston?

—¿No sabías que estás hablando con el ganador del Premio Leo J. Fennerty de 1995? Delantero centro del equipo de la CYO de Boston —dije sonriendo y encogiéndome de hombros como para quitarle importancia—. Me licencié —dije—. Cuatro años. Licenciado en letras y políticas gubernamentales. Seguro que no me veías como el típico académico.

—De alguna manera, cuando te vi buscando un coche que robar en el aparcamiento del supermercado. Lo que pasa es que nunca he estado en la Universidad de Boston —dijo Ellie sonriendo.

—Te he dicho que no he matado a nadie, agente Shurtleff —dije devolviéndole la sonrisa—, pero nunca he dicho que fuera un santo.

La verdad es que eso hizo reír a la agente Ellie Shurtleff.

—¿Quieres otra sorpresa? —pregunté recostándome en la cama—, ya que te estoy contando mi currículum. Durante unos años, incluso trabajé de profesor. Ciencias sociales, en octavo curso, en una escuela para chicos conflictivos, aquí en Stoughton. Era bastante bueno. Puede que no fuera capaz de citar todas y cada una de las enmiendas constitucionales, pero me llevaba bien con esos chicos. Quiero decir, yo mismo había vivido todo eso. Había tenido que tomar el mismo tipo de decisiones.

—¿Y cómo se torcieron las cosas? —preguntó Ellie dejando el cuaderno de notas a un lado.

—¿Quieres decir que cómo un gran tipo como yo acabó trabajando de socorrista en Palm Beach? Es la pregunta del millón.

Ella se encogió de hombros.

—Sigue.

—Era mi segundo año, y me interesé por una de mis alumnas. Era una chica de South Brockton, igual que yo. Dominicana. Se juntaba con gente violenta. Pero era lista como nadie. Le iba bien en los exámenes. Yo quería que le fuera bien.

—¿Qué pasó? —Ellie se inclinó hacia delante. Me di cuenta de que ya no hablábamos de nada que tuviera que ver con lo de Florida.

—Quizá la asusté, no lo sé. A ver si me entiendes, dar clases a esos chavales lo era todo para mí. Me acusó de acosarla. Dijo que le había pedido un favor a cambio de una buena nota, algo así.

—Oh, no. —Ellie se echó hacia atrás. Ahora me miraba con cierta cautela.

—Era todo mentira, Ellie. Seguramente cometí alguna estupidez. Como acompañarla a su casa un par de veces. Quizá se vio atrapada en sus propias mentiras, y la historia cobró un efecto de bola de nieve. De pronto la bola de nieve fue creciendo. Dijo que la había acosado. En mi aula, después de clase, en las instalaciones del colegio. Me dieron una oportunidad para explicarme. Pero ese tipo de cosas... nunca se olvidan. Me ofrecieron la posibilidad de quedarme en un empleo de rango menor, como administrativo. Renuncié y me largué. Mucha gente me dio la espalda. Mi padre...

—Tu padre tiene antecedentes, ¿no? —preguntó ella.

—¿Antecedentes? Yo diría más bien que tiene su propia celda en el Centro Penitenciario de Souz, en Shirley, reservada permanentemente para él. *La manzana no cae lejos del árbol.* Recuerdo que decía eso, como si hubiera demostrado que estaba en lo cierto. Imagínate, él me dio la espalda. Pocos años antes consiguió que mataran a su hijo, maldita sea. Mi hermano mayor. Pero ¿sabes qué fue lo más divertido de todo?

Ella negó con la cabeza.

—Más o menos un mes después de que yo me fuera, la chica se retractó. La escuela me mandó una bonita carta de disculpas. Pero el daño ya estaba hecho. Yo no podía ser profesor.

—Lo siento —dijo Ellie.

—¿Sabes quién no me dio la espalda, agente Shurtleff? Mi primo Mickey, y tampoco me dieron la espalda Bobby O'Reilly, Barney y Dee. Para ser una banda de perdedores de Brockton, entendían que para mí ese trabajo de profesor lo era todo. ¿Y crees que yo los mataría? ¿A ellos? —dije golpeándome el pecho al lado del corazón—. Hasta sería capaz de matarme si con eso ellos pudieran vivir. En cualquier caso —dije sonriendo, porque me había puesto un poco emotivo—, ¿crees que si tuviera sesenta millones en cuadros robados estaría hablando contigo aquí en este motel de mala muerte?

Ellie también sonrió.

—Puede que seas más inteligente de lo que pareces.

De pronto, un boletín informativo interrumpió el programa de televisión. *Última hora…* Era la noticia del secuestro. Me quedé mirando con ojos desorbitados. Una vez más mi cara salía en la pantalla. Dios mío… ¡Y mi nombre!

—Ned —dijo Ellie Shurtleff, viendo el pánico en mi cara—, tienes que entregarte. Es la única manera de que solucionemos esto. *La única manera.*

—Yo no pienso igual. —Empuñé la pistola y la cogí por el brazo—. Venga, nos largamos de aquí.

33

Tiré lo que había en la parte trasera del monovolumen y con un destornillador que había encontrado en una bolsa de herramientas cambié la matrícula de Massachusetts por una de Connecticut de otro coche en el aparcamiento.

Ahora también tenía que deshacerme del monovolumen. A esas alturas ya habrían encontrado el todoterreno de mi madre. Y tenía que esconder a Ellie Shurtleff. Lo que no podía hacer era entregarme. No hasta que descubriera quién había montado la encerrona y matado a mis amigos. No hasta que encontrara al jodido Gachet.

Subí al coche y empecé a dar vueltas, sin saber adónde ir.

—¿Adónde vamos? —preguntó Ellie, intuyendo que todo había cambiado.

—No lo sé —dije.

—Te conviene que te eche una mano, Ned —insistió—. Tienes que dejar que te lleve a la policía. No hagas algo más descabellado de lo que ya has hecho.

—Creo que es demasiado tarde para eso —dije. Buscaba un lugar donde dejarla.

Encontré un rincón tranquilo en la carretera 138, entre un depósito de granito y un negocio de coches de segunda mano. Salí del camino principal y me detuve en un lugar apartado.

Ellie empezaba a alarmarse, lo veía en su mirada. Estaba claro que no nos dirigíamos a donde ella pensaba. ¿Qué podía hacer?

—Por favor, Ned —dijo—. No vayas a hacer una estupidez. No tienes otra salida.

—Sí que tengo otra salida. —Aparqué el coche y asentí con la cabeza—. Por ejemplo, bájate y sal por esa puerta.

—Te encontrarán —dijo ella—. Hoy. Mañana. Sólo conseguirás que te maten. Lo digo en serio, Ned.

—Todo lo que te he contado es verdad, Ellie —dije mirándola a los ojos—. Y tampoco soy culpable de otra historia que quizá llegue a tus oídos. Ahora, venga, baja del coche.

Abrí el cierre automático. Me incliné sobre sus rodillas y le abrí la puerta.

—Estás cometiendo un error —dijo—. No hagas esto, Ned.

—Pues ya has oído la historia de mi vida. Hace años que cometo errores.

Llámesele el síndrome de Estocolmo al revés, o como se quiera, pero me había encariñado con la agente especial Ellie Shurtleff. Sabía que su intención era ayudarme. Probablemente era mi última buena oportunidad. Por eso lamentaba que se fuera.

—Ni una arruga en la ropa, tal como prometí —dije sonriendo—. Asegúrate de decírselo a tu colega.

Me miró con una mezcla de decepción y frustración. Bajó del monovolumen.

—Contéstame a una pregunta —pedí.

—¿Qué? —preguntó ella, y se me quedó mirando.

—¿Por qué no llevabas un arma en el tobillo si habías salido en una misión?

—Es por el departamento donde trabajo. No necesito un arma.

—¿Qué departamento es ése? —pregunté confundido.

—Robo de obras de arte —contestó la agente Shurtleff—. He venido a averiguar el destino de los cuadros, Ned.

Parpadeé. Era como si Maravilloso Marvin Hagler me hubiera propinado un directo en el mentón.

—Estoy a punto de confiarle mi vida a una agente del FBI, ¿y resulta que es del Departamento de Robo de Obras de Arte? Dios mío, Ned, es que nunca te enteras.

—Aún estás a tiempo de enterarte —dijo Ellie sin moverse, con una mirada increíblemente triste.

—Adiós, Ellie Shurtleff —dije—. Tengo que reconocer que has sido muy valiente. Jamás pensaste que iba a disparar, ¿verdad?

—No —dijo Ellie sacudiendo la cabeza. Vi que sonreía—. Has tenido el seguro de tu pistola puesto todo este tiempo.

TERCERA PARTE

Gachet

34

—¡No creo que haya sido él, George! —dijo Ellie por el teléfono—. Al menos él no ha sido quien ha cometido los asesinatos.

El Equipo de Crisis del FBI en Boston acababa de pedirle que informara sobre su experiencia. Quizá Ellie estaba un poco fuera del ambiente, pero les contó lo que había visto. Y afirmó que Kelly no era un asesino.

Era sencillamente alguien que no entendía nada de lo sucedido, y le había entrado el pánico. Dijo que hasta el momento en que su foto apareció en la tele estaba segura de que Kelly acabaría entregándose.

Ahora, desde la sala de conferencias del director regional en Boston, informaba a su jefe en Florida.

—George, ¿recuerdas que la policía local dijo que habían sonado alarmas por todas partes a la hora del robo? Eso fue lo que hizo él. Él no mató a esa gente ni robó los cuadros. Él sólo hizo saltar las alarmas.

—Por lo visto os habéis hecho muchas confidencias mientras estabais juntos… —dijo Moretti.

—¿Qué quieres decir con eso?

—No lo sé, sólo que parece que has obtenido mucha información sobre ese tío. Habéis robado un coche juntos, os habéis contado las historias de vuestras vidas.

Ellie se quedó mirando el auricular del teléfono. Acababa de pasar ocho horas con alguien apuntándole con una pistola, el día más horrible de toda su vida.

—Creo haber mencionado que Kelly tenía una pistola, ¿no, George?

—Sí, lo mencionaste. ¿Y no se te presentó ni una sola oportunidad en todas esas horas que estuvisteis juntos, incluso cambiando de jurisdicción, para quitársela o para escapar, Ellie? Estaba pensando que quizá otro agente...

—Supongo que pensé que podría convencerlo para que se entregara sin que nadie resultara herido. Lo que entendí es que Kelly no tenía la personalidad de un asesino.

—Me perdonarás si te digo que no me lo trago —dijo Moretti, sorbiéndose la nariz.

—¿No te crees qué? —preguntó ella vacilante.

—Lo que has pensado. Con todos mis respetos, claro está.

—¿Sobre la base de qué? —preguntó ella, seca. *Le estaba ocultando algo.*

—En que las personas inocentes no secuestran a agentes federales —respondió Moretti.

—He dicho que le entró el pánico, George.

—Mostramos su foto en el Brazilian Court, en Palm Beach. Lo vieron con Tess McAuliffe, Ellie. Comió con ella. La misma tarde que la asesinaron.

35

Diría que fue seguramente la noche más larga y solitaria de mi vida. Era la tercera noche de mi escapada. No sabía en quién podía confiar, excepto en Dave, y estaba decidido a no involucrarlo en ese asunto. Todas las demás personas a las que habría recurrido y que me habrían ayudado estaban muertas.

Lo peor de todo era que algunas de las personas en las que no podía confiar tenían mi mismo apellido.

Me deshice del monovolumen y pasé la noche acurrucado en un cine de sesión continua en Cambridge, viendo *El señor de los anillos* una y otra vez, con un grupo de estudiantes universitarios incondicionales. Me arropaba con mi sudadera e iba con la capucha puesta, demasiado temeroso de que alguien me viera la cara. Cuando acabó la última sesión, me sentía como si me hubieran indultado.

Aproximadamente a las ocho de la mañana siguiente tomé un taxi hasta Watertown, a unos quince minutos de donde estaba. Alcancé a ver un trozo del *Globe* de la mañana en el asiento junto al taxista. ORDEN DE BÚSQUEDA DE RESIDENTE LOCAL POR SECUESTRO DE AGENTE DEL FBI. SE LE RELACIONA CON LOS ASESINATOS DE FLORIDA. Me hundí en el asiento y me enfundé la gorra.

Watertown es uno de los barrios obreros de Boston, donde en lugar de vivir italianos, irlandeses o negros, ahora hay sobre todo muchos armenios. Pedí al taxista que me dejara en Palfrey y caminé de vuelta un par de manzanas hasta Mount Auburn. Me detuve frente a una casa blanca de estilo victoriano que hacía esquina.

Un cartel colgaba por encima de los peldaños de la puerta de entrada: SE REPARAN RELOJES. COMPRA Y VENTA DE JOYAS. Una flecha de madera apuntaba hacia la segunda planta. Subí las escaleras y me acerqué al porche. Cuando abrí la puerta, sonó una campanilla.

Un hombre robusto de abundante pelo entrecano, con un delantal de joyero, levantó la mirada de su mostrador. En su cara mofletuda distinguí una tímida sonrisa.

—Corres mucho peligro viniendo aquí, Neddie. Pero dime, chico, ¿qué tal te va?

36

Giré un cartel escrito a mano por el lado de CERRADO.

—Tengo que hablar contigo, tío George.

George Harotunian no era mi tío de verdad. Pero lo conocía desde pequeño. Era el amigo en que más confiaba mi padre, su socio comercial. Su perista.

Cuando éramos críos, George era lo más parecido a un tío que teníamos Dave y yo. Siempre le pasaba dinero a mi madre cuando mi padre estaba en chirona. Tenía contactos y nos conseguía buenos asientos en los partidos de los Celtics en el Garden. De alguna manera, se las arreglaba para mantener a raya a la ley. Todos tenían algún pretexto para querer al tío George. Los chicos buenos y los malos. Así que estaba pensando, ¿será él Gachet?

—Te felicito, Neddie —dijo George sacudiendo la cabeza—. Siempre pensé que triunfarías en el hockey, pero ahora no cabe duda de que te has labrado un futuro en las grandes ligas.

—Tengo que encontrar a Frank, tío George.

Se quitó el monóculo con el que trabajaba y se apartó del mostrador.

—No creo que eso sea lo más sensato, hijo. ¿Quieres un consejo? Necesitas un abogado. Deja que te encuentre a uno que conozca su oficio. Entrégate.

—Venga, tío George. Ya sabes que no he hecho nada en Florida.

—Yo sé que no has hecho nada —dijo él, y dejó caer el periódico de la mañana sobre el mostrador—, pero tienes una manera muy original de demostrárselo a todos los demás. ¿Crees que tu padre está implicado? Dios santo, Neddie, no sabes cómo está ahora. Whitey está demasiado enfermo para hacer nada. Excepto toser y quejarse.

—Necesita un riñón, ¿no es eso?

—Necesita muchas cosas, chico. Crees que tu padre entregaría al hijo de su hermano, y a esos otros chicos, sólo para vivir un par de años más meando en un tubo. Creo que lo juzgas con demasiada dureza.

—Tú sabes mejor que nadie que Mickey no hacía ni un movimiento sin Frank —dije—. No digo que mi padre supiera que iban a matarlos, pero, estoy seguro de que él sabe quién montó la encerrona. Él sabe algo, y yo necesito saberlo también. Han muerto mis mejores amigos.

—Por todos los demonios, Ned —dijo George entre dientes—, ¿crees que tu padre sabe ver la diferencia entre un Jackson Pollock y una de esas pizarras en las que dibujan los niños? Sé muy bien que el hombre no es lo que se diría un santo, pero te quiere más de lo que te imaginas.

—Supongo que me parece que lo que más quiere es su propia vida. Tengo que encontrarlo, tío George, por favor....

Él dio la vuelta al mostrador y se me quedó mirando al tiempo que sacudía su cabeza grande y greñuda.

—Supongo que necesitas dinero, chico.

Se llevó la mano al bolsillo y sacó un grueso fajo del que contó cinco billetes de cien dólares. Los cogí y me los metí en el bolsillo de los vaqueros. Sacar dinero de mi cuenta mediante un cajero automático sería como lanzar una bengala delatando dónde estaba.

—Conozco a gente que puede esconderte, pero lo que más te conviene es entregarte.

—Dile a mi padre que tengo que verlo. En un lugar seguro, si no confía en mí. Debería sentirse feliz. Por fin he entrado en el negocio familiar.

La oscura mirada de George se volvió más amable. Se me quedó mirando un rato largo y luego sacudió la cabeza.

—Intenta llamarme el jueves, Ned. Puede que me encuentre con él.

—Gracias, tío George —dije sonriendo.

Me tendió su mano rechoncha, y cuando la estreché, tiró de mí para darme un abrazo.

—Todos saben que no tienes nada que ver con lo que ha sucedido en Florida, hijo. Lo siento por Mickey y por tus amigos. Pero estás metido en un buen lío, Ned, y no creo que Frank pueda librarte de nada. Mi oferta sigue en pie. Tú piénsatelo. Y, sobre todo, cuídate.

Yo asentí con un gesto de la cabeza y le di unos golpecitos en la espalda. Fui hacia la puerta.

—No es nada personal, chico —dijo él deteniéndome—, pero ¿te importaría salir por la puerta de atrás?

Las escaleras conducían a un pequeño aparcamiento que acababa en un callejón. Le hice señas al tío George mientras me veía marchar. Yo sabía que me quería como a un sobrino de verdad.

Pero había cometido un error, y yo había reparado en él.

Ni en la tele ni en la prensa habían mencionado que en el robo hubiera desaparecido un Jackson Pollock.

37

Ellie estaba furiosa y, en realidad, se sentía mejor cuando se ponía así, es decir, pendenciera y combativa, cuando tenía que cuidarse los flancos.

La había engañado. Se lo había jugado todo para ayudar a Ned, y él le había fallado. El muy cabrón lo sabía, era lo que no paraba de decirse. Ned conocía a Tess McAuliffe. Había estado con ella el día que la mataron. Se sentía como una auténtica idiota.

Aún seguía en la oficina de Boston, pero tenía que volver a casa esa noche. Se había pasado el día recibiendo llamadas, entre ellas, una de sus padres muy preocupados desde Nueva Jersey, otra del director regional del FBI, que repasó con ella una vez más la terrible experiencia que había vivido durante el secuestro. Y luego había intentado dar con alguien en el negocio que usara el nombre de Gachet.

Conocía ese nombre, desde luego. Cualquiera con una licenciatura en bellas artes lo conocía.

Gachet era el personaje de una de las últimas obras de Van Gogh. La había pintado en Auvers, en junio de 1890, pocas semanas antes de morir. Era un famoso médico de ojos azules dolorosamente tristes. La primera vez que se vendió pertenecía a la herencia del pintor. Lo habían adquirido por unos 300 francos, unos 58 dólares. En 1990, un hombre de negocios japonés había pagado 82 millones de dólares por el cuadro, la suma más elevada jamás pagada por una obra de arte hasta ese momento. Pero ¿qué diablos tenía que ver eso con el robo de Florida?

Ellie también dedicó un tiempo a averiguar todo lo que pudo sobre Ned Kelly. Los expedientes policiales de sus amigos. El expediente de su padre, de su hermano mayor, que había muerto abatido por los disparos de un policía en 1997 en un atraco, posiblemente organizado por el padre.

Luego encontró a Ned en una foto del equipo de hockey de la Universidad de Boston de 1996 en la página web de la universidad. Llamó a la Stoughton Academy. Era verdad que había sido acusado, injustamente, por una alumna. Y absuelto unas semanas después. Tal como Ned le había contado. Sobre eso no había mentido. *¿Sólo sobre los últimos cuatro días?*

Ned jamás se había metido en problemas graves en toda su vida. Y ahora lo buscaban por dos siniestros casos de asesinato. Sin importar lo que dijeran las pruebas, Ellie todavía estaba segura de que no era un asesino. Un mentiroso, quizá. Un tipo totalmente confundido. Probablemente, un mujeriego. Pero ¿un cruel asesino? Joder, si ni siquiera sabía manejar una pistola.

Se apartó de su mesa de trabajo. Tal vez Moretti tuviera razón. Debía limitarse a cuestiones relacionadas con el arte. Desde luego, era muy divertido jugar un rato con el equipo A, pero sus días persiguiendo asesinos habían acabado.

—¿Shurtleff? —uno de los agentes de Boston asomó la cabeza en su cubículo.

Ella lo saludó con un movimiento de la cabeza.

—Hay alguien que pregunte por usted en la línea dos.

—¿Quién es? —preguntó. El caso estaba en primera plana de todos los medios. Había tenido que esquivar a la prensa durante todo el día.

—Es un famoso —dijo el agente encogiéndose de hombros—. Un tal Steve McQueen.

38

Esta vez Ellie estaba decidida a manejarlo como era debido. Tal como le habían enseñado. No como el día anterior. Aun así, el cuento de Steve McQueen le había arrancado una sonrisa irreprimible. Pulsó una tecla para grabar la conversación. Tapó el auricular con la mano y dijo al agente:

—Localicen esta llamada.

—Me echas de menos, Ellie —dijo Kelly cuando ella se puso al teléfono.

—Esto no es un juego, Ned —contestó ella—. La gente aquí piensa que eres más culpable que Judas. Te advertí que teníamos una oportunidad para ayudarte, pero se te está acabando el tiempo muy rápido. Dime dónde estás. Déjame ir a buscarte. Entrégate.

—Pues creo que no será posible —suspiró Ned, como si estuviera decepcionado.

—¿Sabes de qué me arrepiento? —dijo Ellie, consciente de que empezaba a irritarse—. De no haberte quitado el arma y puesto las esposas cuando tuve la oportunidad. Confié en ti, Ned. Me la he jugado por ti. Y tú no me contaste la verdad.

—¿De qué estás hablando? —dijo él, pillado por sorpresa.

—Del Brazilian Court. De Tess McAuliffe. De las circunstancias que te conectan con ella esa misma tarde. ¿O se trata de algo que olvidaste sin más cuando me contaste la historia de tu vida?

—Oh. —Ned carraspeó. Se produjo un silencio. Seguro que estaría pensando qué decir para justificar su payasada—. Si te hubiera contado eso, Ellie, ¿me habrías creído en todo lo demás?

—¿Por qué habrías de pensar eso? Estuviste presente en las escenas de dos crímenes en cuestión de pocas horas. Tuviste un día muy atareado, ¿eh, Ned?

—Yo no he sido, Ellie.

—¿Ésa es tu respuesta a todo? ¿O sólo pones esta excusa en caso de homicidios y de tráfico interestatal de bienes robados? Ah, sí, también está el acoso sexual a menores. —*Eso ha sido un golpe bajo*, pensó Ellie en cuanto lo dijo. Le habría gustado borrar lo dicho. Sabía que no era verdad.

—Supongo que me lo merezco —dijo Ned—, pero pensé que a estas alturas ya habrías consultado con Stoughton y sabrías que te dije la verdad. ¿Estás intentando localizar la llamada, Ellie?

—No —se apresuró a responder ella, aunque sabía que sonaba más como *Desde luego que lo estoy grabando, imbécil. Trabajo con el FBI.*

—¡Qué maravilla! —dijo Ned, y soltó un resoplido exasperado—. Supongo que ya no tengo nada que perder. Vale, estuve con ella, Ellie. Pero yo no la maté. Tú no lo entiendes.

—Hay una cosa que entiendo perfectamente. Dices que eres inocente… Pues entonces demuéstralo. ¡Entrégate! Te doy mi palabra de que todos los detalles de tu historia serán comprobados. Ayer no me amenazaste en ningún momento. Eso habla a tu favor, puede que te favorezca. Pero, por favor, intento ayudarte, Ned. Ésta es la única manera.

Se produjo un silencio largo y tenso. Por un momento Ellie no supo si lo había perdido. Al final Ned suspiró.

—Creo que debo colgar.

—¿Qué vas a hacer? —Ellie sintió la emoción en su propia voz—. ¿Conseguir que te maten?

Por un momento él vaciló.

—¿Has encontrado a Gachet?

Ellie miró su reloj. Estaba segura de que habrían tenido el tiempo suficiente para localizar la llamada. En cualquier caso, lo más probable era que llamara de una cabina, y en un minuto habría desaparecido.

—No —dijo—, aún no lo hemos encontrado.

—Entonces sigue buscando, Ellie, por favor. Pero te equivocas. Te equivocas en lo de Tess. Jamás la habría matado.

—Otra de tus amigas de toda la vida —dijo ella, irritada, dejando escapar un bufido.

—No —dijo Ned pausadamente—. Nada de eso. ¿Alguna vez has sentido que te estabas enamorando, Ellie?

39

Dennis Stratton estaba furioso.

En la mesa frente a él tenía un ejemplar del *USA Today* y otro del *Boston Globe*.

Aquella mierda de aficionada lo estaba estropeando todo monumentalmente.

Mientras Stratton leía sobre la chapuza en que había quedado la detención en Boston, se le iba encogiendo el estómago. Les había dicho que trabajaran con profesionales. ¿Y a quién habían puesto? A esa zorra del Departamento de Robo de Objetos de Arte. Ahora sí que la habían cagado. Ese tipo, Ned Kelly, podía estar en cualquier parte.

Y el hijo de puta tenía algo muy valioso que le pertenecía.

El FBI lo había echado todo a perder. Maldita sea, él les había advertido. Ahora ya no podía seguir corriendo ese riesgo. Tenía que encontrar a Kelly. A Stratton no le importaba lo que le pudiera pasar. Por él, como si Kelly hubiera acabado en esa casa de Lake Worth con todos los demás. Arregló las páginas del periódico y leyó. Las fuentes del FBI declaraban no tener ninguna pista sobre el paradero del sospechoso. Para Stratton, aquello se estaba convirtiendo en una pesadilla pública.

Sacó un teléfono móvil y marcó un número privado. Al cabo de tres pitidos, contestó una voz familiar.

—Un momento, por favor.

Stratton esperó, impaciente, mientras miraba los faxes recibidos durante la mañana. Había cultivado aquella relación concreta durante mucho tiempo. Ahora era el momento de cobrar. Había pagado el colegio privado de los hijos de aquel tipo. Las excursiones de pesca en su casa de los Cayos. Ahora él tenía que cobrar los réditos de sus inversiones.

La voz volvió al cabo de unos segundos.

—¿Has visto los periódicos de esta mañana?

—Los he visto —dijo Stratton, como si escupiera en el teléfono—, y no me gusta lo que leo. Lo del FBI es una chapuza. Kelly tiene algo muy importante que me pertenece. No te engañes. Él tiene los cuadros. Me dijiste que te estabas ocupando del asunto. Por ahora, no veo pruebas de que nadie se «ocupe» de nada. Las cosas no hacen más que empeorar.

—Se solucionará —dijo el hombre, intentando que su voz sonara tranquila—. Ya tengo a alguien trabajando en Boston. Me ha asegurado que tenemos una pista para dar con el señor Kelly.

—Quiero lo que me pertenece. Creo que no tengo que insistir en ello, ¿no? Lo que ocurra por otro lado no es asunto mío. Se trata tan sólo de negocios.

—Creo que le entiendo, señor Stratton. No se preocupe —dijo el hombre—. Sé que es un hombre muy ocupado. Juegue un poco al golf. Que le den un masaje. En cualquier momento tendré noticias de mi hombre. Puede contar con él. Como le he dicho cientos de veces, señor Stratton —dijo el hombre, y rió—, ¿para qué sirven los amigos...?

Stratton colgó. Se metió el móvil en la chaqueta, se incorporó y se alisó la camisa Thomas Pink. Tendría que haberse encargado así del asunto desde el principio, con un verdadero profesional.

Entró su mujer en la habitación. Llevaba un ajustado pantalón de chándal negro y una camiseta naranja de cachemira atada a la cintura.

—¿Sales a hacer *footing*, cariño?

—Estaré de vuelta en una media hora —dijo Liz Stratton acercándose a la mesa—. Sólo buscaba mis llaves. Creí que las había dejado aquí.

—Avisaré a los chicos —dijo él, y alargó la mano para coger el teléfono.

—No te molestes, Dennis —dijo ella, y cogió las llaves de la mesa—. Sólo pienso bajar al lago.

Stratton cogió a Liz por la muñeca y la detuvo de un tirón.

—No es ninguna molestia —dijo apretándola.

—Suéltame, Dennis. Por favor.

—Me sorprendes, cariño. Ya conoces las reglas. La miró con aquel aire de falsa preocupación en sus ojos que no era más que egoísmo y deseos de controlarla.

Quedaron frente a frente durante un segundo. Ella intentó soltarse. Y luego se rindió.

—Llama a tus gorilas.

—Así está mejor —dijo Stratton, y relajó la mano. Liz tenía una marca roja en la muñeca—. Lo siento, cariño, pero nunca se puede ser demasiado precavido, ¿no te parece?

—No te disculpes, Dennis —dijo ella, frotándose la muñeca para aliviar el dolor—. Tú aprietas a todo el mundo, cariño. Es tu estilo. Es lo que te hace tan encantador.

40

Me abrí paso entre los torniquetes, me mezclé con la multitud y subí por la rampa hasta el cartel en el que se leía GRADERÍAS NIVEL PISTA, hacia el lado izquierdo del campo.

En cuanto vi el terreno de juego, sentí ese subidón de adrenalina que siempre me ha sido familiar. El viejo marcador. La cercanía del Monstruo Verde, donde, en 1978, Bucky Dent había puesto fin a nuestros sueños, una vez más.

Así era Fenway Park.

Era una espléndida tarde de primavera. Los Yankees estaban de visita. Por un instante deseé haber ido allí exclusivamente para verlos jugar.

Bajé hacia el campo, hasta el asiento 60C. Me quedé un segundo de pie detrás del hombre delgado y hombros estrechos, con camisa blanca de cuello abierto, que miraba hacia el terreno de juego.

Al final, me senté a su lado. Él apenas se volvió.

—Hola, Neddie.

Me sorprendió ver el aspecto frágil y débil de mi padre. Tenía las mejillas hundidas y huesudas. Su pelo, que siempre había sido canoso, se había reducido a unas cuantas mechas ralas. La tez del rostro era gris y apergaminada. Sus manos, que siempre habían sido las manos fuertes de un trabajador, parecían más bien huesos apenas cubiertos de piel. En una sostenía una tarjeta con los resultados.

—He sabido que querías verme.

—Dios mío, papá —dije, y me lo quedé mirando un segundo—. ¿Son de verdad los Yankees ésos de ahí abajo, o se trata de agentes secretos del FBI?

—¿Crees que tengo algo que ver con lo que sucedió en esa

casa? —Mi padre sacudió la cabeza—. ¿De verdad crees, Ned, que si quisiera venderte lo haría delante de tu madre? En fin, ya que me lo preguntas —dijo sonriendo—, ¿ves el número treinta y ocho? Ni siquiera estoy seguro de que ése podría darle a una de mis bolas rápidas.

No pude evitar una sonrisa. Por un instante, vi esa vieja chispa familiar en su mirada, el timador irlandés de Boston durante el precalentamiento.

—Tienes buen aspecto, Ned. Ahora tú también eres toda una celebridad.

—Y tú estás… —No sabía qué decir. No era nada fácil dado el aspecto de mi padre.

—No tienes que decir nada… —dijo, y me dio con el programa en una rodilla—. Parezco un fantasma que todavía no se ha enterado de que está jodidamente muerto.

—Iba a decir que estás mejor de lo que habían dicho —respondí, sonriendo.

El partido ya iba por la tercera entrada. Bateaban los Sox, que perdían por 3-1. Desde la multitud en las graderías se elevaron cánticos animando al equipo. Mi padre sacudió la cabeza.

—Jamás pensé que me quitaría el sombrero ante ti, Neddie. Me he pasado toda la vida resbalando lentamente por el filo de las oportunidades que he tenido. ¡Y tú! Es la primera vez que bateas y lanzas la bola fuera del campo.

—Supongo que me lo tenía escondido —dije encogiéndome de hombros—. Siempre supe que tenía vocación de grandeza.

—Pues se me rompe el corazón, Neddie. —Frank sonrió con un aire de añoranza—. ¿No fue el senador Moynihan el que dijo que el destino de los irlandeses era ver cómo la vida les rompía una y otra vez el corazón?

—Creo que hablaba de los Kennedy, papá. O de los Sox.

—De todas maneras, le rompe a un anciano el corazón —dijo mi padre—. Lo que queda de él.

Lo miré a sus ojos azules, celestes, casi transparentes. No al viejo débil que no había visto en cuatro años. Miraba al viejo timador de toda la vida que, ya lo sabía, me estaba volviendo a timar.

—También a mí me rompe el corazón, papá. ¿Quién es Gachet?

—No tengo ni idea de quién o de qué estás hablando, hijo. Te lo juro por Dios, Ned.

Siempre me había asombrado ver cómo mi padre podía inventarse una mentira y luego transmitirla como si fuera la verdad pura y dura.

—George ha tenido un desliz —dije.

—¿Sí? —Mi padre se encogió de hombros—. ¿Cómo ha sido eso?

—Me mencionó que han robado un Jackson Pollock. Que yo sepa, nadie ha dicho nada de Pollock.

Frank sonrió. Me pegó en el hombro con el programa.

—Te equivocaste de oficio, Ned. Deberías haber sido inspector de policía, no socorrista.

Yo ignoré la indirecta.

—Por favor, papá, ¿quién es Gachet? No juegues conmigo. Los dos sabemos que Mickey nunca se habría metido en algo así sin consultarte.

Oí el golpe del bate dándole a la bola. La multitud se puso de pie y aguantó la respiración, expectante. Un golpe de Nomar por la línea que pasó por encima del muro, con el resultado de dos carreras. Ninguno de los dos estábamos demasiado pendientes del partido.

—Me estoy muriendo, Ned —dijo mi padre—. No me quedan ni fuerzas ni tiempo.

—Si consigues un riñón, no te morirás.

—¿Un riñón? —Fue la primera vez que se volvió para mirarme, y me fulminó con sus ojos llenos de rabia—. ¿Crees que podría vivir si hubiese traicionado a esos chicos, Neddie?

—No lo sé. Tampoco pensaba que fueras capaz de traicionar a tu hijo para que lo acusaran de asesinato, y te las has arreglado para vivir con eso. Ya perdiste a un hijo, papá. Él estaba haciendo un trabajo para ti, ¿no?

Frank respiró con dificultad y tosió. Yo no sabía qué le pasaba por la cabeza. Remordimientos. Más bien, negación. Estaba sentado allí, siguiendo el partido. Señaló hacia el muro.

—¿Sabes? Ahora han puesto graderías allá arriba.

—Papá, por favor —dije volviéndome hacia él—. Corta el rollo. ¡Me buscan por asesinato!

Frank apretó los dientes, como si fuera él quien sufría. Apretó el programa con fuerza entre sus manos huesudas.

—Habían dicho que nadie resultaría herido —dijo finalmente—. Es lo único que puedo decir.

—Sin embargo, unos cuantos murieron, papá. Mickey, Bobby, Barney. Dee. Están todos muertos. ¿Sabes cómo me siento yo ahora que la única persona a la que puedo pedir ayuda eres tú? Ayúdame a encontrar a sus asesinos. Ayúdame a vengar a mis amigos.

Él se volvió hacia mí. Por un momento, pensé que se derrumbaría.

—Georgie te dio un buen consejo, Ned. Consíguete un buen abogado. Después entrégate. Cualquiera que tenga dos dedos de frente sabe que tú no mataste a esos chicos. Yo no sé nada más.

—¿No sabes nada más? —dije con los ojos anegados en lágrimas.

—No te metas en este lío, Neddie —dijo Frank. Se volvió hacia mí con una mirada de rabia.

No recuerdo haberme sentido tan bajo como en ese momento, sabiendo que mi padre me dejaría levantarme e irme, sin haber hecho nada para ayudarme. La sangre me hervía. Me puse de pie y lo miré desde arriba.

—Lo encontraré, papá. Y cuando lo encuentre, también lo sabré todo sobre ti. ¿Me equivoco?

Un par de jugadores de los Yankees habían completado su carrera. Los Sox habían cambiado su estrategia de lanzamiento. De pronto, A-Rod pegó a una bola y la lanzó por encima del muro del sector izquierdo del campo.

—¿Eso crees? —dijo mi padre, y escupió—. Tal como he dicho, una maldición pura y dura.

—Lo creo, papá. —Le lancé una mirada lo bastante larga como para hacerlo cambiar de opinión, pero él ni siquiera me miró.

Me calé la gorra hasta las cejas y abandoné el estadio.

Y también a mi padre.

41

No había ido mucho más allá de la rampa del estadio antes de darme cuenta de que me estaba engañando a mí mismo. Todas esas bravatas acerca de encontrar a Gachet... Lo único que tenía eran esos pocos dólares que me había dado el tío George. Mi cara aparecía en todos los medios de comunicación. En cualquier momento llegaría la policía y me atraparía.

Ni siquiera sabía cuál iba a ser mi próximo movimiento.

Me quedé fuera del recinto en la Yawkey Way y, por primera vez, no tenía ni idea de adónde ir. Sabía que el caso de Tess McAuliffe no pintaba nada bien. Sabía que mi ADN estaba por todas partes en la habitación, lo mismo que mis huellas dactilares. Pero la verdad era que yo me había limitado a hacer saltar unas cuantas alarmas, nada más. Quizá Ellie tenía razón. Quizá sólo quedaba una alternativa. Entregarme. Y yo la estaba desperdiciando cada segundo que seguía libre.

Encontré una cabina telefónica a unas cuantas manzanas de ahí, en Kenmore Square. Tenía necesidad de hablar con alguien, y únicamente me vino un nombre a la cabeza: Dave. Con sólo marcar el número de su móvil, ya me sentía como si me hubieran quitado de encima todo el peso del mundo.

—¡Ned! —exclamó en un susurro cuando oyó mi voz—. Dios mío, esperaba tener noticias tuyas. ¿Dónde estás? ¿Te encuentras bien?

—Estoy bien. Pensando en muchas cosas. No he resuelto la situación como lo había pensado.

—¿Has visto a papá? —preguntó bajando aún más la voz.

—Sí, lo he visto. Se ha limitado a desearme buena suerte y me pidió que le escribiera desde la cárcel. Eso sí, he visto jugar a los Sox, lo cual no está mal. Escucha, he estado pensando. Acerca de lo que dijiste. Tengo que hablar contigo, Dave.

—Yo también tengo que hablar contigo, Neddie. —Parecía emocionado—. Además, tengo algo que enseñarte. Acerca de ese tal Gachet... Pero los policías han venido a verme. Están por todas partes, tío. He hablado con unas cuantas personas. Todos saben que tú no mataste a Mickey y a esos chicos. Resulta que hay algo que se llama facultades alteradas. Básicamente, quiere decir que cuando te resististe a la detención no estabas en tu sano juicio.

—¿Ésa es mi defensa? ¿Que soy un chiflado?

—Un chiflado, no, Ned. Que te sentiste presionado y actuaste de una manera diferente a cómo habrías actuado de tener la cabeza despejada. Si decir eso te puede ayudar a salir de ésta, ¿por qué no hacerlo? Pero tienes que dejar de complicar las cosas. Necesitas un abogado.

—¿Estás pensando en montar un despacho, abogado?

—Lo que intento hacer, imbécil, es salvarte la vida.

Cerré los ojos. *Ya ha terminado todo, ¿no?* Tenía que hacer lo correcto.

—¿Dónde podemos encontrarnos, hermano? No puedo arriesgarme a entrar en el bar.

Dave se lo pensó un momento.

—¿Recuerdas el Hombre-X?

Philly Morisani. Solíamos mirar la tele en el sótano de su casa, en Hillside, el barrio donde crecimos. Era como nuestro club privado. Él estaba tan metido en lo de *Expediente X* que lo llamábamos Hombre X. Sabía que ahora trabajaba para Verizon.

—Sí, claro que me acuerdo de él.

—Ha salido de viaje de negocios y yo me ocupo de cuidarle la casa. La llave del sótano está donde siempre. Ahora estoy en la escuela. Tengo que terminar unas cuantas cosas. ¿Qué tal a las seis? Si llego antes, te dejaré la puerta abierta.

—Me dedicaré a practicar cómo poner las manos a la espalda. Para que me pongan las esposas.

—Vamos a sacarte de ésta, Ned. No te lo había contado, tío, pero he sacado un diez en protección de derechos y normas.

—¡Dios! ¡Ahora sí que todo saldrá a pedir de boca! Vamos al grano, ¿qué nota has sacado en penal?

—¿Penal? —gruñó Dave—. No, en ésa me catearon.

Nos echamos a reír. Escuchar mi propia risa, sintiendo que alguien estaba de mi lado, hizo que un calorcillo me recorriera todo el cuerpo.

—Vamos a sacarte de ésta —volvió a decir Dave—. No te dejes ver. Quedamos a las seis.

42

Tenía un par de horas de espera, así que me dediqué a caminar por los alrededores de Kenmore Square. Tomé una cerveza en un bar irlandés vacío y me quedé un rato mirando el final del partido. Los Sox de hecho se recuperaron con tres puntos en la novena entrada, y lanzaba Rivera, con posibilidades de ganar. Al fin y al cabo, quizá merecía la pena creer en los milagros.

Acabé las últimas gotas de mi cerveza (pensé que sería la última en mucho tiempo). La vida, tal como la había conocido, estaba a punto de terminar. Estaba decidido, iría a la cárcel. Le dejé un billete de diez al camarero de la barra. *Facultades alteradas... Estupendo, Ned, tu vida ha quedado reducida a la esperanza de que actuabas como un chiflado.*

Pasaban unos minutos de las cinco, y conseguí un taxi que me llevó a Brockton por cuarenta dólares. Le pedí al taxista que me dejara en Edson y atajé por la escuela primaria hasta Hillside, donde me encontraría con Dave.

La casa era la tercera desde la esquina, una casa gris y deteriorada por el paso del tiempo, con una entrada corta y empinada desde la acera. Me sentí aliviado. El Subaru WRX negro de mi hermano estaba aparcado en la calle.

Esperé unos minutos junto a una farola, mirando la calle. No había polis. Nadie me había seguido. *Era el momento de acabar con aquello...*

Me acerqué rápido por la parte trasera. Como me había dicho Dave, la puerta exterior que daba al sótano estaba abierta. Como en los viejos tiempos. Solíamos pasar largos ratos allí, mirando los partidos, a veces fumando un poco de hierba.

Toqué levemente en la ventana.

—¿Dave?

Nadie contestó.

Abrí la puerta y el olor de las bolas de naftalina me despertó muchos buenos recuerdos. No se podía decir que Philly hubiera cambiado la decoración de aquel lugar desde la última vez que lo vi. El mismo sofá de mimbre con tela escocesa y el viejo sillón reclinable. Una mesa de billar con un par de lámparas Miller Lite por encima, un mostrador de bar hecho de madera barata.

—¡Dave! —llamé.

Vi un libro sobre el sofá. Un libro de arte. Lo giré. *La pintura de Van Gogh*. A menos que Philly hubiera enriquecido la calidad de sus lecturas desde que me había ido, supuse que lo habría traído Dave. Tenía un sello de la Biblioteca de Boston College en la solapa interior. Me había dicho que tenía algo que mostrarme sobre Gachet.

—Davey, ¿dónde coño estás, tío?

Me tendí en el sofá y abrí el libro en una página marcada con un *post-it* amarillo.

Era el retrato de un anciano, con la mejilla apoyada en un puño, con una gorra blanca, una mirada melancólica y penetrantes ojos azules . En el fondo, aquellos típicos círculos brillantes de Van Gogh.

Me quedé mirando el texto.

Retrato del doctor Gachet.

Lo miré más de cerca, con los ojos pegados a la pequeña letra: «*Retrato del doctor Gachet*, 1890».

Sentí un arranque de emoción. Aquel cuadro había sido pintado hacía más de cien años. Cualquiera podía usar el nombre. Pero de repente tuve ganas de que Gachet fuera un personaje real. Quizá Ellie Shurtleff lo sabía.

—¡Dave! —volví a llamar, alzando el tono de voz. Miré por las escaleras hasta la primera planta.

Fue entonces cuando percibí la luz del cuarto de baño, cuya puerta estaba ligeramente entornada.

—Joder, David, ¿estás ahí dentro? —Entré tras llamar a la puerta, que con los golpes se había abierto.

Lo único que recuerdo es que durante los siguientes sesenta segundos me quedé ahí como si un mazo me hubiera partido por la mitad.

Oh, Dave... Oh, Dave.

Mi hermano estaba sentado en el váter, vestido con su chándal con capucha del Boston College. Tenía la cabeza ligeramente ladeada. Había sangre por todas partes, brotando de su vientre, sobre los vaqueros y el suelo. No se movía. Sólo me miraba con una expresión plácida, como diciendo *¿Dónde coño estabas, Ned?*

—Oh, Dios mío, Dave, ¡no!

Me abalancé sobre él, buscando un pulso que ya sabía inexistente. Intentando sacudirlo para que volviera a la vida. Tenía una herida profunda que le perforaba la camiseta y las costillas del lado izquierdo. Le subí la sudadera y fue como si su abdomen se derramara en mis manos por el lado de la herida.

Retrocedí, atontado. Sentí que las piernas me flaqueaban. Topé con la pared del baño y me derrumbé, impotente, sobre el suelo de linóleo.

De pronto, sentí una nueva ola de sudor por todo el cuerpo. No podía quedarme ahí sentado mirando a Dave. Tenía que salir. Me levanté temblando y salí del cuarto de baño. Necesitaba un poco de aire.

Y entonces sentí un brazo alrededor del cuello. Fuerte, increíblemente fuerte. Y una voz silbó en mi oído:

—Tiene usted unas cuantas cosas que nos pertenecen, señor Kelly.

43

No podía respirar. Un hombre muy fuerte me torcía el cuello y la cabeza hacia atrás. La punta de un puñal afilado me presionaba las costillas.

—Los cuadros, señor Kelly —volvió a decir la voz—, y si no me entero de dónde han ido a parar esos cuadros en los próximos cinco segundos, ese será más o menos el tiempo que le quedará de vida.

Sólo para enfatizar su intención, el tipo volvió a pincharme con la punta del puñal.

—Es su última oportunidad, señor Kelly. ¿Ve a su hermano? Lo siento por el desorden, pero es que resulta que *no sabía* que usted venía hacia aquí. Las cosas no le serán nada fáciles —dijo, y tiró de mi cabeza hacia atrás apoyando el filo del puñal por debajo de mi mentón—. Nadie jode a las personas para las que trabajo.

—¡No tengo ningún cuadro! ¿Cree que mentiría en este momento?

Frotó la hoja serrada del puñal contra mi cuello.

—¿Me toma usted por un imbécil, señor Kelly? Usted tiene algo que nos pertenece. Por valor de unos sesenta millones de dólares. Quiero que me empiece a hablar de los cuadros. Ahora.

¿Qué tenía que decirle? ¿Qué podía decirle? No tenía ni la menor idea del paradero de los cuadros robados.

—¡Gachet! —exclamé, torciendo la cabeza—. ¡Gachet los tiene! ¡Encuentre a Gachet!

—Lo siento, señor Kelly. Me temo que no conozco a ningún Gachet. Le he dado cinco segundos y ya ha pasado un minuto —avisó, y presionó con más fuerza—. Dígale adiós a su hermano, gilipollas…

—¡No!

Grité, esperando sentir la hoja del puñal rebanándome el cuello, y luego las piernas se levantaron por encima del suelo. Quizá me estaba dando la última oportunidad para hablar. Sabía que, dijera lo que dijera, yo no saldría vivo de ahí.

Le di con el codo en las costillas con todas mis fuerzas, y oí cómo resollaba. Aflojó la presión lo suficiente para que mis pies volvieran a tomar contacto con el suelo, y el otro brazo se soltó por un segundo. Me incliné hacia delante, de modo que lo levanté sobre mi espalda. Me asestó un golpe con el cuchillo y sentí un corte en el brazo. Lo lancé con todas mis fuerzas contra la pared.

El tipo cayó de golpe en el suelo.

Tendría unos cuarenta años, pelo negro y espeso, vestía una chaqueta de nailon, era cuadrado como un ladrillo, un asiduo del gimnasio. Era imposible luchar contra él. Todavía tenía el cuchillo y se volvió rápidamente quedándose en cuclillas. Me quedaba un segundo para salvar la vida.

Busqué algo que tuviera a mano. Había un bate de béisbol de aluminio contra la pared. Le lancé un golpe con toda mi fuerza. El maldito bate hizo añicos las luces encima de la mesa de billar.

El tipo se echó hacia atrás bajo una lluvia de trozos de vidrio. Empezó a reírse de mí.

—¡No tengo los cuadros! —grité.

—Lo siento, señor Kelly. —Volvió a empuñar el cuchillo—. Me importa una puñetera mierda.

Arremetió contra mí y la hoja volvió a tocarme en el antebrazo. Sentí un dolor increíble subiéndome por el brazo, porque vi cómo me hacía el corte, supongo.

—Esto es sólo el principio —dijo sonriendo.

Le di con el bate en el brazo y conseguí clavarlo. Soltó un gruñido. El cuchillo cayó al suelo con un traqueteo.

El tipo se abalanzó contra mí. Me tiró contra la pared. Sólo vi estrellas y colores por todos lados. Intenté rechazarlo con el bate, pero estaba demasiado cerca. Y era demasiado fuerte.

Empezó a apretarme el bate contra el pecho, aumentando la presión contra mis costillas, mis pulmones. Lo fue subiendo lentamente, hasta llegar a mi cuello.

Me faltaba el aire. Quiero decir, yo era fuerte, pero no podía ni moverlo. No me quedaba aire.

Sentí que se me hinchaban las venas de la cara. Con la fuerza que me quedaba, le descargué un rodillazo en la entrepierna. Me abalancé sobre él. Rodamos por la habitación y nos estrellamos contra las estanterías de detrás dc la mesa de billar, y se vinieron abajo los juegos, los palos de billar y el equipo de vídeo.

Oí que el tipo soltaba un gruñido. *Dios, quizá le he dado en la cabeza.* Vi su cuchillo tirado en el suelo. Me arrastré para cogerlo y volví a su lado antes de que volviera en sí.

Lo agarré por la cabeza y le puse su propio cuchillo en el cuello.

—¿Quién te ha enviado? —Aquel cabrón había matado a mi hermano. No me habría costado demasiado clavarle la hoja en el cuello—. ¿Quién te ha enviado? ¿Quién?

El tipo puso los ojos en blanco.

—¿Qué coño?

Lo cogí por el cuello de la chaqueta, como si intentara sacarlo de una barca, y el tío simplemente cayó hacia delante en mis brazos.

Tenía la cuchilla de un patín de hielo incrustada en la espalda. Lo empujé hacia delante y el hombre rodó. Estaba muerto.

Yo estaba extenuado y apenas podía moverme. Me quedé sentado, respirando con dificultad y mirándolo. Y entonces tomé conciencia de lo que acababa de ocurrir. *Acabas de matar a un hombre.*

No podía pensar en ello. Ahora no. Volví adonde estaba mi hermano y me arrodillé junto a él una última vez. Las lágrimas me escocían en los ojos. Le pasé la mano por la mcjilla.

—Oh, Dave, ¿qué he hecho?

Volví a levantarme y fui tropezando hasta el libro de arte que había sobre el sofá. Arranqué la página con el retrato del doctor Gachet.

A continuación, salí del sótano y me perdí en la noche. El brazo me sangraba, así que me lo envolví con la sudadera del chándal. Y luego hice algo que esos últimos días había empezado a perfeccionar.

Eché a correr.

44

El teléfono móvil lo sobresaltó en la cama. De todos modos, Dennis Stratton no dormía. Esperaba, mirando las noticias internacionales en la CNBC. Se incorporó y cogió el teléfono al segundo pitido. Liz dormía hecha un ovillo. Comprobó la pantalla del aparato. *Llamada privada.*

Sintió un íntimo regocijo. Por fin, pensó, se había resuelto aquel asunto.

—¿Lo tenemos? —preguntó Stratton con un susurro de voz. Quería acabar con aquella historia lo antes posible. Se estaba poniendo nervioso. Y no le gustaba ponerse nervioso. A Dennis Stratton le gustaba sentir que lo tenía todo controlado.

—Casi —dijo el que llamaba, con voz insegura. Stratton intuyó que algo había cambiado entre ellos—. Vamos a necesitar un poco más de tiempo.

—Más tiempo… —Se le habían secado los labios.

Se puso la bata y salió al balcón. Volvió a mirar a Liz. Tuvo la impresión de que se desperezaba en su cama de estilo chino lacada de negro.

—No queda «un poco más de tiempo». Dijiste que lo teníamos. Me aseguraste que trabajábamos con profesionales.

—Y así es —dijo el que llamaba—. Sólo que…

—¿Sólo que qué? —le espetó Stratton. Se quedó de pie, mirando hacia el océano, con la brisa echándole hacia atrás los pocos pelos que le quedaban a los lados de la calva. Estaba acostumbrado a obtener resultados. Nada de excusas. Para eso pagaba a su gente.

—Ha habido un pequeño fallo.

CUARTA PARTE

¡Boxea!

45

De vuelta en el despacho de Florida, Ellie repasó el informe de la oficina de Boston sobre los asesinatos de David Kelly y de un segundo hombre, hacía dos días, en Brockton. Ellie se sentía miserable pensando que quizá los dos asesinatos fueran culpa suya.

Había sido un trabajo de profesionales, con mucha sangre añadida. Una herida de puñal debajo de la quinta costilla izquierda, con la hoja hundida en un corte mortal hacia el corazón. Quienquiera que lo hizo pretendía que la víctima sufriera. Y el otro tipo, el que tenía la cuchilla del patín de hockey en la espalda, era un delincuente profesional, Earl Anson, con conexiones en Boston y en el sur de Florida.

Había algo que la inquietaba aún más. En la escena del crimen habían encontrado huellas dactilares de Ned por todas partes.

¿Cómo era posible que se hubiera equivocado tanto al juzgarlo? O Kelly era el asesino a sangre fría más experto que jamás había conocido, o un peligroso asesino lo perseguía a él. Alguien que estaba enterado de las personas con las que Ned entraría en contacto en Boston. Alguien que quería algo que él tenía.

Como, por ejemplo, los cuadros robados.

Ahora Ned estaba involucrado en siete asesinatos. Era más que el principal sospechoso. Su foto estaba en los fax de todas las comisarías de policía. En Boston no se había desatado una caza al hombre de esas proporciones desde… ¿Desde qué? Desde el estrangulador de Boston.

No. Ellie cerró la carpeta, mientras se imaginaba la escena. Era inverosímil que hubieran sucedido así las cosas. No después de cómo Ned le había hablado de su hermano. Era imposible imaginárselo matando a Dave. *¡No! ¡Imposible!* Sacó las notas que había tomado a la carrera después de su secuestro. *Escuela de Derecho de Boston College. La esperanza de la familia…*

La policía había encontrado un libro de arte en la escena del crimen con una página arrancada. El famoso retrato de Van Gogh. De modo que ahora Ned también lo sabía.

Sigue buscando. Ned se lo había rogado. *Encuentra a Gachet*.

Y luego estaba Tess. ¿Cómo encajaba en todo esto? Porque, sin duda, estaría relacionada. Los informes de la policía sobre ella no contenían grandes detalles. Casi nada. Sus señas de identidad no conducían a ninguna parte. Las facturas del hotel siempre se habían pagado en efectivo.

Una sensación extraña no paraba de darle vueltas. *¿Alguna vez has sentido que te estabas enamorando, Ellie?*

Venga, vuelve a la realidad, se dijo. *¡Despierta!* Aquel tipo la había secuestrado y la había retenido a punta de pistola durante ocho horas. Estaba implicado en siete asesinatos. Había tantos agentes buscándolo a él como a Bin Laden. ¿Era posible que sintiera celos?

¿Y cómo se explicaba que, a pesar de todas las pruebas en su contra, ella siguiera creyéndole?

Concéntrate en los cuadros, se había dicho. La clave estaba en el robo. Era la intuición que tenía desde el principio.

El cable había sido cortado. Los ladrones conocían el código de la alarma. Si los amigos de Ned no habían robado los cuadros, alguien sí lo había hecho. ¿Quién?

¿Quizá la persona que había detrás del robo se había asustado al pensar que la policía relacionaría los dos hechos cuando se dieran cuenta de que los ladrones habían utilizado el código?

Otra vez esas cuatro palabras. *Un trabajo desde dentro*.

46

Ellie esperó pacientemente mientras un Bentley descapotable de color champán cruzaba las puertas de la verja y se acercaba a ella haciendo crujir la grava blanca del largo camino de entrada.

—Agente Shurtleff.

Stratton se detuvo en la entrada circular con cara de sorpresa. Vestía ropa de golf y la expresión en su rostro demostraba que se alegraba tanto de verla a ella como de ver una pelota de golf cayendo en medio del bosque.

—Buen trabajo con esa detención en Boston —dijo al bajar del coche—. Supongo que durante todo el tiempo que usted y Kelly pasaron juntos no habrá conseguido información sobre mis cuadros.

—Hemos avisado a los marchantes y a todos los departamentos de policía del mundo —dijo Ellie intentando no fruncir el ceño—. Hasta ahora no hemos detectado nada.

—No han detectado nada, ¿eh? —Stratton sonrió tras sus gafas de sol Oakley—. Pues deje que le cuente un pequeño secreto… —Se inclinó hacia ella y le murmuró con rabia al oído—: ¡Aquí no están!

Stratton se dirigió hacia la casa y Ellie lo siguió. Salió a recibirlo una criada, que le entregó unos cuantos mensajes.

—¿Y qué ha pasado con ese amiguito suyo? ¿El socorrista que consiguió burlar mis medidas de seguridad? ¿Han detectado alguno de sus movimientos?

—Supongo que por eso estoy aquí —dijo Ellie, y su voz resonó en la enorme sala—. La verdad es que no estamos seguros de que alguien haya burlado sus medidas de seguridad.

Stratton se volvió hacia ella, exasperado. Frunció las cejas por debajo de su frente despejada.

—Cualquiera pensaría que ese hombre apuntándole con una

pistola en la cabeza le habría borrado esa teoría suya del «trabajo desde dentro». ¿A cuántos ha matado ya? ¿Cinco? ¿Seis? Reconozco que nunca he estudiado en una academia de agentes federales, pero no hace falta una imaginación desbordante para llegar a la conclusión de que también tiene mis cuadros.

Ellie sintió que le temblaban los músculos de la cara.

—Sólo le quitaré un minuto de su tiempo.

Stratton miró su reloj.

—Tengo una comida de trabajo en el Club Collette dentro de unos veinte minutos. Eso me deja apenas un minuto para escuchar su nueva lluvia de ideas.

Ella lo siguió hasta el estudio, sin que la invitara, y Stratton se dejó caer en una mullida silla de cuero detrás de su escritorio.

—¿Recuerda que me preguntaba por qué habían cortado el cable de la alarma a pesar de que, según la criada, los intrusos tenían el código del interior? —Ellie se sentó frente a él y abrió su bolso.

—¿No le parece que ya hemos hablado de eso? —dijo Stratton, haciendo aspavientos con la mano.

—Dejaremos de hacerlo en cuanto sepamos qué hacer con esto —respondió Ellie, y sacó un sobre grande.

Del sobre sacó un envoltorio de plástico para pruebas y lo dejó en la mesa frente a él. En el interior había un trozo de papel. Stratton lo miró y su expresión de arrogancia se desvaneció.

10-02-85. El código de la alarma.

—Es algo más que imaginación, ¿no cree? —dijo Ellie mordiéndose el labio—, como para que sigamos preguntándonos por qué sus ladrones estaban tan interesados en la fecha de su primera Oferta Pública Inicial.

—¿Dónde encontró esto? —preguntó Stratton con expresión tensa.

—Lo tenía una de las víctimas asesinadas en Lake Worth —dijo Ellie—. Creo que ya le pedí una lista de todas las personas que tenían acceso al código de su alarma. Usted mencionó a un guardia, a la empleada doméstica, a su hija, a la señora Stratton, desde luego...

Dennis Stratton sacudió la cabeza como si estuviera divirtién-dose.

—De verdad se cree una superdetective, ¿eh, agente Shurtleff?

—¿Perdón? —Ellie sintió que la espalda se le ponía rígida.

—Usted es licenciada en bellas artes —dijo Stratton—. Su trabajo consiste en ayudar a otros agentes en cuestiones de procedencia y autenticidad. Me imagino que le debe resultar muy difícil admirar tanto la belleza y tener que pasarse la vida buscando los maravillosos objetos que pertenecen a otras personas.

—Mi trabajo consiste en identificar las imitaciones —dijo Ellie encogiéndose de hombros—. Ya se trate de lienzos o de otras cosas.

Alguien llamó a la puerta. Liz Stratton asomó la cabeza.

—Perdón —dijo sonriendo a Ellie, y luego miró a Stratton con cara desganada—: Dennis, han llegado los de la tienda.

—Enseguida voy —dijo él, sonriéndole, y se volvió hacia Ellie—. Me temo que ya ha pasado nuestro minuto, agente Shurtleff. Un minuto muy caro —advirtió, y se incorporó—. Estamos en los preparativos de una pequeña reunión el sábado. La Plataforma para la Conservación de la Línea Costera, una causa maravillosa. Debería venir. Acabamos de recibir el talón de la compañía de seguros. Habrá todo tipo de cuadros nuevos en las paredes. Me gustaría conocer su opinión.

—Estoy segura de que que habrá pagado más de lo que valen —dijo Ellie.

Stratton seguía mirándola con una sonrisa engreída. Se llevó la mano al bolsillo y sacó un fajo de billetes, tarjetas de crédito y calderilla, y lo dejó todo sobre la mesa.

—Siempre y cuando nos entendamos: uno de mis trabajos, agente Shurtleff, es proteger a mi familia de las personas que levantan falsas acusaciones sobre nuestros asuntos privados.

Ellie recogió el paquete de las pruebas, y cuando estaba a punto de devolverlo al sobre, algo le llamó la atención y se detuvo a mirar.

—¿Usted juega al golf, señor Stratton?

—Para pasar el rato, agente Shurtleff —dijo sonriendo—. Ahora, si me perdona…

Entre el fajo de billetes y la calderilla que Stratton había dejado sobre el cuero inglés de la mesa, había un *tee* de golf de color negro.

47

Cuando salí de la casa de Philly, cogí el Subaru de Dave. Supuse que tenía un margen de tiempo antes de que encontraran los cadáveres —un día, como máximo—, y para entonces tendría que estar a kilómetros de allí. Pero ¿en qué dirección?

Conducía como un loco, y una y otra vez me venía a la mente la horrorosa imagen de mi hermano sentado como una especie de animal destripado. Yo lo había arrastrado hasta allí. Veía sus cosas en el coche, libros de la escuela, un par de bambas Nike hechas polvo, sus CD, *el hilo musical de Dave.*

Escondí el coche en Podunk, un pueblo de Carolina del Norte. Un tipo en una tienda de coches de segunda mano me vendió un Impala de doce años por trescientos cincuenta pavos. Sin hacer preguntas. Entré en el lavabo de hombres de un bar de carretera y me teñí el pelo. Luego me lo corté casi al cero.

Cuando me miré en el espejo, era una persona diferente. Mi espeso pelo rubio había desaparecido. Junto con muchas otras cosas.

Pensé en acabar con mi propia vida. Bastaría con girar en un camino remoto de la carretera y lanzarme con ese vejestorio de coche desde un acantilado, si encontraba alguno. O una pistola. Esa idea me hizo reír. Me buscaban por siete asesinatos ¡y no tenía una pistola!

Podría haber acabado con mi vida en ese viaje. Pero entonces todos creerían que era culpable y que había matado a las personas que más quería. Y si me mataba, ¿quién buscaría al asesino? Por eso pensé que debía volver a Florida, donde todo había empezado.

Era un razonamiento algo torcido, pero tenía sentido. Ya les enseñaría yo. A la policía, al FBI, al mundo entero. Yo no era culpable, no había matado a nadie. Bueno, excepto al asesino aquél, allá en el norte.

Así que, unas veinticuatro horas más tarde, cruzaba el puente de Okeechobee con mi ruidoso cacharro y llegaba a Palm Beach. Aparqué frente al Brazilian Court. Me quedé ahí sentado, mirando el edificio de tonos amarillos, oliendo la brisa de los jardines, entendiendo que había llegado al final de mi viaje, justo donde todo había comenzado.

Cerré los ojos, esperando que una visión kármica me revelara con exactitud cuál sería mi próximo paso.

Y cuando abrí los ojos, vi la señal.

Vi a Ellie Shurtleff saliendo por la puerta principal.

48

Ellie decidió que podía abordar el asunto de diversas maneras.

Entregarle a Moretti lo que había encontrado y que se ocupara él. Al fin y al cabo, el homicidio de Tess McAuliffe ni siquiera era un caso del FBI. O dejarlo en manos del Departamento de Policía de Palm Beach. Sin embargo, ya había visto el trato exquisito que el departamento daba a Stratton.

O podía hacer lo que le pedía a gritos cada célula de su cuerpo.

Llevarlo un paso más allá. Sólo uno o dos pasos... ¿Qué mal podía haber en eso?

Pidió a la ayudante del despacho que imprimiera una foto de Stratton de los archivos de Internet y se la metió en el bolso. Dejó un recado para Moretti diciendo que tenía que salir un par de horas. Luego cogió su Crown Vic de la oficina y salió por la autopista en dirección a Palm Beach.

Sabía que a Moretti le daría un infarto. Una sonrisa se insinuó en sus labios. *¡Que se jodan los cuadros!*

Cruzó el puente de Okeechobee y enfiló hacia el Brazilian Court. El hotel estaba bastante más tranquilo que hacía unos días.

Ellie entró en el vestíbulo. En la mesa de recepción había un tipo guapo de pelo rubio. Le enseñó la placa del FBI que le colgaba del cuello. Luego le mostró la foto de Dennis Stratton.

—¿Ha visto por casualidad a esta persona por aquí?

El recepcionista la miró un momento y luego se encogió de hombros con un no. Ellie se la mostró a una de sus colegas. Ella negó con la cabeza.

—Quizá quiera enseñársela a Simon. Él trabaja de noche.

Ellie enseñó la foto al personal de la entrada y al gerente del restaurante. También se la enseñó a unos cuantos camareros. Todos negaban con la cabeza. Era sólo una corazonada, se decía Ellie. Quizá volvería por la noche y se la enseñaría a Simon.

—Oiga, yo conozco a ese tío —dijo un camarero del servicio de habitaciones. Ellie lo había encontrado en la cocina. Al tipo se le iluminaron los ojos en cuanto vio la foto—. Es el amigo de la señorita McAuliffe.

—¿Está seguro? —preguntó Ellie pestañeando.

—¡Claro que estoy seguro! —exclamó el camarero, que se llamaba Jorge—. Viene por aquí de vez en cuando. Da buenas propinas. Me dio veinte pavos por abrir una botella de champán.

—¿Dice que eran amigos? —preguntó Ellie, sintiendo que se le aceleraba el pulso.

—Se les podría llamar amigos —dijo Jorge sonriendo—. Yo también tendría que conseguir unas *amigas* así. Cuesta entenderlo, un tipo bajito y calvo con alguien como ella. Habrá que pensar que tenía pasta, ¿no?

—Sí —asintió Ellie con la cabeza—. Mucha pasta, Jorge.

49

Conduje el Impala hasta un parking medio vacío en Military Trail, al sur de Okeechobee. Entre Vern's Tank y la tienda de empeño Tummy and Seminole, lejos de las mansiones de la playa.

El local parecía una especie de oficina naviera destartalada, o uno de esos despachos donde pululan abogados cutres que se dedican a perseguir ambulancias. Sólo el puñado de Vespas en la acera y un rótulo destrozado de Yamaha en la ventana lo delataban.

MOTOS GEOFF. CAMPEÓN NACIONAL DE MOTOCICLISMO 1998

Aparqué el coche y entré. Nadie en el mostrador. Oí el ruido de un motor acelerando en la parte de atrás. Me abrí camino entre cajas de cascos hacia el garaje. Vi una botella medio vacía de Pete's Wicked Ale en el suelo y un par de Adidas maltrechas que sobresalían de debajo de una reluciente Ducatti 999. El motor volvió a acelerar.

Le di una patada a las bambas.

—¿Este trasto va como una vieja con un ataque de asma, o es sólo que suena así?

Una cara llena de grasa asomó bajo la carcasa del motor. Pelo corto color naranja y una sonrisa confusa.

—No lo sé, tío. Supongo que depende de lo rápido que corra la vieja.

Y luego abrió los ojos de par en par, como si yo hubiera salido de una cripta en *Amanecer de los muertos*.

—¡Ned!

Geoff Hunter dejó caer la llave y se incorporó.

—¿Eres tú, Ned, o eres un doble de Andrew Cunanan?

—Soy yo —dije dando un paso adelante—. Lo que queda de mí.

—Tío, ya me gustaría decir que es un alivio verte —dijo Geoff sacudiendo la cabeza—. Pero, francamente, esperaba que estuvieras mucho más lejos de esta mierda de ciudad. No aquí —dijo, y me abrazó con sus manos manchadas de aceite.

Champ era un neozelandés que había participado muchos años en el circuito mundial de pequeña cilindrada. En una ocasión, obtuvo incluso el récord de velocidad del circuito. Después de un par de encuentros con Jack —Daniels— y un divorcio problemático, acabó haciendo piruetas con motocicletas en espectáculos, como saltar por encima de una hilera de coches o a través de anillos de fuego. Lo conocí trabajando en la barra de Bradley's. Bastaba con proponerle algo loco e invitarle a una cerveza para que Champ se apuntara.

Fue hasta una mininevera, abrió una botella de Pete's y me la ofreció. Luego se sentó en la nevera.

—Supongo que no has venido a tomarte un trago, ¿no, tío?

—Estoy con la mierda al cuello, Geoff —dije negando con la cabeza.

—¿Te crees que porque tengo el cerebro medio frito y me paso la mitad del día bebiendo no puedo leer los periódicos, Ned? —dijo con un bufido—. Puede que no lea los periódicos, pero miro la tele.

—Sabes que yo no he hecho nada de eso, Champ —dije, y lo miré a los ojos.

—Le estás predicando a un creyente, tío. ¿Crees que alguien que te conozca de verdad pensaría que vas por ahí matando a todos los tíos que te encuentras? A mí me preocuparía el resto del mundo. Lo siento por tus amigos, Ned, y por tu hermano. ¿En qué lío te has metido?

—En un lío de esos en que uno necesita ayuda, Geoff. Toda la ayuda del mundo.

—No esperarás gran cosa si has venido a verme a mí —dijo él encogiéndose de hombros.

—Supongo que he venido al único lugar que puedo.

Geoff me guiñó un ojo e inclinó la cerveza hacia mí.

—Yo he vivido eso, tío —aseveró—. Es un largo camino hacia abajo para un número uno, por no hablar de lo que cuesta conducir, cogiendo curvas cerradas a casi trescientos por hora. No tengo demasiada pasta, tío, lo siento. Pero sé cómo sacarte de aquí, si eso es lo que necesitas. ¿Sabes lo de esas barcas que consiguen burlar a los guardacostas y colarse, cargadas de la mierda que sea? Supongo que también pueden salir. Un lugar como Costa Rica suena bien, ¿no?

—No quiero irme, Geoff —dije negando con la cabeza—. Quiero demostrar que no soy culpable. Y descubrir quién ha sido.

—Ya entiendo. ¿Tú y el ejército de dónde, tío?

—He pensado que hago eso o me mato —confesé.

—Eso también lo he vivido —dijo Geoff, y se pasó una mano grasienta por el pelo naranja—. Joder, pensándolo bien, diría que estoy perfectamente cualificado para echarte una mano. Eso, y además que soy un incondicional de las causas perdidas. Pero tú eso ya lo sabes, ¿no es cierto, Neddy? Por eso has venido.

—Por eso —dije—, y porque no tengo adónde ir.

—Me siento halagado —dijo Champ, y tomó un trago de cerveza—. Eso sí, sabrás que a mí me cogerían más o menos por el mismo paquete que a ti. Estaría arriesgando todo lo que tengo. Mi negocio, mi vuelta a la lidia.

Se incorporó y se acercó a un fregadero. Tenía la pinta de un rugbista que sale de una *melé* después de dos horas de partido. Se lavó la grasa de las manos y la cara.

—Oh, al diablo con la vuelta a la lidia, tío… Pero tenemos que aclarar una cosa antes de que me comprometa.

—No te expondré a ningún peligro, Champ, si es eso lo que temes.

—¿Peligro? —Me miró como si estuviera loco—. Estás de broma, tío. Yo atravieso por anillos de gasolina por trescientos pavos. Sólo pensaba… Eres absolutamente inocente, ¿no, Ned?

—Claro que soy inocente.

Champ mordisqueó la botella de cerveza unos segundos.

—Vale, eso facilita un poco las cosas… ¿Alguien te ha dicho al-

guna vez que eres un puñetero negociador, Ned? De los más duros. —Al sonreír, arrugó los ojos.

Me acerqué, le tendí la mano y lo atraje hacia mí.

—No tenía a nadie a quien acudir, Geoff.

—No te me pongas sensiblero, Neddie. No sé lo que has pensado, pero esto es mucho más seguro que mi línea habitual de trabajo. Pero antes de celebrarlo con una cerveza, debes tener algún
plan. ¿Con quién más contamos?

—Con una chica, espero.

—¿Una chica? —Geoff miró de reojo.

—La parte buena del cuento es que ella también me cree.

—Eso es una buena noticia, tío. Los avasallaremos numérica-
mente. ¿Y cuál es la parte mala?

Lo mire frunciendo el ceño.

—La parte mala es que trabaja en el FBI.

50

—A ver si me aclaro. —El agente especial Moretti se puso de pie detrás de su mesa y clavó la mirada en Ellie. Tenía la mandíbula abierta, entre el asombro y la incredulidad—. ¿Quieres que cite a Dennis Stratton para interrogarlo como sospechoso de asesinato?

—Mira. —Ellie sacó la bolsa de pruebas que contenía el *tee* negro de la habitación de Tess McAuliffe—. ¿Ves esto, George? Cuando estaba hablando con Stratton en su casa, se sacó del bolsillo un *tee* negro igual a éste. Son del club de golf Trump International. Él es miembro del club. Esto lo relaciona con la escena del crimen.

—Relaciona a unos cuantos cientos de personas —dijo Moretti pestañeando—. He oído que Rudy Giuliani también es miembro. ¿Quieres citarlo a él también?

Ella asintió con la cabeza.

—Si tuviera una relación con Tess McAuliffe, George, sí.

Ella abrió la carpeta y dejó la foto de Dennis Stratton sobre la mesa.

—Volví al Brazilian Court y la enseñé a algunas personas. Él la conocía, George. Más que conocerla, se acostaba con ella.

Moretti se la quedó mirando.

—¿Has ido a la escena de un crimen que ni siquiera es jurisdicción nuestra con la foto de uno de los hombres más destacados de Palm Beach? Creí que teníamos un acuerdo, Ellie. A ti no te corresponde ocuparte de personas muertas. Tú te ocupas de las obras de arte.

—Están relacionados, George. Los cuadros, Stratton. Tess McAuliffe también. Un camarero lo ha reconocido. Estaban liados.

—¿Y de qué tendría que acusarlo, en tu opinión, agente especial? ¿De engañar a su mujer?

Moretti se le acercó por la espalda y cerró la puerta. Se inclinó sobre el borde de la mesa, imponente, como un director de colegio a punto de soltar una andanada de reproches.

—Dennis Stratton no es ningún pobre tipo al que puedas clavar contra la pared si no tienes pruebas concretas, Ellie. Has vuelto al Brazilian Court, desobedeciendo mis órdenes, en un caso que ni siquiera es nuestro. Has ido a por este tío desde el principio. Ahora quieres que lo detengamos. ¿Por asesinato?

—Estaba liado con la víctima. ¿Por qué no lo investigamos?

—No acabo de entenderte, Ellie. Tenemos un sospechoso que te puso una pistola en la cabeza en Boston, un tipo que ha dejado sus huellas por todas partes en la escena de dos crímenes. Han matado a su hermano, y resulta que además se acostó con esta chica, McAuliffe, el día que la mataron. ¿Y tú quieres que detengamos a Dennis Stratton?

—¿Por qué mataría Kelly a la mujer? Se había enamorado de ella, George. Stratton miente. No fue claro acerca de su relación con la víctima. No lo mencionó cuando la policía de Palm Beach fue a verlo.

—¿Cómo sabes que no se lo mencionó a la policía de Palm Beach? —preguntó él—. ¿Has comprobado sus declaraciones en el caso? —Moretti dejó escapar un bufido de frustración—. Me ceñiré a lo que diga el Departamento de Policía de Palm Beach. Te doy mi palabra. ¿Te parece bien? Simplemente tendrás que aprender a confiar en que los organismos asignados a estos casos están cumpliendo con su deber. Que es precisamente lo que deberías estar haciendo tú, ¿no? Ocupándote de tu trabajo.

—Sí —asintió ella. Había hecho todo lo que podía.

—Sólo una cosa más —añadió Moretti, y le puso un brazo sobre el hombro, mientras la acompañaba a la puerta del despacho—. Si vuelves a pasar por encima de mí en un asunto de este tipo, tu próximo trabajo será investigar los fraudes de las «ofertas por liquidación» en Collins Avenue. Eso sí que sería desaprovechar tu bonito título, ¿no te parece, agente especial Shurtleff?

—Sí, señor —dijo ella guardándose la carpeta de las pruebas bajo el brazo—, sería desaprovecharlo.

51

Ellie lanzó el kayak contra la cresta de una ola y enderezó la embarcación cuando comenzaba a formarse la siguiente ola.

Era realmente enorme, y Ellie mantuvo el kayak en una posición difícil, subiendo, anticipando el momento, mientras se formaba la ola.

Y luego arremetió con fuerza. Por un segundo, se quedó como colgada de un placer sin tiempo y luego salió disparada hacia la ola encrespada como si la hubieran lanzado de un cohete. La espuma fría le dio en toda la cara.

Estaba en el interior de la ola, que era como un tubo. *Esto es genial.* En la quietud, esperando que la ola rompiera, se sentía plenamente viva.

Finalmente, la ola rompió y cayó sobre su cabeza. Salió disparada hacia arriba con el kayak sacudiéndose en el aire. Se mantuvo en la cresta durante un par de golpes de remo y se deslizó hacia la orilla. Otra ola la empujó por atrás y llegó hasta la playa. Se limpió el rostro bañado en agua salada.

¡Genial!

Pensó en hacer una salida más y luego arrastró la embarcación de fibra de vidrio hasta la orilla. Se la colgó debajo del brazo y se dirigió al bungalow rosado de dos habitaciones que alquilaba en Delray, a sólo una manzana de allí.

Aquellas salidas al final de la tarde después del trabajo, con marea alta, eran los únicos momentos en que Ellie disfrutaba de su soledad y se sentía lo bastante lejos del resto del mundo para pensar. Pensar en serio. Era una de las cosas buenas de vivir allí, tener su propio mundo a su medida cuando algo la turbaba. Y en ese momento parecía que todo la turbaba.

Sabía que Moretti no haría ni una mierda a propósito de la relación entre Stratton y Tess. Ya se lo habían colgado todo a Ned. Huellas dactilares, relación con las víctimas, secuestro de una agente federal.

Sé una agente buena y obediente, se dijo Ellie. Como había dicho Moretti, esta historia de Tess McAuliffe ni siquiera era un caso del FBI.

De pronto algo le vino a la cabeza, algo que su abuelo solía decir. El viejo era un hombre que se había hecho a sí mismo, que había luchado contra los gánsters en los años treinta, y que solía llamar a los bandidos «vagos del culo». Había creado una pequeña fábrica de camisas que, con el tiempo, fue transformándose en una empresa importante de ropa de deporte.

Él solía decir: *Cuando la vida te acorrala en un rincón como a un boxeador, ¡defiéndete y boxea!*

Ellie estaba segura de que ese cabrón de Stratton estaba implicado de alguna manera. En el robo de sus propios cuadros, y quizá en el asesinato de Tess. Esa manera de reírse de ella era casi como si la estuviera desafiando. *Encuentren algo de qué acusarme. Es un desafío.*

Así que encuentra algo, Ellie. Arrastró el kayak de fibra de vidrio hasta su porche.

¡Defiéndete y boxea!

Como si fuera tan fácil, ¿no? Sin quitarse el ajustado traje de neopreno, Ellie lavó el casco del kayak para quitarle la sal.

Ella trabajaba para el FBI, no en el negocio de las camisas. Había una cadena de mando, y ella tenía un trabajo muy bien definido. Alguien a quien debía informar. Ahora no se trataba de seguir una simple corazonada. Aquello implicaba pasar por encima de otras personas.

Era su carrera.

Ellie apoyó el kayak contra la pared, se quitó los zapatos de suela de goma y se sacudió el agua del pelo. *Eso sí que sería una manera de desaprovechar tu bonito título, ¿no te parece?*, le había espetado Moretti. Cada día que pasaba, perdía más terreno. ¿Y Ned? ¿Por qué estaba haciendo todo eso?

—¿Qué es lo que pretendes? —farfulló sacudiendo la cabeza exasperada—. ¿Dejar que ese tipo destruya tu carrera?

Oyó una voz a sus espaldas que le dio un susto de muerte. Se giró de golpe.

—Ten cuidado con los deseos que pides, Ellie... Nunca sabes lo que traerá consigo la marea.

52

—¡Dios mío, Ned! —Ellie lo miraba con ojos desorbitados.

Al menos parecía Ned, aunque con el pelo corto, más oscuro y con barba de cuatro días.

—No tengas miedo —dijo él, levantando la mano—. Nada de secuestros esta vez, te lo juro.

Ellie no tenía miedo. Esta vez sólo estaba enfadada y alerta. Su entrenamiento le dictó el siguiente paso. Lanzó una mirada a su cartuchera, en el colgador, justo en la entrada de la cocina. Esta vez, pensó, sería ella quien controlaría las cosas.

Se lanzó hacia la cocina. Ned corrió tras ella y la cogió por el brazo.

—Ellie, por favor…

Ella se volvió con gesto brusco.

—Maldita sea, Ned, ¿qué diablos haces aquí?

—Pensé que con tanta publicidad —dijo él reprimiendo una sonrisa— tu despacho no sería el lugar más indicado para hablar contigo.

Ellie intentó soltarse una vez más, pero él la tenía bien cogida, con firmeza, aunque no demasiado fuerte.

—Tengo que hablar contigo. Sólo quiero que me escuches un momento.

Ella tuvo ganas de tumbarlo de un golpe y lanzarse a por la pistola, pero tenía que reconocer que, en realidad, algo en ella se alegraba de verlo. Al menos se alegraba de que Ned estuviera bien. De que estuviera allí. Así como estaban, ella con su traje de neopreno y él sosteniéndola, se sintió un poco avergonzada y se sonrojó.

—Maldita sea, Ned, ¿qué diablos estás haciendo?

—Estoy confiando en ti, Ellie. Eso es lo que estoy haciendo. Te estoy enseñando mi nuevo *look*. ¿Qué te parece?

—Me parece que cuando salgas de la cárcel serás un estupendo candidato para *Cambio radical* —dijo Ellie, y se acercó a él.

—Quería decir que quizá tú también podrías empezar a confiar en mí —dijo él, relajando la fuerza del apretón.

Ella no se movió y le lanzó una mirada de rabia. Una parte de ella todavía pensaba en coger el arma. La otra parte sabía que él ni siquiera intentaría impedírselo.

—Resulta difícil confiar en ti, Ned. Cada vez que lo hago, alguien relacionado contigo aparece muerto. No puedes venir aquí y mostrarte de esta manera. Yo soy una agente federal, no tu amiguita de AOL. ¿Qué diablos te hace pensar que no te voy a detener?

—Una cosa —dijo él, sin soltarle el brazo.

—¿Qué? —preguntó ella mirándolo con rabia.

—Pienso que me crees —dijo, y le soltó el brazo.

Ellie volvió a mirar hacia el arma rápidamente, pero ahora sabía que no importaba, que no intentaría cogerla. Ned tenía razón. Le creía. Sintió que se le retorcía todo el cuerpo de la frustración. Al final, se rindió y se lo quedó mirando fijamente a los ojos.

—¿Tú mataste a esa mujer, Ned?

—¿A Tess? —Ned negó con la cabeza—. No.

—¿Y tu hermano? ¿Qué pasó con él?

—Yo sólo fui a ese lugar a verlo. Después de ver a mi padre. Mi hermano estaba muerto cuando yo llegué. Mi hermano, Ellie. No sé quién habrá sido, pero me estaba esperando. Casi me mata a mí también. Alguien lo mandó. Creía que yo tenía los cuadros. Todavía no sé quién era.

—Se llamaba Anson. Era un mandado del tres al cuarto del sur de Florida y tenía un expediente de un kilómetro de largo.

—Entonces, ¿no lo ves? Eso lo demuestra. Alguien lo envió a por mí desde aquí.

Ellie entrecerró los ojos.

—Tú vives en el sur de Florida, Ned, ¿no?

—¿De verdad crees que yo lo conocía? —Se metió la mano en el bolsillo y sacó un trozo de papel doblado—. Mira, tengo algo que enseñarte.

Ella lo reconoció enseguida. Era la página arrancada del libro de arte. *El doctor Gachet*, de Van Gogh.

—Dave quería mostrarme esto cuando lo mataron. Él no intentaba entregarme. Quería ayudarme, Ellie. —Ned la miró con los ojos implorantes de un crío indefenso—. No tengo adónde ir. Gachet es un personaje real. Tienes que ayudarme a encontrarlo.

—Soy una agente federal. ¿No lo entiendes? —dijo ella, y le tocó el brazo—. Lo siento por lo de tu hermano, lo siento de verdad. Pero sólo puedo ayudarte si te entregas.

—Creo que los dos sabemos que es un poco tarde para eso. —Ned se reclinó contra la barandilla del porche—. Ya sé que todos creen que yo robé los cuadros. Tess, Dave... mis huellas han quedado por todas partes. ¿Quieres que te diga la verdad, Ellie? Ya no se trata de limpiar mi nombre. Quien haya mandado a ese hijo de puta a matar a Dave está buscando los cuadros. Tú y yo sabemos que nadie seguirá buscando si me atrapan a mí.

—¿Quieres hacer el favor de mirar la realidad de frente? —Ellie sintió que en sus ojos asomaban lágrimas de frustración—. No puedo unirme a ti. Trabajo para el FBI.

—Mirar la realidad de frente, ¿eh? —Parecía que Ned se hundía—. ¿No crees que me despierto cada día deseando que ésta no sea la realidad...? —Retrocedió hasta la entrada del porche—. He cometido un error al venir aquí.

—Ahora no puedes volver a andar por ahí.

—Voy a averiguar quién nos traicionó, Ellie.

De un salto, Ned salvó los peldaños del porche y ella se dio cuenta de que el corazón se le había desbocado. No quería que se marchara. ¿Qué podía hacer ella? ¿Coger la pistola? ¿Acaso iba a dispararle?

Él ya estaba en la calle y le guiñó un ojo. Ella observó desde el porche, todavía con el traje mojado. Ned miró el kayak.

—Bonito bote. ¿Qué es, un Big Yak?

—No —dijo ella sacudiendo la cabeza—. Es un Scrambler. Un tres sesenta.

Él asintió, como si aprobara. Claro, el socorrista. Luego fue retrocediendo hacia la oscuridad de la noche.

—¡Ned! —llamó Ellie.

Él se giró. Por un segundo se quedaron mirando.

—Ya que estamos, me gustabas más con el pelo rubio —dijo ella encogiéndose de hombros.

53

Cuando Dennis y Liz Stratton montaban una fiesta, venían los que pertenecían a la élite, o al menos quienes creían pertenecer a ella.

Ellie acababa de cruzar la puerta de entrada y se le acercó un camarero muy elegante a ofrecerle un canapé de caviar. Ahí estaba, cara a cara con algunas de las personalidades más destacadas del mundo artístico de Palm Beach, o al menos eso decían ellos. Reed Warlow, propietario de una galería en Worth Avenue, acompañado de una rubia espectacular que lucía una falda muy corta. Ellie reconoció a una importante señora de pelo canoso, la propietaria de una de las colecciones más espectaculares de la ciudad, acompañada de un señor bronceado que tenía la mitad de su edad y que le ofrecía su brazo de apoyo.

Ellie se sentía un poco incómoda entre esa gente. Todas las mujeres llevaban trajes de famosos diseñadores, con joyas carísimas. Ella sólo llevaba un vestido negro de *pret-à-porter* con una chaqueta de cachemira sobre los hombros. Su único lujo eran unos pendientes de diamantes que había heredado de su abuela. Pero en ese ambiente nada iba a advertirlos.

Fue recorriendo poco a poco las dependencias de la mansión. El champán parecía fluir en todos los rincones. Botellas Magnums de Cristal, una marca que costaba cientos de dólares la botella. Y caviar: una bandeja enorme depositada en un cisne de hielo tallado a mano. En el estudio, un quinteto de cuerda de una orquesta sinfónica de Florida. Un fotógrafo de *Shiny Sheet* intentando que las damas posaran mostrando cadera, o una pierna, haciendo relucir sus sonrisas más blancas y brillantes. Todo en aras de la beneficencia, por supuesto.

Ellie divisó a Vern Lawson, inspector jefe de la policía de Palm Beach, de pie, rígido, en los aledaños de la concurrencia. Llevaba un audífono. Seguro que se estaría devanando los sesos para saber por qué estaba ella ahí. Y, a lo largo de la pared, había al menos cinco tipos como armarios vestidos de esmoquin y con las manos a la espalda. Stratton habría contratado de guardias de seguridad a la mitad de los polis de Palm Beach en su día libre.

Una pequeña multitud se había reunido en el pasillo que daba al salón de la casa. Ellie se acercó a ver qué ocurría.

Se quedó boquiabierta.

Estaba frente a la *Naturaleza muerta con violín*, de Matisse, uno de los mejores ejemplos de su etapa cubista. Ella lo había visto en una ocasión en el MOMA de Nueva York. Sabía que había cambiado de manos en una reciente operación privada. Sin embargo, verlo en la pared de Stratton la irritó. Por eso la había invitado. Ese hijo de su madre se lo estaba restregando en la cara.

—Veo que ha encontrado el Matisse, agente Shurtleff. —Una voz arrogante a sus espaldas la sobresaltó.

Ellie se volvió. Stratton llevaba una camisa blanca sin cuello y un jersey de cachemira. Tenía una expresión engreída pintada en el rostro.

—No es un mal ejemplo, en tan poco tiempo. Quizá no es tan explosivo como el Picasso, pero ¿qué se le va a hacer...? Un coleccionista tiene que tapizar sus paredes. Aunque haya tenido que pagar más de la cuenta.

—Es una maravilla —dijo Ellie, incapaz de disimular su admiración por el cuadro.

—Hay mucho más... —Stratton la cogió por el brazo y la condujo hasta un grupo de personas que admiraban un conocido cuadro de Rauschenberg en otra pared. Aquella obra habría costado unos diez millones. Y en la escalera que conducía al gran salón, en dos atriles de madera, había unos dibujos impresionantes de El Greco. Ellie reconoció los esbozos de su célebre *El quinto sello del Apocalipsis*.

Verdaderas obras de arte.

—La persona que lo asesora en su colección está haciendo una labor más interesante —dijo Ellie mirando a su alrededor.

—Me alegro de que les dé su aprobación —dijo Stratton sonriendo. Era evidente que se estaba divirtiendo—. Y muy bien vestida, por lo que veo. Venga a tomar una copa de champán. Tiene que haber un sobrino de algún rico y famoso deambulando por ahí, alguien que opine que su manera de ganarse la vida es muy estimulante.

—Gracias. —Ellie se lo quedó mirando, desafiante—. Pero esta noche no, estoy trabajando.

—¿Trabajando? —Stratton parecía entretenido—. Pues, eso la hace diferente del resto de esta concurrencia. Tal vez crea que ese tipo, Ned Kelly, está en alguna parte de la casa.

—Kelly... no. —Ellie lo miró—. Pero me preguntaba si el nombre de Earl Anson le dice algo.

—¿Anson? —Stratton se encogió de hombros y respiró hondo, como pensando—. ¿Debería decirme algo?

—Es el tipo que mataron junto con el hermano de Kelly en Boston. Resulta que era un delincuente de aquí, de esta ciudad. Pensé que quizá su nombre le diría algo.

—¿Y eso por qué? —dijo él, y saludó a alguien en la sala con un gesto de la cabeza.

—Porque había ido a Boston a buscar sus tres cuadros.

Stratton hizo una seña a su mujer al otro lado del salón. Liz saludaba a los invitados, luciendo un vestido sin tirantes que parecía un Prada. Al ver a Ellie, le sonrió.

—Ha vuelto a olvidar —dijo él, sin apenas desviar la mirada—, que eran cuatro. Los cuadros robados. Parece que siempre se le olvida el Gaume.

—Han matado a un hombre inocente en Boston, señor Stratton. Un estudiante de derecho —insistió Ellie.

—Un abogado menos —dijo él, y rió de su propio chiste morboso—. Ahora tengo que atender a otros invitados.

—¿Y qué hay de Tess McAuliffe? —inquirió ella, cogiéndolo por el codo—. ¿También me equivoco con ella?

La expresión de Stratton se volvió tensa.

—Sé que usted se veía con ella —dijo Ellie mirándolo fijamen te—. Puedo asociarlo con el Brazilian Court. Usted tenía una relación con Tess.

La mirada de Stratton se endureció.

—Creo que es hora de tomar esa copa de champán, Ellie. —Dennis Stratton la cogió del brazo—. Afuera, en la galería.

54

Quizá no debería haber dicho eso. Sabía que había ido demasiado lejos. Pero tenía ganas de tirárselo a la cara y ver cómo desaparecía esa sonrisa altiva.

Franquearon una puerta acristalada que daba a una amplia terraza con vistas al mar. Habían salido antes de que ella pudiera oponer resistencia. Dennis Stratton le tenía hincados los dedos en el brazo.

—Quíteme las manos de encima, señor Stratton. —Ellie intentó soltarse sin provocar una escena, sin tener que derribarlo ante toda esa multitud.

—Pensé que quizá le gustaría ver el mármol de Fratesi aquí afuera —dijo él cuando pasaron junto a una pareja que paseaba por la terraza—. Lo hice traer de una villa en las afueras de Roma. Del siglo diecisiete.

—Soy una agente federal, señor Stratton —le advirtió Ellie—. Del siglo veintiuno.

—Usted es una maldita perra federal, eso es lo que es —dijo él, y la empujó hasta un rincón apartado mirando al mar.

Ellie miró a su alrededor buscando a alguien que pudiera ayudarla si las cosas se ponían feas. En el interior había empezado a tocar una orquesta. Si esto llegaba a oídos de Moretti, estaba perdida.

—Ya veo que nuestra conversación del otro día no la ha impresionado —dijo Stratton, y le dio un tirón para llevarla hasta un saliente de piedra—. Es usted una chica muy mona, Ellie. Ya sabe que hoy en día las chicas monas tienen que ser muy precavidas. Aunque trabajen para el FBI.

—Le aconsejo que no siga —dijo ella, intentando librarse de él—. Está amenazando a una agente federal…

—¿Amenazas? Yo no he hecho ninguna amenaza, agente Shurtleff. Usted es la única que ha hecho amenazas. Tess era un asunto privado. Era una zorra y me gustaba follar con ella, nada más. No sé cómo murió. Tampoco me importa demasiado. Pero, si me permite una observación, cuando las chicas monas se dedican a…, no sé…, correr por la playa, o cuando salen a remar en kayak al mar… Mire, Ellie, uno nunca sabe lo peligroso que se puede poner el mar.

—Yo sabré cómo relacionarlo con Earl Anson —dijo ella, y le lanzó una mirada furibunda.

En ese momento se le cayó la chaqueta que llevaba sobre los hombros. Stratton la tenía agarrada por el brazo, y en su rostro asomó una sonrisa que a Ellie no le agradó, como tampoco le agradó la mirada con que recorrió su figura y sus hombros desnudos.

—Seguro que le sienta muy bien ese traje de neopreno, Ellie. Quizá a mí también me gustaría verla más a menudo.

55

¿Qué estaba pasando?

Me encontraba en el embarcadero, mirando hacia la casa de Stratton, cuando vi lo que estaba ocurriendo. Ni siquiera estoy seguro de por qué estaba allí. Quizá porque allí había empezado todo, porque era donde habían engañado a Mickey, Bobby y Barney... Y porque no tenía respuestas. O porque me fastidiaba que Stratton estuviera celebrando no sé qué historias mientras mi vida se desmoronaba.

O quizá era porque me había pasado toda la vida mirando fiestas como ésa desde el otro lado.

No sabía qué pasaba cuando vi a ese tipo de chaqueta azul marino que empujaba a una chica hacia la terraza, a unos cincuenta metros. Se inclinó sobre ella en el saliente de piedra.

—Joder, Ned, ahora sí que has tocado fondo —gemí. Pensé que estaba a punto de ver cómo se lo montaban una pareja de ricos y famosos a la luz de la luna.

De pronto me di cuenta de que la chica era Ellie.

Me acerqué un poco. Sí, era ella. Y el tipo de la chaqueta azul era Dennis Stratton. Había visto su foto en los periódicos. No había nada amoroso en el encuentro. Él la tenía cogida por el brazo y estaban discutiendo. Ellie intentaba soltarse.

Me acerqué un poco más y me oculté tras una pared de piedra. La conversación llegaba hasta mis oídos con cierta claridad. Algo acerca de Tess..., algo de que se trataba de un asunto privado. ¿Había oído bien? ¿Qué tenía que ver Tess con Stratton?

Y entonces oí que Ellie decía:

—Pienso perseguirlo por fraude... y por asesinato.

Era todo lo que tenía que oír, pero el muy cabrón empezó a amenazarla. Ella se retorcía intentando liberarse de él.

—Me está haciendo daño.

Me encaramé por la pared de piedra y llegué hasta el alféizar. Luego salté a la terraza, a unos metros detrás de ellos. Todo sucedió muy rápido después de eso. De un tirón, lo obligué a soltarla y lo clavé con un potente derechazo. Cayó cuan pesado era al suelo de la terraza.

—¿Quiere ponerle las manos encima a alguien? ¿Qué le parece intentarlo conmigo?

Stratton miró hacia arriba como si estuviera soñando. Se frotó la mandíbula.

—¿Quién coño eres tú?

Me volví hacia Ellie y tuve que mirarla dos veces. Estaba guapísima. Con un bonito vestido negro y los hombros desnudos. Muy bien arreglada. Y tenía unos hermosos pendientes de diamantes, que lanzaban destellos. Se me quedó mirando, boquiabierta.

Yo sólo esperaba que no la hubiera espantado tanto como para que dijera mi nombre.

Pero no dijo palabra. Al contrario, me cogió por el brazo.

—Me preguntaba dónde estabas —dijo—. Salgamos de aquí. —Miró a Stratton, que se incorporaba lentamente—. Me ha encantado su fiesta, Dennis. Ya nos volveremos a ver. Cuente con ello.

56

—Eso ha estado muy mal —dijo Ellie mientras salíamos a toda prisa por un lado de la casa de Stratton—. Podrían haberte pillado.

—Creía que ése era el plan —dije, y cruzamos la entrada frente a un par de guardas que aparcaban los coches—. Que me pillaran.

Dobló a la derecha en dirección a la playa. Creí que iba a parar, sacar el arma y a detenerme allí mismo. Y entonces recordé lo que había oído en la terraza.

—¿Crees que ha sido Stratton? —Me la quedé mirando un tanto confundido.

Ella no contestó. Yo me detuve.

—Le dijiste que lo encerrarías por asesinato y fraude. Crees que ha sido él.

—¿Tienes un coche, Ned? —dijo ignorando mi pregunta. Yo asentí, todavía confundido.

—Se podría decir que sí…

—Entonces ve y cógelo. Ya. No quiero verte aquí. Nos encontraremos en Delray.

Yo parpadeé. Por lo visto, no pensaba detenerme.

Ella me miró con rabia, impaciente.

—No creo que necesites saber cómo llegar, ¿no, Ned?

Negué con la cabeza y, cuando me alejé por la calle, una sonrisa se insinuó en mi expresión.

—Me crees, ¿verdad? —pregunté.

Ellie se detuvo ante un sedán azul.

—¿Me crees? —volví a preguntar.

Ella abrió la puerta de su coche.

—Ha sido una estupidez lo que has hecho, Ned. Pero gracias… —dijo más suave.

Durante todo el camino hasta Delray, no estaba seguro de lo que Ellie había querido decir. El ser nuevo y paranoico que se había adueñado de mí estaba seguro de que me encontraría de frente con una barrera de policías y luces parpadeando. Lo único que tenía que hacer Ellie era entregarme y su carrera ya estaría lanzada.

Pero no había barreras. Ni polis que se abalanzaron sobre mí al doblar la esquina de su casa cerca de la playa en Delray.

Cuando llamé a su puerta, Ellie se había cambiado. Se había quitado el maquillaje y no llevaba los pendientes de diamantes. Se había puesto unos vaqueros, una camiseta blanca y una chaqueta de chándal color rosa. Pero seguía siendo igual de bella.

—Aclaremos una cosa —dijo, mientras yo esperaba frente a la puerta—. Irás a la cárcel. Estás implicado en esto, Ned, y no importa que hayas matado o no a esa gente. Te ayudaré a encontrar a quien sea que mató a tus amigos, y luego te entregarás. ¿Me entiendes? ¿He hablado claro?

—Te entiendo —dije—. Pero hay algo que tengo que saber. Tú y Stratton en la terraza… Estabais hablando de Tess.

—Siento que hayas tenido que oír eso, Ned. —Ellie se había sentado en un taburete. Se encogió de hombros—. Ella y Stratton se veían. Eran amantes.

Sus palabras fueron como un puñetazo en toda la cara.

Tess… y Dennis Stratton. Sentí un vacío en el vientre. Supongo que, hasta cierto punto, me había engañado a mí mismo. ¿Por qué alguien como Tess querría estar con alguien como yo…? *Pero ¿con Stratton?* Me dejé caer en el sofá.

—¿Hasta cuándo?

—Creo que hasta el día en que la mataron —dijo Ellie, y tragó con dificultad—. Creo que estuvo con ella después que tú.

La sensación de vacío empezaba a convertirse en rabia.

—¿La policía sabe esto? Lo saben, Ellie, y me están buscando a mí.

—Al parecer, nadie quiere meterse con Stratton. Con la posible excepción de, digamos, yo misma.

De pronto las cosas comenzaban a encajar. Lo que había oído en la terraza de Stratton. Por qué Ellie no me había delatado. Por qué estaba ahí.

—Tú crees que fue él quien lo hizo, ¿no? ¿Crees que él les montó la encerrona a mis amigos? ¿Qué él es Gachet?

Ellie vino y se sentó en la mesita del café frente a mí.

—Estoy pensando que si tus amigos no robaron los cuadros de Stratton, Ned, ¿quién los robó?

Una sonrisa cruzó mis labios. Sentí que mis hombros se aligeraban de un peso. Por un momento quise tomarle la mano a Ellie, o abrazarla. Pero la alegría se desvaneció como había venido.

—Pero ¿por qué Tess?

—Todavía no lo sé —dijo ella sacudiendo la cabeza—. ¿Ella te habló de algo? Quizá sabía lo tuyo y de tus amigos. ¿Cómo os conocisteis?

—En la playa, cerca de donde yo trabajaba... —Me puse a pensar retrospectivamente. Fui yo el que me acerqué a ella. ¿Es posible que ella lo supiera todo? ¿Que fuera yo el engañado? No, era una locura. Todo era una locura—. ¿Qué motivos tendría Stratton para robar sus propios cuadros?

—Tal vez por el seguro. Tampoco es que necesite el dinero. Quizá quiera tapar alguna otra cosa.

—Pero si así fue como ocurrió, ¿dónde estaban los cuadros cuando Mickey y los otros fueron a robarlos?

En los ojos de Ellie asomó un destello.

—Quizá alguien llegó antes que ellos.

—¿Alguien? ¿Quién? ¿Tess? —Sacudí la cabeza, reacio a aceptar esa verdad—. Es imposible. —Sin embargo, había una cosa a la que no podía sustraerme, algo que para mí no tenía sentido—. Si Stratton montó su propio robo, si es él quien tiene los cuadros, ¿por qué tenía que mandar a alguien a matar a Dave? ¿Por qué me persigue a mí?

Nos quedamos mirándonos el uno al otro. Supongo que llegamos juntos a la misma conclusión.

Stratton no tenía los cuadros. *Alguien lo había engañado a él.*

57

De pronto sentí una gran angustia. Aquello no pintaba nada bien.

—Escucha, Ellie —dije—. No te he contado toda la verdad.

Ella entrecerró los ojos.

—¿Ah, no? ¿Y de qué se trata ahora?

—Creo que tal vez conozca a alguien que está implicado —dije tragando con dificultad.

—De acuerdo —dijo ella—. ¿Y cuándo pensabas contármelo, Ned? ¿Otro viejo amigo?

—No —dije sacudiendo la cabeza—. En realidad… es mi padre.

Ella parpadeó un par de veces. Me di cuenta de que procuraba conservar la calma.

—¿Tu padre? Sé que está fichado. Pero ¿qué diablos tiene que ver él con los siete asesinatos?

Yo carraspeé.

—Creo que quizá él sepa quién es Gachet.

—Ah —gruñó ella, y me lanzó una mirada de incredulidad—. Creí que se trataba de algo importante, Ned. ¿Y no crees que podrías haberme contado todo esto antes de que yo tirara mi carrera por la borda trayéndote aquí?

Le conté que Mickey nunca hacía una movida sin mi padre, y le expliqué mi conversación con él en Fenway Park.

—¿Tu padre sabía que tú ibas a visitar a Dave? —preguntó Ellie con ojos desorbitados.

—No —respondí. Era una idea demasiado horrible. Incluso tratándose de Frank.

—¿Sabes?, por lo que me cuentas —dijo Ellie—, tendremos que ir a por él.

—No servirá de nada —dije—. Para empezar, es un profesional. Se ha pasado una cuarta parte de su vida en la cárcel. En segundo lugar, no hay nada con que se le pueda amenazar. Está enfermo, Ellie. Condenado a muerte por un problema del riñón. No hará nada por cambiar. Estaba dispuesto a dejar que cayera su propio hijo. En cualquier caso, jamás habría matado a nis amigos. Mickey era como un hijo para él. Ahora ha perdido a su segundo hijo por culpa de sus desastres. —De pronto recordé la imagen de Dave muerto—. Por no hablar de mí.

Ellie no dejaba de sorprenderme. Se acercó y me cogió la mano.

—Lo siento, Ned. Realmente siento lo de tu hermano.

Puse mi mano sobre la suya. La miré a los ojos y esbocé una sonrisa.

—Tú sabes que yo no tengo esos cuadros, Ellie. Tú sabes que yo no maté a esas personas. Mickey, Tess, Dave…

—Sí, lo sé —dijo ella asintiendo con la cabeza—. Eres totalmente inocente.

Algo cambió para mí al mirar sus tiernos ojos azules. Quizá era por cómo la había visto en la fiesta de Stratton. Adorable, pero muy valiente, enfrentándose a ese tipo. O lo que estaba haciendo por mí ahora, el riesgo que corría. Era tan agradable, después de tanto tiempo, tener a alguien como ella junto a mí.

—¿Ellie? —dije.

—Sí —murmuró ella—. ¿Y ahora qué?

—Espero que no me detengas por esto…

Le toqué la mejilla y la besé suavemente en los labios.

58

Sabía que mi gesto no era lo más inteligente. Estaba casi seguro de que daría un salto y me rechazaría con un empujón. *¿Te has vuelto loco?*

Pero no me empujó. Ellic levantó el mentón, abrió la boca y su lengua se deslizó alrededor de la mía, suave y cálida. Aquello nos tomó por sorpresa a los dos. De pronto, la estaba abrazando y atrayéndola hacia mí, hasta sentir su corazón latiendo contra mi pecho. Ya se sabe que a veces sólo basta un beso para saber si hay química. Y sí que la había.

Aguanté el aliento cuando nos separamos. Tenía miedo de lo que diría. Le aparté un mechón de pelo de los ojos.

Había un leve destello en su mirada, como si ella tampoco estuviera segura de lo que había pasado.

—No está bien, Ned.

—Lo sé. Lo siento, Ellie. Lo que pasa es que era tan agradable finalmente saber que me creías. Y estabas tan guapa allá en esa terraza. Supongo que estaba agobiado.

—No me refiero a eso. —Me miró con una leve sonrisa en sus labios—. Esa parte ha estado perfecta. Estaba pensando en Stratton. Ha comprado unos cuadros impresionantes. Si montó el robo por el dinero del seguro, ¿para qué insistir en encontrar los cuadros robados? Tiene lo que quería.

—Quizá quiera recuperarlos —dije—. Ya sabes, comerse el pastel y querer conservarlo.

—Escucha —dijo, ahora más concentrada—, no te acostumbres a esto, Ned. En realidad, ha sido como estrecharnos las manos. Algo que sella nuestro nuevo plan de trabajo.

Intenté volver a abrazarla.

—Esperaba que lo pudiéramos convertir en una versión formal del contrato.

—Lo siento —dijo con un suspiro—, pero tú eres un hombre buscado y yo soy del FBI. Además, hay que ponerse a trabajar. —Se levantó y tiró de mí para que la imitara. Me sorprendió lo fuerte que era—. Tienes que irte. Espero que no te ofendas si te pido que salgas por la puerta de atrás.

—No —dije riendo—, se ha convertido en parte de mi rutina.

Fui hasta la puerta del porche y la abrí. Me volví para mirarla. No sabía si habíamos cometido un error. O si volvería a ocurrir. Entendía el riesgo que corría conmigo. Nuestras miradas se encontraron. Le sonreí desde la puerta.

—¿Por qué haces esto, Ellie?

—No lo sé —dijo encogiéndose de hombros—. Digamos simplemente que estoy boxeando.

—¿Boxeando?

—No te lo puedo explicar ahora. ¿Estarás bien?

Le respondí con un gesto de la cabeza.

—Bueno, pase lo que pase, gracias, Ellie.

—Ya te lo he dicho, sólo ha sido un apretón de manos —dijo, y me guiñó el ojo.

—Quiero decir, por creer en mí —dije sacudiendo la cabeza—. Hacía mucho tiempo que eso no me sucedía con nadie.

59

El hombre alto estaba encorvado en el asiento delantero de un Ford de color canela, con una Nikon sobre las rodillas, a unos quince metros de la casa de Ellie Shurtleff. Ya estaba demasiado viejo para esos trotes. Y los coches de ahora eran demasiado incómodos. Recordaba los viejos tiempos, cuando uno podía estirar las piernas en un Mercury Cougar o un Pontiac Grand Am.

Vio que alguien salía de la casa de Ellie por detrás. *Vale, es hora de trabajar,* se dijo.

¡Madre mía! Se incorporó de un salto y volvió a mirar. Ese que acababa de salir a la calle era Ned Kelly.

Sí, no cabía duda, era Kelly. Disparó unas cuantas veces. *Clic, clic, clic.* Se sentía como si estuviera a punto de tener un infarto.

Le habían encargado seguir a la pequeña y dulce Ellie. Pero no se había esperado algo tan suculento. Siguió a Kelly calle abajo y lo enfocó con el zoom.

Clic, clic.

Desde luego, sabía que aquel imbécil era inocente. Era evidente que la chica del FBI pensaba lo mismo. O tal vez fueran cómplices.

Se preguntó qué debería hacer. Podía ir y detener a Kelly. Con algo así, haría carrera. Su foto saldría en la primera página del *USA Today.* Aunque, claro está, después tendría que explicar por qué le seguía los pasos a Ellie.

Con el teleobjetivo, tomó una última foto de Ned Kelly subiendo a un coche destartalado. Primer plano de la matrícula de Carolina del Norte. Otro primer plano de la cara de Kelly. El tipo no tenía tan mal aspecto después de todo lo que había vivido.

Ay, niña, sí que tienes agallas, tuvo que reconocer el hombre alto. Había medio mundo buscando a Kelly, y mira adónde había ido a parar. *A tu casa.*

El hombre alto dejó la cámara y, mientras jugaba hábilmente con una caja de cerillas en la mano derecha, vio cómo Kelly desaparecía.

Pequeñita, pero con agallas, pensó sacudiendo la cabeza.

60

Cuando volví al taller de motos de Champ era casi medianoche. Me sorprendió ver que había una luz en el interior. Luego vi la Ducatti de Champ aparcada junto al contenedor.

—¿Una noche muy movida? —oí que decía cuando crucé la puerta que daba al garaje. Champ estaba sentado con los pies sobre el mostrador y la silla inclinada hacia atrás y con la botella de cerveza de siempre. La tele estaba encendida. Jay Leno entrevistaba a Nicole Kidman.

—¿Es la noche del orgullo nacional? —pregunté, y agarré una silla a su lado.

—Ella es australiana, tío. Yo soy neozelandés —dijo Geoff, un poco molesto. Me ofreció una cerveza—. Yo no doy por sentado que tú estés enterado de los resultados de los campeonatos de *curling* sólo porque naciste cerca de Canadá, ¿no?

—Culpable —dije, y chocamos las botellas. Me senté junto a él y también apoyé los pies en el mostrador.

—¿Y? ¿Qué tal la fiesta, chaval? ¿Estaban buenas las tías?

—Una de ellas, sí.

—Estas guarras tan altas… —Geoff me ignoró y con un gesto de la cabeza señaló a Nicole en la pantalla—. Siempre me ha costado un poco manipularlas. Las piernas estorban. Conozco a una chica…

—Champ —interrumpí—, ¿quieres que te cuente lo que ha pasado esta noche?

—En realidad dijo, volviendo a apoyar la silla en el suelo y mirándome—, te quería decir que has tomado una muy buena decisión al contratarme. Esta tía de la que te hablaba es una auténtica ave nocturna. Trabaja de recepcionista dos veces a la semana. En el Brazilian Court.

Apoyé los pies en el suelo y me lo quedé mirando.

—Vale.

—En primer lugar, puede que tengas que saber que esa belleza australiana tuya no era todo lo que te quería hacer creer.

—Creo que eso ya lo he superado —dije.

Él se volvió y me miró fijo, con los antebrazos apoyados en las rodillas.

—Por lo visto, recibía ciertas visitas con frecuencia en su habitación. Gente importante. ¿El nombre de Stratton te dice algo, Neddie?

—Son noticias viejas —dije con un suspiro de decepción—. Dennis Stratton se veía con Tess. Eso ya lo sabía.

—Estás muy lejos de la verdad, tío. —Geoff sacudió la cabeza y sonrió—. No me refiero al viejo, tío. Estoy hablando de Liz Stratton. La mujer de Dennis.

Vio que ahora me había sorprendido y volvió a reclinarse hacia atrás, mientras tomaba un trago de cerveza, satisfecho de sí mismo.

—¿Qué te parece? ¿Tengo o no tengo lo que hay que tener para este trabajo, amigo?

61

Muchas cosas me habían impactado desde que salí de la *suite* de Tess en el Brazilian Court, cuando pensaba que mi vida estaba a punto de despegar. Pero ¿qué tendría que ver la mujer de Stratton con Tess?

Con Ellie habíamos establecido un código en caso de que tuviera que ponerme en contacto con ella en el despacho. Yo usaría el nombre de Steve, como en Steve McQueen. Y fue lo primero que hice a la mañana siguiente. Le conté lo que me había dicho Champ.

—Creo que tenemos que hablar con Liz Stratton, Ellie.

—Para empezar —dijo ella—, tenemos que descubrir quién es realmente Liz Stratton.

Yo me había guardado una carta bajo la manga, y pensaba que quizá había llegado el momento de usarla.

—Puede que tenga una manera de averiguarlo.

—No, tú no hagas nada —respondió ella, sin vacilar—. Tú te quedas quieto. Yo me pondré en contacto contigo cuando averigüe algo. ¿Me comprendes, Steve?

De modo que me porté como un buen fugitivo, muy tranquilo. Me pasé el día metido en la pequeña habitación encima del garaje de Geoff, comiendo lasaña calentada al microondas, leyendo sus novelas policiales de John D. MacDonald y viendo las noticias en la tele. Así transcurrió el día siguiente. Ellie no devolvía mis llamadas. Me sentía como Ana Frank escondiéndome de los alemanes. Sólo que no eran los alemanes los únicos que me iban detrás. Me perseguía todo el mundo. Y no me protegía la familia de ningún médico, ni tampoco Brahms, al que oía a través de las paredes, sino un corredor de motos chiflado que escuchaba a U2 a todo volumen mientras hacía rugir el motor de su Ducatti a mil revoluciones.

Al final de esa segunda tarde, resonaron unos golpes en el techo del garaje que daba a la habitación.

—¡Reunión de equipo! —gritó—. Vamos subiendo. ¿Estás visible, chaval?

Supuse que «visible» quería decir vestido con camiseta y calzoncillos, y que «reunión de equipo» significaba «la hora de la cerveza de las cuatro de la tarde». Abrí la puerta.

Me quedé de una pieza cuando vi a Ellie. Geoff miraba con una sonrisa burlona.

—Quiero agradecerte, chaval, por tu sentido de la discreción, y por guardar el secreto de que estás aquí sólo tú, yo y el jodido FBI.

—Supongo que ya os habéis conocido —dije, y abrí la puerta de una patada. Tardé un momento en buscar mis tejanos y ponérmelos.

Ellie paseó la mirada por aquel cuarto trastero (cajas de repuestos, catálogos de motos por el suelo, la cama donde había dormido, deshecha) buscando un lugar donde sentarse.

—Bonito alojamiento.

—Gracias —dijo Geoff, y le dio una patada a una caja de arandelas que estorbaba el paso—. Yo mismo lo he usado muchas veces. Y tengo que reconocer —agregó lanzándome una mirada de aprobación— que cuando me hablaste de una agente del FBI, Neddie, nunca me imaginé a Jodie Foster.

La verdad era que Ellie estaba muy guapa con su traje negro y su blusa rosada, aunque no se la veía muy contenta.

—¿Qué has averiguado sobre Liz?

—No gran cosa —dijo. Cogió una cerveza y la alzó a modo de saludo mirando a Geoff—. Es una mujer intocable. Su nombre de soltera es O'Callahan. Una familia antigua de Florida. Sobre todo abogados y jueces. De lo más exclusivo e influyente que puedas encontrarte. Estudió en Vanderbilt, trabajó un tiempo en el bufete de papá y se casó con Stratton hace unos dieciocho años. He sabido que fue ella quien lo introdujo en los círculos que han financiado muchos de sus negocios.

—Tenemos que hablar con ella.

—Ya lo he intentado —suspiró Ellie—. Quería interrogarla sin llamar la atención de mi oficina. Pero me he encontrado con un muro en la persona del abogado de la familia. Sólo estando Stratton presente y, aun así, sólo con una lista de preguntas sometidas a su aprobación con antelación.

—Dios, esa furcia es más estrecha que una monja en una fábrica de condones —dijo Geoff, y echó un trago de cerveza.

—Qué bien —dijo Ellie, y arrugó la nariz—. Stratton la tiene totalmente controlada. Ni siquiera sale a comer sin sus guardaespaldas. No tengo argumentos suficientes para interrogarla.

—Pero, Ellie, si tú eres el FBI…

—¿Qué quieres que haga, pasar por encima de mi jefe? Necesitamos a alguien que pertenezca a su círculo. Alguien que pueda llegar a ella. Hacer que hable. Y ahí no tengo ningún contacto.

Como he dicho, yo tenía una carta guardada bajo la manga. Y ya no tenía sentido seguir ocultándola. Froté la botella con las dos manos.

—Puede que yo sepa cómo hacerlo.

62

A veces alguien dice ser tu amigo. Pero nunca se sabe. La vida me ha enseñado que siempre aparecen obstáculos. Por ejemplo, los ricos defienden a los ricos, sin importar de qué lado estén. Como dicen los ingleses, no hay amigos ni enemigos eternos. Sólo hay intereses eternos. Y supongo que nunca sabes cuáles son esos intereses hasta que lo intentas.

Así que a la mañana siguiente hice una llamada. Me sentía como un chico de dieciséis años que pregunta por primera vez a una chica si quiere salir con él. Jamás en mi vida había estado tan nervioso marcando un número de teléfono.

—Soy yo, Neddie. —La boca se me secó en cuanto él se puso al teléfono.

Esperé. Sin respuesta. Pensé que quizá me había equivocado y, en ese caso, quizá nos estaba metiendo a todos en un embrollo.

—Por lo visto, como eres el chico de mantenimiento de la piscina, has metido la manguera en la parte profunda... —suspiró finalmente Sollie Roth.

Yo no reí. Tampoco era un chiste para hacerme reír. Era la manera que tenía Sollie de mostrarse absolutamente serio.

—Cuando me iba, me dijiste una cosa. Dijiste que un hombre no se va así, en medio de la noche. Que no había ningún problema demasiado grande que no se pudiera resolver. Quizá debí haberte hecho caso. Ahora ya sé cómo pintan las cosas. Lo que quiero saber es si todavía piensas igual, Sollie.

—No te he denunciado, hijo, si es eso lo que quieres saber. Dije que estaba durmiendo cuando tú te marchaste.

—Ya lo sé —dije sintiéndome un poco avergonzado—. Gracias.

—No tienes por qué darme las gracias —dijo, como dándolo por sentado—. Conozco a la gente, chico. Y sé que tú no cometiste esos crímenes.

Por un segundo, me aparté del teléfono y tragué con dificultad.

—Yo no fui, Sollie. Lo juro por Dios. Pero necesito que me ayuden para demostrarlo. ¿Puedo confiar en ti?

—Puedes estar seguro de una cosa, Ned —dijo el viejo—. Yo he estado donde tú estás ahora, y he aprendido que lo único que te impedirá pasarte el resto de tu vida en la cárcel depende de la calidad humana de tus amigos. ¿Tienes ese tipo de amigos, Neddie?

—No lo sé —dije. Tenía los labios secos—. ¿Qué tipo de amigo eres tú, Sollie?

Lo escuché soltar una risilla.

—En cuestiones como ésta —dijo Sol Roth, y siguió una pausa—... de lo mejor, chico. De lo mejor.

63

—¿A quién tenemos que ver aquí? —Geoff entró con la moto en el parking frente a la iglesia de Saint Edward y apagó el motor.

Green's era una droguería y un bar restaurante situado en North County, un apacible retorno a los viejos tiempos. Cuando JFK era presidente y Palm Beach era la sede de la Casa Blanca en invierno, Kennedy y su equipo celebraban fiestas que duraban toda la noche, asistían a misa a primera hora en Saint Edward y se iban a Green's, todavía vestidos de esmoquin, a pasar un buen rato y a bromear con las camareras.

El hombre con el que íbamos a reunirnos estaba sentado en su rincón, junto a la ventana, vestido con un jersey celeste de cuello en pico y un polo de golf, y una gorra Kangol sobre la mesa. Tenía el poco pelo blanco que le quedaba aplastado contra la cabeza. Sobre la mesa, un ejemplar del *Wall Street Journal* abierto y unas gafas de lectura. Su aspecto era el de un contable jubilado pendiente del precio de sus acciones, no el de un hombre que me iba a salvar la vida.

—¿Así que tienes un padrino, chaval? —preguntó Champ, al tiempo que me daba un codazo y miraba por el comedor en busca de nuestro interlocutor—. Por eso te has ido a meter en ese escondrijo mío. Alguien que está dentro de verdad.

—Te lo he dicho, Champ, confía en mí.

Me acerqué a la mesa. El hombre que estaba sentado bebió un sorbo de café y plegó el *Journal* hasta dejarlo convertido en un cuadrado perfecto.

—¿Así que no me delataste? —dije con una sonrisa de agradecimiento.

—¿Por qué iba a hacer una cosa así? —Alzó la mirada—. Además, todavía me debes doscientos dólares de nuestras partidas de *gin rummy*.

Sonreí abiertamente. Él también. Le tendí la mano.

—Me alegro de verte, hijo —dijo Sol estrechándomela. Ladeó apenas la cabeza, como para reconocer mi nuevo aspecto—. Se diría que has tenido graves problemas para cortarte el pelo.

—Era hora de cambiar —dije.

—¿Quieres sentarte? —Movió la gorra y miró a Geoff—. ¿Este es el amigo del que me hablaste? —preguntó mirando de reojo con cierta distancia su pelo rojizo.

—¿A alguien le importaría explicarme de qué va esto? —Champ miraba como si no entendiera nada, como preguntándose qué diablos estaba pasando. Yo sonreí.

—Tenemos a uno más en el equipo, Champ. Saluda a Sollie Roth.

64

—¡Sol Roth! —Geoff volvió a mirarlo sorprendido—. ¿El Sollie Roth de Palm Beach? ¿El del canódromo? ¿El que tiene ese yate de treinta metros en el puerto?

—Son cuarenta metros, por cierto —dijo Sol—. Y también soy el del Club de Polo y el del centro comercial de City Square y el de la American Reinsurance, si quieres todo mi currículum. ¿Quién eres tú? ¿Mi nuevo biógrafo?

—Geoff Hunter —dijo Champ. Le tendió la mano y se sentó frente a él—. Récord de velocidad de mil centímetros cúbicos en la supervuelta. Trescientos cuarenta kilómetros por hora. Trescientos cincuenta y cinco, si hicieran bien los cálculos. El morro contra el metal y el culo al aire, como se suele decir.

—¿Como dice quién, hijo? —preguntó Sol, estrechando desganadamente la mano que le tendía Champ.

Se acercó una camarera que llevaba una camiseta de los Simpson.

—¿Qué queréis pedir, chicos? ¿Señor Roth?

Hice todo lo posible por ocultar mi cara. Desde otras dos mesas llamaron a la camarera.

—Ahora entiende por qué bebo, señor Roth.

Yo pedí huevos revueltos con un poco de queso cheddar. Champ pidió una especie de complicada tortilla con pimientos, salsa y queso tierno, rociada con ganchitos de maíz. Además de unas cuantas crepes y patatas fritas. Sollie optó por un huevo pasado por agua y una tostada de pan integral.

Charlamos en voz baja unos minutos. Me dijo que había hecho bien en llamarlo. Me preguntó cómo me las había arreglado hasta entonces y me dio el pésame por la muerte de mi hermano.

—Estás tratando con gente de muy mala calaña, Ned. Supongo que eso ya lo sabes.

Llegó nuestro desayuno. Sollie miraba mientras Champ atacaba su gruesa tortilla.

—Hace treinta años que vengo a este lugar y jamás había visto a nadie pedir algo así. ¿Está buena?

—Tenga —dijo Champ, y empujó el plato hacia él—. Sería un honor. Pruebe un poco, señor Roth.

—No, gracias —dijo él—. Quiero vivir más allá del mediodía. Yo dejé mi tenedor y me arrimé a su silla.

—Y, cuéntame, ¿has sacado algo en claro, Sol?

—Algo —dijo él, encogiéndose de hombros, mientras mojaba la tostada en el huevo medio crudo—. Aunque quizá parte de lo que te diga te siente mal, Ned. Sé que esa chica te gustaba. He averiguado ciertas cosas con mis propias fuentes, y me temo que algunas no son como tú piensas. Dennis Stratton no se aprovechaba de esa chica sino todo lo contrario.

—¿Todo lo contrario? —pregunté. ¿Liz lo engañaba a él?— ¿Qué quieres decir?

Sol bebió un trago de café.

—En realidad, Liz Stratton estaba detrás de la historia de su marido con esa chica. Más que detrás de la historia, Neddie, era ella quien lo había montado todo. Le hizo una encerrona. Ella pagaba a la chica.

—¿Por qué hacía algo así? —pregunté confundido.

—Para desacreditarlo —dijo Sol, y vació otro paquete de crema en polvo en su taza—. Todo el mundo sabe que el matrimonio de los Stratton no es precisamente lo que aparenta. Hace tiempo que Liz quiere acabar con el asunto. Pero él la tiene cogida. La mayor parte del dinero está a su nombre. Ella pretendía montarle una encerrona y marcharse con todo lo que tiene Stratton.

—¿Sabes?, he oído hablar de estas tías que… —empezó Geoff tragando un buen trozo de su tortilla. Lo detuve con un gesto.

—Entonces, ¿qué estás diciendo, Sollie? ¿Que a Tess le pagaban? ¿Que era una especie de actriz…? ¿Una farsa?

—Algo más que eso, chico. —Sol sacó un trozo de papel plegado del bolsillo de su jersey—. Me temo que era una profesional.

Era una copia de fax de una hoja de antecedentes penales. De Sidney, Australia. Me quedé mirando la cara de Tess. Tenía el pelo peinado hacia atrás y miraba hacia abajo. Una chica diferente. El nombre que figuraba en la hoja era Marty Miller. La habían detenido varias veces por vender fármacos con receta y por prostitución en King's Cross.

—Dios mío —dije parpadeando, y me eché hacia atrás en la silla.

—Era una puta de altos vuelos, Ned. Era australiana. Por eso no había nada sobre ella por aquí.

—Nueva Gales del Sur —murmuré, recordando nuestro primer día en la playa.

—Mmm —dijo Geoff con un resoplido, y me cogió la hoja—. Australiana. No me sorprende...

Una puta. Le pagaban para follarse a Dennis Stratton. Contratada para un trabajo. Sentí que me empezaba a hervir la sangre. Y yo pensando que no me la merecía... Y todo no había sido más que una farsa.

—Así que él lo descubrió —dije apretando la mandíbula— y dio la orden de matarla.

—Hay gente que trabaja para Stratton capaz de hacer casi cualquier cosa, Ned —dijo Sol.

Asentí con la cabeza. Pensé en las dudas de Ellie sobre el policía local Lawson. El que siempre parecía estar cerca de Stratton.

—Por eso la policía no tenía prisa. Saben que hay una conexión entre los dos. Él es quien manda, ¿no?

—Si quieres atraparlo, Neddie —dijo Sol mirándome muy serio—, puedo ayudarte, yo también mando en unas cuantas cosas.

Le sonreí, agradecido. Luego volví a mirar la hoja de antecedentes. Pobre Tess. Una cara tan bonita. Seguro que ella también pensaba que era la oportunidad de su vida. Recordé su mirada reluciente y esperanzada, una mirada que en ese momento no entendí. Y también debía de pensar que su suerte estaba a punto de cambiar.

Lo atraparé, Tess, pensé mientras miraba su foto. Luego dejé la hoja sobre la mesa.

—Marty Miller —dije sonriendo a Sol—. Ni siquiera sabía su nombre.

65

Dennis Stratton salió de su despacho en uno de los edificios comerciales de Royal Palm Way un poco después de las cinco.

Su Bentley Azure salió del parking y yo puse en marcha mi destartalado Impala.

No estoy del todo seguro de por qué tenía la necesidad de seguirlo, pero lo que Sollie me había contado no me había gustado nada. Había visto a Stratton en acción en la terraza con Ellie. Supongo que sólo quería ver personalmente de qué iba ese gilipollas.

Dobló en la esquina y siguió por el puente hacia West Palm. Yo lo seguí, guardando una distancia de un par de coches. Él estaba ocupado hablando por teléfono. Supuse que, aunque me viera, su radar mental no repararía en mi cacharro.

Su primera parada fue en Rachel's, en la calle 45, un restaurante especializado en carnes donde se puede comer un buen filete mientras se mira un *striptease* en el escenario. Un matón a la entrada lo saludó como si fueran viejos amigos. Era evidente que le gustaba pasar por un gran hombre de clase alta con su gran casa y su arte de lujo. ¿Por qué no me sorprendía?

Entré en un parking de Rooms to Go frente a Cracker Barrel y esperé. Al cabo de cincuenta minutos estaba casi a punto de retirarme por esa noche. Una media hora después, Stratton salió acompañado de otro hombre, un tipo alto, de piel muy sonrosada y pelo canoso, vestido con una chaqueta azul marino y pantalones color verde lima. Una de esas caras que dicen *Mi árbol genealógico se remonta hasta el Mayflower*. Los dos reían y se veían satisfechos.

Subieron al Bentley, abrieron el techo y encendieron sendos puros. Yo los seguí. *¡La sangre azul se va de fiesta!* Siguieron rumbo a Belvedere, pasaron el aeropuerto y entraron en el canódromo de Palm Beach. Al parking de los VIP.

Debía haber sido un día flojo porque el encargado sonrió burlonamente al ver mi coche, pero se alegró de recibir mis veinte pavos y me entregó un pase de la casa. Stratton y su amiguete subieron en ascensor hacia los asientos más caros.

Me senté a una mesa en el otro extremo del club de paredes de vidrio. Pedí un bocadillo y una cerveza y me sentí obligado a acercarme a la ventanilla de vez en cuando para hacer apuestas de dos dólares. Por lo visto, Stratton se lo estaba pasando bien. Se mostraba muy parlanchín, fumaba su puro, y en cada carrera apostaba varios cientos de dólares que sacaba de un fajo.

Se acercó una tercera persona a su mesa, un tipo gordo, medio calvo, con pantalones de tirantes. Siguieron apostando en grande y pidieron champán. Cuanto más perdían, más reían y daban grandes propinas a los camareros que se encargaban de sus apuestas.

A eso de las diez, Stratton hizo una llamada con su teléfono móvil y todos se levantaron a la vez. Firmó la cuenta (que debía ser de varios miles de dólares). Luego los abrazó a los dos y se dirigieron a las escaleras.

Pagué mi cuenta y salí deprisa tras ellos. Los tres subieron al Bentley con el techo abierto, todos fumando sus puros. El Bentley rodaba haciendo ligeras eses.

Volvieron a cruzar hacia Palm Beach por el puente del medio. Stratton giró a la izquierda y siguió hacia el puerto deportivo.

Llegó la hora de la fiesta, ¿eh, chicos?

Se abrió una barrera y un guardia los dejó pasar. No había manera de que yo pudiera seguir más allá. Sin embargo, no se acabó ahí mi curiosidad. Aparqué el coche en una calle lateral y volví a la pasarela del puente del medio. Subí por la rampa. Vi un viejo negro más adelante pescando desde el puente. Desde allí se tenía una vista panorámica del puerto deportivo.

Stratton y sus compinches daban vueltas por el muelle. Caminaron hasta el penúltimo amarradero y subieron a un enorme yate blanco, el *Mirabel*, una belleza blanca y reluciente de aquellas que no se puede dejar de mirar. Stratton se movía como si fuera el dueño, saludando a la tripulación e indicándoles el camino a los otros dos. Llegaron bandejas con comida y bebida. Los tres gilipollas empezaban a montar la fiesta; tenían alcohol, puros, y estaban sentados en el yate de Stratton como si fueran los dueños del mundo.

—Vaya, vaya, vaya —dijo el pescador negro, y soltó un silbido.

Tres modelos de piernas esculturales con tacones altos se acercaban al yate por el muelle. Subieron al *Mirabel*. Hasta habría dicho que eran las mismas chicas que esa noche actuaban en el Rachel's.

Stratton trataba a una de ellas con bastante familiaridad, la rubia de minifalda roja. La cogió por la cintura y presentó a las otras dos a sus amigos. Empezaron a circular las bebidas y se formaron parejas. El gordo comenzó a bailar con la pelirroja delgada que vestía una camiseta corta y una falda tejana.

Stratton se llevó a la de la minifalda roja hasta un banquillo. Empezó a besarla y a meterle mano. Ella lo rodeó con una de sus largas piernas. Y entonces él se levantó y la cogió del brazo, con una botella de champán en la otra mano. Lanzó una broma a sus amigos y desapareció en el interior.

—Qué espectáculo —dije al pescador.

—Así, muchas noches —dijo él—. Seguro que se ven más mujeres que pejegatos en esta época del año.

66

—¿Dónde has conseguido esto? —Ellie se apartó del mostrador de la cocina mientras miraba la hoja de antecedentes de Tess.

—No te lo puedo decir, Ellie. —Sabía que sonaba lastimoso—. Pero es de alguien que tiene influencia.

—¿Influencia? —preguntó, y luego sacudió la cabeza—. Esto no es influencia, Ned. Ni siquiera la policía tiene esta información. Yo lo estoy arriesgando todo involucrándome en esto, ¿y tú no me puedes decir con quién más estás hablando?

—Si te sirve de consuelo —dije tímidamente—, tampoco le hablé de ti a él.

—Pues estupendo, Ned —dijo ella fingiendo una risa alegre—. Eso lo arregla todo. Siempre he sabido que era un trabajo hecho desde dentro. Ahora no tengo ni idea de quién se trata. —Vi que estaba pensando—. Si Liz le ha montado una trampa a su marido con este cuento...

—Puede que el robo de los cuadros también haya sido una trampa suya —dije terminando la idea que tenía ella en mente.

Ellie volvió a sentarse, y su expresión era una mezcla de certidumbre e intriga.

—¿Es posible que nos hayamos equivocado con Stratton?

—Digamos que Liz le montó la trampa a su marido —aventuré, y me senté junto a ella—. ¿Por qué tuvo que matar a mis amigos y a Dave?

—No —dijo Ellie—, el responsable de los crímenes es Stratton. De eso estoy segura. A él lo han traicionado. Y cree que has sido tú.

—Y entonces, ¿quién diablos es Gachet, Ellie? ¿Liz?

—No lo sé. —Sacó una libreta y escribió unas cuantas notas apoyada en el mostrador—. Sigamos con lo que tenemos. Estamos bastante seguros de que Stratton está implicado en el asesinato de Tess. Es evidente que descubrió la estafa. Y si la descubrió, hay muchas probabilidades de que sepa que su mujer estaba detrás de todo.

—Ahora sabemos por qué contrata a todos esos guardaespaldas —dije con un resoplido—. No están ahí para proteger a Liz, sino para impedir que se escape.

Ellie se sentó en postura de loto. Cogió la hoja de antecedentes de Tess.

—Supongo que podemos ir y entregarle esto al Departamento de Policía de Palm Beach. Quién sabe lo que harán ellos…

—La persona que me lo pasó no quería que yo hiciera eso, Ellie.

—De acuerdo, Ned. —Me miró un poco enfadada—. Estoy dispuesta a seguirte. ¿Qué quería que hicieras entonces?

—Que limpie mi nombre.

—Que limpies tu nombre, ¿eh? ¿Y eso qué significa?

—Esta mujer corre un gran peligro, Ellie. Si pudiésemos llegar a ella… Si pudiera ayudarnos a demostrar que hay una conexión entre Stratton y Tess, puede que incluso con los cuadros, eso sería suficiente, ¿no?

—¿Qué quieres hacer, secuestrarla? Ya te lo he dicho, yo ya lo intenté…

—Lo intentaste a tu manera. Mira —dije, y me volví para mirarla—, no me preguntes cómo me he enterado, pero he sabido que Liz Stratton suele comer los jueves en el Ta-boó, en Worth Avenue. Eso es pasado mañana.

—¿Quién te ha dicho eso? —Ahora Ellie se me quedó mirando un poco irritada.

—No preguntes. —Le cogí la mano—. Ya te lo he dicho, alguien con influencia.

Busqué su mirada. Ya sabía el riesgo que Ellie estaba corriendo. Pero quizá eso podía limpiar mi nombre. Era evidente que Liz Stratton sabía ciertas cosas.

Ellie sonrió con una mueca de fatalismo.

—¿Esta persona que conoces tiene suficiente influencia para sacarme de la cárcel cuando todo esto se sepa?

Le apreté la mano y le sonreí para darle las gracias.

—¿Sabes?, todavía queda el asuntillo de los guardaespaldas, Ned. Siempre la acompañan. Y no podemos arriesgarnos a que te muestres en público, ¿no? En el Ta-boó.

—No —convine sacudiendo la cabeza—, pero afortunadamente, Ellie, conozco justo al hombre que necesitamos.

67

—¿Qué tal me veo? —sonrió Geoff, mirando con aire descarado por encima de sus gafas Oakley—. No está nada mal para un mecánico de provincias, ¿verdad? Gracias a la tienda Polo de la ciudad.

El elegante salón y el bar del Ta-boó estaban llenos de la gente *in* de Palm Beach. Rubias por todas partes. Mujeres con polos de cachemira de tonos pasteles, con bolsos Hermès. Hombres con mocasines y gafas de sol Stubs & Wooton, con jerseys Trillion por encima de los hombros, probando los cangrejos y las ensaladas César, de la mejor cocina en Palm Beach. Había varios clientes que parecían recién salidos de las mansiones en Ocean Boulevard.

—No tienes nada que envidiarle a George Hamilton —dijo Ellie mirando por encima del hombro de Geoff hacia el salón.

Liz Stratton estaba sentada en una mesa del rincón comiendo con tres amigas. Sus dos guardaespaldas estaban en la barra, con un ojo puesto en Liz y el otro siguiendo a una rubia delgada que acababa de bajar de un Lamborghini.

—Sólo disfrutando de la vista —dijo Geoff sonriendo— hasta que pase a la acción. Nunca se sabe cuándo volverán a invitarme a esta isla.

Ellie tomó un trago de su Perrier con lima. Tenía el estómago revuelto. El solo hecho de estar sentada en el Ta-boó era una locura. Hasta antes de entrar allí, podía alegar que estaba haciendo su trabajo. Sin embargo, en unos minutos, si las cosas no salían bien, tendría suerte si se libraba con una acusación de «complicidad».

Se trataba de sacar a Liz Stratton del restaurante y dejar a los guardaespaldas dentro. Ned esperaba en la parte de atrás con el coche. La harían desaparecer de repente, y era de esperar que Liz tendría tantas ganas de hablar como ellos de escucharla.

—Dios mío —dijo Geoff estirando el cuello y dándole un codazo a Ellie—, dime que ése que está en la barra no es Rod Stewart.

—Ése no es Rod Stewart. Pero creo que veo a Tommy Lee Jones.

Un camarero llamado Louis se acercó y les preguntó si ya querían pedir.

—Cangrejos de mar para mí —dijo Geoff, y cerró la carta como
si ir allí fuera para él cosa de todos los días. Ellie pidió una ensalada
de pollo. Tenía un audífono en la oreja, conectado con Ned en la
parte trasera. Sólo tenían que esperar el momento adecuado para
hacer lo planeado. *Ay, madre mía...*

Pasaron unos minutos. El camarero se acercó con sus platos. De
pronto, Liz Stratton se puso de pie con una de sus amigas y las dos
se dirigieron al lavabo de señoras.

—Ahora es el momento, Ned —dijo Ellie en su micrófono. Lanzó una mirada cauta hacia la barra—. Vigila mi retaguardia, Champ.

—Así es mi suerte. La comida parece deliciosa —gruñó Geoff
justo cuando llegaba su cangrejo de mar.

Ellie dejó su asiento, fue directa hacia Liz y la interceptó en la
parte de atrás del restaurante. La mujer parpadeó, como una vaga
señal de que la reconocía.

Ellie se inclinó como si fuera a saludarla con un beso.

—Sabe quién soy, señora Stratton. Sabemos lo de usted y Tess
McAuliffe. Tenemos que hablar con usted. Hay una puerta trasera
justo en frente y un coche afuera. Podemos hacerlo muy discreta-
mente si viene ahora mismo.

—Tess... —dijo ella vacilando, y lanzó una mirada rápida hacia
sus guardaespaldas—. No, no puedo...

—Sí que puede, Liz —dijo Ellie—. O eso, o la acusarán de extorsión y complicidad en un asesinato. No mire para atrás y sígame
por esa puerta.

Liz Stratton se detuvo, sin saber qué hacer.

—Créame, señora Stratton, nadie quiere culparla de nada de
esto.

La mujer asintió con una mueca.

—Suz, tú sigue —dijo a su amiga—, yo vendré enseguida.

Ellie rodeó a Liz por los hombros con el brazo e intentó llevarla tranquilamente con ella.

—Ned, ahora salimos —dijo a su micrófono.

Uno de los guardaespaldas se puso de pie. Se quedó observando, intentando entender qué estaba pasando.

Ellie guió a Liz hacia la puerta. *Venga, Champ, ¡ahora te toca a ti!*

—Hola, tíos —dijo Geoff, acercándose a la barra y bloqueándoles la vista—. ¿Alguno de vosotros sabe dónde se puede encontrar una entrada para el concierto de Dance America, de Britney Spears, en el Kravis? Vaya, creo que es en el Kravis.

—Que te jodan —dijo el guardaespaldas de la coleta, intentando pasar a su lado.

—¿Que me jodan? —Geoff frunció el ceño sorprendido. Le dio una patada al más grande en las piernas y lo tumbó—. Lo de Britney me lo tomo muy en serio, para que lo sepas, y no me gusta que nadie la pinte como una furcia del tres al cuarto. —Cogió al segundo tipo por el brazo y lo lanzó contra la barra. Dio contra una bandeja llena de copas y todo se desparramó hecho añicos por el suelo.

Una camarera muy mona de pelo castaño que llevaba una placa en la que se leía «Cindy» exclamó:

—¡Eh, ya basta! —Se volvió hacia el otro camarero—. ¡Andy! Echa una mano aquí. ¡Bobby! ¡Michael!

De pronto, el Coleta metió la mano en la chaqueta y sacó una pistola.

—Por otro lado, tío —dijo Geoff, retrocediendo con las manos arriba—, cualquiera que le mete la lengua a Madonna por la garganta delante de todo el mundo, a mi entender, es una especie de marrano.

Empujó un taburete hacia los atónitos guardaespaldas y salió disparado hacia la puerta.

—¡Sí que eres tú! —dijo cuando tropezó con Rod Stewart en la barra—. Me encantó tu último disco, tío. Muy romántico. No sabía que te gustaba ese rollo.

68

—Le presento a Ned Kelly —dijo Ellie metiendo a Liz Stratton de un empujón en el asiento trasero de su coche del FBI.

La mujer pareció aturdida y confundida por lo que acababa de escuchar.

—Es un hombre inocente, señora Stratton, y le han hecho una encerrona para culparlo de crímenes que se han cometido siguiendo órdenes de su marido.

Yo me volví desde mi posición al volante y miré a Liz Stratton a los ojos. No parecía indignada ni irritada por lo que estaba ocurriendo. Sólo un poco asustada.

—Me matará —dijo Liz—. ¿Que no se da cuenta...? Le tengo un miedo de muerte. Pero ya no soporto más todo esto.

—Lo vamos a encerrar, señora Stratton —dijo Ellie mientras se sentaba a su lado en el asiento de atrás—. Pero para hacerlo necesitamos su ayuda.

Apreté a fondo el acelerador y salí disparado en cuanto oí cerrarse la puerta de atrás con un estruendo. Di la vuelta a la manzana y me detuve en una calle lateral.

Ellie se volvió y miró de frente a la señora Stratton. Era el momento, lo sabía. Lo que Liz dijera en los siguientes dos minutos me salvaría o me perdería.

—Sabemos que usted pagó a Marty Miller para que se hiciera pasar por Tess McAuliffe y tuviera una aventura con su marido.

Liz tragó con dificultad, sabía que ya no tenía sentido seguir fingiendo.

—Sí, yo lo monté todo —dijo. Parecía que una parte de ella sonreía al reconocerlo. Otra parte parecía al borde de las lágrimas—. Y sí, sé que él lo descubrió y ordenó que la mataran. Sé que fue un error, un terrible error. Pero mi marido es un hombre peligroso. No me deja ir a ningún sitio sin esos gorilas.

—Yo puedo conseguir que eso se acabe —dijo Ellie, y le puso una mano en el hombro a Liz—. Puedo relacionarlo con la escena del crimen en el Brazilian Court. Sólo necesito demostrar que descubrió lo que usted estaba tramando.

—Oh, sí, él se enteró —dijo Liz Stratton, afligida—. Mandó averiguar el pasado de Tess. Le siguió la pista hasta dar con un talón mío ingresado en una cuenta de ella con su nombre verdadero. Tuvo una disputa conmigo dos días antes de que robaran los cuadros.

Liz tiró hacia abajo de su jersey y nos enseñó dos manchas oscuras por debajo del cuello.

—¿Esto les parece prueba suficiente?

Yo no podía seguir esperando. Me volví hacia ella. Liz sabía perfectamente que ella podía cambiar todo lo que me había sucedido.

—Por favor, señora Stratton, ¿quién robó los cuadros? La persona que lo hizo también mató a mis amigos y a mi hermano. ¿Quién es Gachet?

Ella me puso una mano en el brazo.

—Le prometo, señor Kelly, no tengo nada que ver con lo que le ocurrió a su hermano. Ni con ninguno de los que murieron. Pero no me atrevería a decir lo mismo de Dennis. Está loco por sus cuadros. Quiere recuperarlos más que nada en este mundo.

Miré a Ellie. Parecía tan sorprendida como yo al oír esas palabras. Si Dennis Stratton no robó sus propios cuadros, ¿quién fue?

—Alguien lo traicionó, señora Stratton. Creo que quizá usted sepa quién es. ¿Quién robó los cuadros? ¿Quién ideó todo esto? ¿Fue usted?

—¿Yo? —La boca de Liz se torció en una sonrisa, como si la pregunta la divirtiera—. ¿Quiere saber qué tipo de cabrón es mi marido? Pues ahora lo sabrá. Los cuadros no fueron robados. —Un destello de venganza asomó a su mirada—. Sólo han robado un cuadro.

69

Sólo han robado un cuadro. Ellie y yo nos la quedamos mirando, parpadeando, perplejos.

—¿Qué dice?

De pronto oí el rugido de un motor que se acercaba por la calle. Champ, inclinado sobre el manillar de su Ducatti, venía hacia nosotros a toda pastilla. Desaceleró de golpe y pegó un frenazo junto a nuestro Crown Vic.

—Hay que abrirse, Kemo Sabe. La jauría viene a por nosotros. Están a cien metros.

Miré hacia atrás y vi un Mercedes negro que giraba en la esquina y venía recto hacia nosotros.

—Es a mí a quien buscan —dijo Liz mirando a Ellie—. Vosotros no conocéis a esta gente siniestra. Harán lo que sea por mi marido. —Se volvió hacia mí—. ¡Tenéis que largaros!

Abrió la puerta del coche y antes de que pudiéramos detenerla, bajó y empezó a caminar de espaldas.

—Os diré lo que vamos a hacer. Venid a verme a casa —dijo—. A eso de las cuatro. Dennis estará ahí. Hablaremos.

—Liz —dijo Ellie acercándose a ella—. Dígame al menos qué quería decir con eso de que sólo han robado un cuadro. Se suponía que eran cuatro.

—Piense en lo que le digo, agente Shurtleff —dijo Liz Stratton con una sonrisa y sin parar de retroceder—. Usted es la experta en bellas artes. ¿Por qué cree que se hace llamar Gachet?

El Mercedes negro giró hacia Liz y disminuyó la velocidad.

—Venid a casa —volvió a decir con un asomo de sonrisa fatalista—. A las cuatro.

Bajaron dos hombres a la carrera y la cogieron. Nos lanzaron una mirada asesina y la metieron a la fuerza en el asiento de atrás. Yo no quería dejarla, pero no teníamos alternativa.

—Eh, Neddie. —Champ miró hacia la calle. Aceleró la Ducatti—. Tenemos problemas.

Detrás del Mercedes apareció un segundo coche, un Hummer negro que se acercaba a toda velocidad. Y éste no parecía tener intención de parar.

—Ned, baja del coche. —Ellie comenzó a empujarme por la puerta abierta—. Recuerda que es a ti a quien buscan.

Le apreté la mano.

—No pienso dejarte.

—¿Qué pueden hacerme a mí? —dijo ella—. Soy del FBI. Pero no puedo estar aquí contigo. ¡Vete!

—Venga, Ned —urgió Geoff, y aceleró la Ducatti hasta un rugido ensordecedor.

Salté del asiento del conductor del Crown Vic y subí de un salto a la Ducatti. Ellie me hizo señas.

—Te llamaré cuando salgamos de ésta.

—No te preocupes por ella, chaval —dijo Champ—. ¡Preocúpate por nosotros!

—¿Por qué? —pregunté apretando los brazos alrededor de su cintura.

—¿Alguna vez has volado en un F-15?

—No. —Miré hacia atrás. El Hummer se nos acercaba sin reducir la velocidad. En unos tres segundos nos arrollaría.

—Yo tampoco —dijo Champ enderezando la Ducatti—, pero sujétate bien. Me han dicho que se parece mucho a esto.

70

La rueda delantera se levantó de golpe y la fuerza de gravedad me tiró la cabeza hacia atrás. Como en una explosión supersónica, la Ducatti salió disparada como un proyectil.

Me sentí como si me arrastrara un avión a reacción en el momento del despegue, y me sujeté como si la vida me fuera en ello. Me apreté contra la espalda de Geoff, sabiendo que si lo soltaba por un momento saldría lanzado y rebotaría en el suelo como una pelota.

Volamos calle abajo en dirección al lago. Me volví para mirar atrás. El Hummer ni siquiera se detuvo. Venía a por nosotros.

—¡Sal de aquí! ¡Ahí vienen! —grité al oído de Champ por encima del rugido del motor.

—¡Tus deseos son órdenes!

El motor de la Ducatti entró en fase explosiva y el impulso me empujó hacia atrás mientras rodábamos a ciento sesenta kilómetros por hora. Mi pobre y maltrecho estómago se fue retorciendo hasta quedar hecho un nudo. Nos acercábamos a una señal de stop a gran velocidad. Cocoanut Row, el último cruce antes de llegar al lago. Sólo se podía seguir en una dirección, hacia el norte. Champ redujo la velocidad, sólo un poco. El Hummer acortaba distancias.

—¿Por dónde? —gritó Champ mirando hacia atrás.

—¿Por dónde? Sólo hay un camino —dije—. A la derecha. —Todavía estábamos a un par de manzanas de la avenida comercial más elegante de todo el estado de Florida. Era posible que hubiese policías en los alrededores.

—Eso lo dices tú —dijo él.

Sentí el brusco cambio de marcha al reducir la velocidad. Champ llegó frenando a la intersección y giró a la izquierda en una curva cerrada.

Creo que mi estómago quedó atrás en el camino. Nos inclinamos tanto que sentí el roce de mis tejanos contra el pavimento. Evitamos por los pelos una colisión frontal con un Lexus en el que iba una familia de turistas que se quedaron mirando con ojos desorbitados.

Y de pronto ya volábamos por Cocoanut Row haciendo zigzag.

—¿Qué te ha parecido como salida? —preguntó Geoff, y alcancé a ver su sonrisa.

Era como si hubiésemos cruzado de un salto el bosque siguiendo una pista de esquí, y ahora circuláramos por otra pista, esta vez contra la corriente. Miré alrededor en busca de policías, y respiré con alivio cuando no divisé ninguno. Cuando miré hacia atrás, vi que el Hummer se había detenido de un frenazo en el cruce. Daba por hecho que giraría bruscamente a la derecha y desaparecería. ¡Pero no giró! Dobló a la izquierda y vi que volvía a perseguirnos.

—¡Dios mío! —grité apretándole las costillas a Champ—. ¡Todavía nos siguen!

—Maldita sea. —Geoff sacudió la cabeza—, esos cabrones nunca respetan las normas.

Volvió a acelerar, pero esta vez ya nos acercábamos a Worth Avenue, la avenida comercial más concurrida de Palm Beach. Redujimos la velocidad en una fracción de segundo.

—Siempre he querido probar esto… —Champ volvió a acelerar.

Hizo girar la Ducatti a la izquierda. Y de pronto habíamos entrado por Worth Avenue. *¡En sentido contrario!*

¡Circulábamos en sentido contrario!

71

¡Era una locura!

Avanzábamos haciendo eses entre los coches que se nos acercaban, sorteando a los peatones. Los turistas y otros transeúntes en la acera nos señalaban como si formáramos parte de un espectáculo. Nos deslizamos entre dos coches y la gente nos señalaba y estiraba el cuello para no perdernos de vista. Yo rogaba en silencio que no oyéramos de pronto las sirenas de la policía.

Esquivamos a un hombre que cargaba un todoterreno y luego le dimos de refilón a un lavamanos, una pieza de anticuario que se vino al suelo y quedó hecho añicos. Mierda... Pasamos junto a las Galerías Phillips. Miré hacia atrás. Por impresionante que pareciera, el Hummer había girado y no había renunciado a la persecución. Tocaban la bocina frenéticamente contra todo el que se cruzara en su camino. Era como si el conductor supiera que gozaba de impunidad si lo detenían.

—Champ, tenemos que salir de aquí —dije—. ¡Sal de esta calle!

—Estaba pensando lo mismo —dijo asintiendo con la cabeza.

Giramos bruscamente a la derecha y entramos a toda pastilla en el Poincietta Country Club. Miré hacia atrás. El Hummer había conseguido sortear los obstáculos del tráfico y todavía nos iba detrás.

Champ aceleró y volvimos a coger velocidad cuando nos acercábamos al circuito de golf. Más allá de los arbustos, divisé a los golfistas en una calle. El Hummer acortaba distancias.

—Ya no me quedan ideas —dije apretando a Champ por la cintura.

—¿Qué tal eres jugando al golf?

—¿Jugando a qué?

—Cógete fuerte. —Dio un brusco golpe de manillar hacia la derecha y saltaron chispas del pavimento. Pasamos directamente a través de una abertura en los arbustos y las ramas me arañaron toda la cara.

De pronto habíamos abandonado el camino y nos encontrábamos en medio de... ¡un primoroso campo de golf!

A unas diez yardas frente a nosotros, un pobre tipo estaba a punto de dar su golpe hacia el *green* con un hierro del cinco.

—¡Perdón! ¡Abran paso! —gritó Champ cuando la Ducatti pasó volando. Dos compañeros de juego en un carrito se quedaron mirando, como si estuvieran en una pesadilla ajena. Quizá lo estaban—. ¡Gire el golpe un poco a la derecha! —gritó Geoff—. ¡Déle efecto hacia la derecha!

Cruzó la calle ancha de color verde esmeralda. La Ducatti cobró velocidad y dejó atrás a los golfistas boquiabiertos.

—¡Champ! ¿Te has vuelto loco, tío? —grité.

De pronto cruzamos otra hilera de arbustos y nos encontramos en el jardín trasero de una casa. Había una preciosa piscina, una cabaña y una mujer atónita en bañador leyendo en una tumbona.

—Perdón —dijo Geoff, y le hizo señas al pasar—. Un giro equivocado. Siga usted con lo que hacía.

En un segundo, la mujer había echado mano de un teléfono móvil. Yo sabía que en cuestión de minutos el Hummer sería nuestra preocupación menor, porque la policía de Palm Beach ya se habría lanzado a la búsqueda. Lo que nuestra carrera tenía de payasada se desvanecía rápidamente y empezaba a convertirse en pánico en toda regla.

Cruzamos por otro hueco en unos arbustos y salimos al South County.

—Camino despejado —dijo Geoff guiñándome un ojo. Era imposible que el Hummer nos siguiera.

El problema era que la isla de Palm Beach es paralela a una ensenada, y si uno se ha lanzado en una escapada huyendo de una muerte segura, sólo hay un par de maneras de salir sano y salvo. Nos dirigimos al puente del sur. Dejamos atrás varias mansiones, entre ellas, la casa de Dennis Stratton. Yo comenzaba a respirar más tranquilo.

Y entonces se me ocurrió mirar hacia atrás.

¡Madre mía!

El Hummer volvía a seguirnos. Junto a un Mercedes negro. Sólo que esta vez era peor. Mucho peor. Una bala pasó zumbando junto a mi oreja con un silbido penetrante. Y luego otra.

¡Esos cabrones nos estaban disparando!

Me cogí con fuerza a Champ por la cintura.

—¡Geoff, acelera!

—¡Adelante, tío!

La Ducatti dio un tirón, se enderezó y salió disparada obedeciendo a un repentino cambio de marcha.

Pasamos junto a más mansiones de lujo, y el viento y la sal del mar me escocían en los ojos. Vi que el velocímetro marcaba ciento treinta, ciento sesenta…, ciento ochenta. Los dos nos inclinamos hacia delante todo lo que podíamos, la cara contra el metal y el culo al aire. Logramos distanciarnos bastante de los dos coches que nos seguían.

Finalmente llegamos al final de un pequeño camino. Pasamos por la casa de Trump, Mar-a-Lago, a nuestra derecha. Giramos en una curva cerrada, y luego…

El puente del sur estaba un poco más allá.

Volví a mirar atrás por última vez. El Hummer nos seguía a unos cien metros. Nos íbamos a salvar.

Y entonces oí que la Ducatti desaceleraba bruscamente y que Geoff gritaba:

—¡Mierda!

Miré hacia delante y no podía creer lo que veía.

Una embarcación de recreo avanzaba por el canal. Mi corazón empezaba a acelerarse. Se aceleró la velocidad de sus latidos. Rápido, muy rápido.

El puente había comenzado a levantarse.

72

La campana del puente sonaba a lo lejos. Y la barrera de protección empezaba a bajar.

Se había formado una fila de coches y furgonetas de jardinería.

El Hummer se nos acercaba por detrás.

Teníamos segundos para decidir qué hacer.

Geoff redujo la velocidad hasta llegar al final de la fila de coches. El Hummer también iba más lento ahora que veía que estábamos atrapados, sin salida.

Podíamos girar ciento ochenta grados e intentar pasar en el otro sentido, pero ellos estaban armados. Tal vez podíamos girar a toda velocidad en la rotonda y enfilar hacia el sur, más allá de Sloan's Curve, pero no había manera de salir de la isla hasta después de Lake Worth.

—¡Vale! —grité por encima del ruido del motor—. ¡Estoy pensando qué podemos hacer!

Pero Geoff ya se había decidido.

—Agárrate —avisó mirando hacia delante y acelerando en punto muerto—. ¡Con fuerza!

Miré con ojos desorbitados cuando entendí lo que se había propuesto.

—¿Estás seguro de lo que haces?

—Lo siento, tío —dijo mirando atrás por última vez—. Para mí también es la primera vez.

Sacó a la Ducatti de la fila y salió disparado hacia delante con su enorme moto, justo por debajo de la barrera de protección. Sentí que el estómago se me subía hasta la garganta cuando vi que el puente se elevaba. Primero medio metro, luego dos, tres…

La moto subió por la plataforma que se alzaba lentamente.

—¡Baja la cabeza! —chilló Geoff.

Subimos por la rampa a toda pastilla con el motor a reventar y la fuerza de gravedad presionándome las costillas. No tenía ni idea de cuántos metros nos separaban del otro lado del puente. Me había hecho un ovillo y estaba rezando.

Despegamos del pavimento y saltamos en el aire en un ángulo de unos sesenta grados. No sé cuántos segundos estuvimos en el aire. Tenía la cara pegada a la espalda de Geoff, esperando que me entrara un pánico descontrolado al sentir que caíamos y, finalmente, notar el impacto que me haría pedazos.

Pero lo que experimenté fue una sensación indescriptible. Supongo que así debe sentirse un pájaro, planeando, volando, ingrávido. Sin ruidos. Y luego la voz estridente de Champ.

—¡Lo conseguiremos!

Abrí los ojos justo a tiempo para ver que se nos acercaba el borde del puente, y entonces cruzamos, con la rueda delantera perfectamente elevada. Nos escoramos en el pavimento, yo dando una sacudida que sentí hasta en el vientre. Pensé que saldríamos volando y me agarré para aguantar el impacto, pero Geoff consiguió estabilizar la moto nada más tocar tierra.

Dimos unos cuantos botes y entonces él dio un toque a los frenos y la moto se deslizó hacia abajo por la plataforma. *¡Lo habíamos conseguido!* No podía creerlo.

—¿Qué te ha parecido? —aulló Geoff, y fue a detenerse frente a una fila de coches al otro lado del puente. Estábamos frente a una mujer que nos miraba con ojos desorbitados desde el interior de su monovolumen—. Un ocho con cinco para el despegue, pero diría que el aterrizaje ha sido un diez redondo... —Geoff se volvió y me lanzó una sonrisa de suficiencia—. ¡Ha sido maravilloso! La próxima vez creo que me gustaría intentarlo de noche.

73

En la calle, frente al Ta-boó, el hombre del coche color canela había visto cómo se desarrollaba toda la escena, y no le había gustado nada.

El Mercedes se detuvo, las puertas se abrieron y uno de los hombres arrastró a Liz Stratton al asiento trasero.

El hombre miró en el visor de la cámara. *Clic, clic.*

Y luego los hombres de Stratton que iban en el Hummer salieron corriendo detrás de Ned Kelly y el chico neozelandés en aquella moto espectacular.

—Gente peligrosa —murmuró para sí mismo, y disparó una foto más—. Será mejor que ese cabrón sepa conducir una moto.

En ese momento, dos de los matones de Stratton bajaron del coche y se acercaron a Ellie Shurtleff.

Por un segundo, tuvo el reflejo de desenfundar la pistola. No sabía si debía intervenir. Se produjo una discusión. Empezaron a ponerse un poco bruscos con ella. Shurtleff sacó su placa y la enseñó sin amilanarse.

El hombre del coche tuvo que reconocer que tenía agallas. Eso no se le podía negar.

Habían montado aquel plan para llegar a Liz Stratton. Paseando con un sospechoso de asesinato.

—Tiene agallas —rió por lo bajo, pero no era demasiado inteligente. Si él entregaba una copia de la foto a los federales al otro lado de la calle, sería el fin de la brillante carrera de la agente Shurtleff. Y seguramente las consecuencias le afectarían el resto de su vida, pensándolo bien.

Los hombres de Stratton retrocedieron. Parece que lo de enseñarles la placa le había funcionado, porque después de unos cuantos empujones volvieron a subir al coche. Se acercaron al otro vehículo con el Mercedes y luego se alejaron a toda velocidad. Él dejó la pistola. Se alegró de haber esperado. A veces las cosas se complicaban demasiado.

Tal vez debería entregar las fotos. A Kelly lo buscaban por asesinato. Y ella estaba corriendo un grave riesgo. ¿No sería que ella misma estaba implicada?

Vio que la chica volvía a subir a su coche y se marchaba.

—No es muy inteligente —repitió para sí mismo, mientras guardaba la cámara. Jugó con la caja de cerillas haciéndola girar entre los dedos.

Pero desde luego tiene unas agallas de cojones, pensó.

74

Aproximadamente a las 15.30 de ese mismo día Ellie volvió a reunirse con nosotros en el garaje de Champ.

Me alegré de ver que se encontraba bien y la abracé. Por la manera en que ella me apretó me di cuenta de que también estaba preocupada por mí. Le contamos lo de la carrera en moto.

—Estás loco —dijo mirando a Geoff y sacudiendo la cabeza.

—No lo sé —dijo él encogiéndose de hombros, como si reflexionara sobre ello—. Siempre he pensado que la frontera entre la locura y lo físicamente irresponsable es bastante borrosa. En cualquier caso, pensé que era mucho más conveniente que tener que vérmelas con esos tíos del Hummer. Dadas las circunstancias, en realidad creo que las cosas han salido bastante bien.

Lancé una mirada al reloj de pared del garaje de Champ. Se acercaba la hora. Muchas cosas podían suceder a nuestro favor en el curso de la próxima hora. Podíamos descubrir quién había robado los cuadros de Stratton. Yo podía librarme de la acusación de asesinato.

—¿Estás lista para ir a casa de Liz? ¿Preparada para echarle el guante a Dennis Stratton? —pregunté animado. Sin embargo, Ellie parecía nerviosa…

—Sí —dijo. Me cogió por el brazo con una expresión tensa—. Para que me entiendas, no será lo único que va a pasar en casa de Stratton hoy.

Se abrió la chaqueta. Unas esposas colgaban de su cintura.

Sentí que el estómago me daba un vuelco. Me había sentido extrañamente libre durante los últimos días, siguiendo la pista de los crímenes, quizá a punto de detener a un asesino. Casi había olvidado que Ellie era agente del FBI.

—Si todo marcha como esperamos allí dentro —dijo recobrando esa mirada de agente de la ley—, te entregarás. ¿Recuerdas el trato?

—Claro —dije mirándola y asintiendo con la cabeza. Sin embargo, por dentro me sentía desfallecer—. Recuerdo el trato.

75

Cruzamos hacia Palm Beach por el puente del medio casi sin hablar. Tenía el estómago hecho un nudo. Pasara lo que pasara en casa de Stratton, sabía que mis días de libertad llegaban a su fin.

La ciudad estaba inquietantemente tranquila para tratarse de un jueves de mediados de abril. Sólo se veían unos cuantos turistas y gente de compras por Worth Avenue, buscando las rebajas de final de temporada. Una anciana de pelo blanco cruzó frente a nosotros en un semáforo. A pesar del calor de abril, iba envuelta en un abrigo de piel y paseaba a su caniche. Miré a Ellie y sonreímos. En ese momento, me aferraba a todo lo que veía.

Tomamos la calle privada de Stratton, frente al mar. En ese momento me di cuenta de que pasaba algo raro.

Dos coches de policía con sus luces parpadeando bloqueaban el camino. Más allá, alrededor de la verja de entrada de Stratton, había más vehículos.

Al principio pensé que la recepción era para mí, y tuve miedo. Pensé que Liz me había traicionado. Pero no… Una ambulancia del servicio de urgencias cruzaba la verja en ese momento.

—Agáchate —me dijo Ellie. Me hundí en el asiento trasero y oculté la cara con la gorra. Ella bajó la ventanilla y le enseñó su placa a un policía que bloqueaba el tráfico.

—¿Qué ha pasado? —preguntó.

El poli echó una rápida mirada a su identificación.

—Hay dos cuerpos en la casa. Dos personas muertas. Nunca he visto nada parecido a lo que está ocurriendo últimamente.

—¿Stratton? —preguntó Ellie.

—No —dijo el agente sacudiendo la cabeza—. Uno es un guardaespaldas, según me informan. El otro cadáver es el de la mujer de Stratton.

Nos hizo pasar, pero yo sentí que se me vaciaba la sangre, al tiempo que me invadía el pánico.

Liz estaba muerta. Nuestro caso contra Stratton también había muerto. No podíamos demostrar que él sabía que su mujer le preparaba una encerrona. Lo peor de todo era que nosotros habíamos llevado a Liz a aquella trampa mortal.

—Dios mío, Ellie, sólo hemos conseguido que la mataran —dije sintiéndome como si lo de Dave hubiera vuelto a ocurrir.

Ella siguió por el largo camino de grava. Había más coches patrulla estacionados frente a la casa, además de una segunda ambulancia con las puertas abiertas.

—Espérate aquí —dijo, y se detuvo frente a la entrada—. Prométeme que no te escaparás.

—Lo prometo —dije—. No iré a ninguna parte.

Ellie cerró la puerta y entró a paso rápido. Presentía que estaba a punto de ocurrir algo inevitable. En realidad, lo sabía.

—Lo prometo, Ellie —dije asomándome a la ventana—. No volveré a huir.

76

En el interior encontraron a Stratton.

Ellie lo vio en el vestíbulo. Estaba sentado en una silla, pálido, y se frotaba la cara con expresión de abatimiento. Carl Breen, el inspector que Ellie había conocido en la *suite* del hotel de Tess, estaba sentado junto a él. Y el Coleta, el gilipollas con la cara marcada que había perseguido a Ned y Champ, estaba de pie a su lado con su actitud arrogante.

—No puedo creer que hiciera algo así —murmuró Stratton—. Tenían un lío. Ella me lo dijo. Estaba enfadada conmigo. He estado trabajando mucho últimamente. La tenía algo abandonada… Pero esto…

Ellie miró hacia la habitación llena de luz y el corazón le dio un vuelco. Al instante, reconoció a uno de los fornidos guardaespaldas que había visto en la fiesta de Stratton. Estaba tendido en el suelo boca arriba. Tenía dos orificios de bala en el pecho. Pero mucho peor fue ver a Liz Stratton, recostada en el canapé frente a él, vestida con el mismo traje blanco que llevaba esa tarde. Un hilillo de sangre le corría por un lado de la frente. Vern Lawson estaba agachado junto a ella.

Ellie había oído a un policía al entrar. Decían que se trataba de un asesinato y posterior suicidio.

Y una mierda. Ellie sintió que le hervía la sangre. Miró a Lawson, luego a Stratton, y luego nuevamente a Liz. *¡Qué mierda de montaje!*

—Yo sabía que estaba alterada —siguió Stratton mirando al inspector Breen—. Al final, me contó lo de su aventura. Que pensaba ponerle fin. Quizá Paul no querría dejarla ir. Pero esto… Dios mío… Parecía tan feliz hace tan sólo unas horas. —Stratton vio que Ellie lo miraba—. Salió a comer con unas amigas…

Ellie no pudo resistirse.

—Sé que usted la mató —acusó a Stratton sin rodeos.

—¿Qué? —él la miró desconcertado.

—Usted ha montado todo esto —dijo Ellie, que no podía reprimir su rabia—. No había ningún lío entre ellos. El único lío era el suyo, con Tess McAuliffe. Liz nos lo contó todo. Cómo le preparó una encerrona. Pero usted lo descubrió. Usted hizo esto, Stratton, o mandó que lo hicieran.

—¿Ha oído eso? —gritó Stratton, y se levantó de su silla—. ¿Ahora ve el tipo de cosas de las que tengo que defenderme? ¿De esta mierda de marchante de obras de arte?

—Yo estuve con ella —dijo Ellie mirando a Breen— hace sólo unas horas. Me lo contó todo. Cómo llevó a cabo todo un montaje para desacreditar a su marido y cómo él lo descubrió. Cómo estaba implicado en el robo de sus propios cuadros. Compruébalo en el Brazilian Court. Mira las fotos. Ya lo verás. Stratton estuvo con Tess McAuliffe. Pregúntale qué quería decir Liz con eso de que sólo robaron un cuadro.

El silencio en la sala era denso. Breen miró a Stratton. Éste miró a su alrededor con expresión crispada.

—Puede que Liz supiera algo acerca de los cuadros —dijo Lawson. Sostenía un arma dentro de una bolsa de plástico—. Es una Beretta del treinta y dos... —dijo—. El mismo tipo de arma usada en la matanza de Lake Worth. —Se quedó mirando a Breen.

Dennis Stratton volvió a sentarse. Había palidecido visiblemente.

—¿No se lo creen? —preguntó Ellie—. ¿Creen que Liz Stratton robó los cuadros? ¿Que ella mató a toda esa gente?

—O quizá su amigo —dijo Lawson encogiéndose de hombros. Enseñó la bolsa de plástico—. Ya veremos...

—Se equivocan por completo —dijo Ellie mirando fijamente a Stratton, que sonreía satisfecho—. Liz nos dijo que viniéramos a verla. Nos lo iba a explicar todo. Por eso ahora está muerta.

—¿A usted y a quién más, agente especial Shurtleff? —dijo

Lawson finalmente—. ¿Le importaría decirnos a quién se refiere?

—Se refiere a mí. —Una voz había contestado desde la entrada. Todos se volvieron.

Ned acababa de entrar en la sala.

77

—¡Es Ned Kelly! —exclamó Lawson, que no daba crédito a sus ojos.

Dos policías de Palm Beach me cayeron encima y me tumbaron en el suelo de baldosas. Uno de ellos me clavó una rodilla en la espalda y me doblaron los brazos por detrás. Acto seguido me pusieron las esposas.

—Esta tarde me he entregado a la agente Ellie Shurtleff —dije con la mejilla aplastada contra el suelo—. Ella se ha reunido hoy con Liz Stratton. Pensaba declarar contra su marido. Ni Liz se mató ni yo maté a Tess McAuliffe. La agente Shurtleff me ha traído aquí para contrastar esta información con lo que dice Stratton y para entregarme.

Miré a Ellie con resignación mientras uno de los policías me mantenía inmovilizado. Ella me devolvió una mirada inexpresiva. *¿Por qué, Ned?* Los policías me pusieron de rodillas con las manos esposadas a la espalda.

—Avisa por radio —ladró Lawson a un policía de paisano—. Al FBI también. Diles que acabamos de coger a Ned Kelly.

Me llevaron a un coche patrulla, me metieron en el interior de un empujón y cerraron la puerta. Lancé una última mirada a Ellie por encima del hombro. Ella no me hizo ninguna señal. Nada.

Quince minutos más tarde, me encontraba en el calabozo de la comisaría de policía de Palm Beach. Me desnudaron, me registraron, me tomaron fotos y me dejaron en una de las celdas. El lugar estaba que hervía. Los polis asomaban la cabeza para echarme un vistazo.

No presentaron ninguna acusación de inmediato. Supuse que la policía quería aclarar las cosas. Sabía que no tenían ninguna prueba directa para relacionarme con todo lo sucedido, con la excepción de la muerte del tipo que había asesinado a mi hermano en Boston.

En realidad, se lo estaban tomando con calma. Los polis de Palm Beach eran tipos bastante decentes, y hasta me dejaron hacer una llamada a Boston para hablar con mi padre. Contestó mi madre. Él no estaba en casa.

—Escucha, mamá, le dirás que tiene que presentarse. Mi vida está en juego. —Ella vaciló un momento y luego se echó a llorar—. Tú ve y pídeselo, mamá. Él sabe que soy inocente.

Luego me senté a esperar lo que fuera que pudiera ocurrir.

En la celda, lo reviví de nuevo todo. Mickey y Bobby, Barney y Dee. Su horrible muerte. Pensé en Tess, la pobre Tess. Y en Dave. Tantas víctimas. ¿Todas víctimas de Gachet? ¿Quién diablos era ese tipo? Ahí estaba yo, detenido, mientras él andaba suelto.

Desde luego, aquello no parecía justo.

QUINTA PARTE

El florecimiento del arte

78

Me sirvieron una comida. Me dieron unas mantas y una sábana. Me senté en el camastro y pasé la noche solo en la celda. Pensé que sería la primera de muchas noches. En el pasillo había mucho ruido: el estruendo de las puertas de las celdas, alguien que vomitaba.

Sólo a la mañana siguiente apareció alguien a verme. Era un poli negro, un tipo grande que había visto el día anterior. Lo acompañaban otros dos.

—Supongo que estoy libre —dije con una sonrisa fatalista.

—Sí, claro —rió él por lo bajo—. Te esperan en la piscina. No te olvides la bata.

Me llevaron arriba a una pequeña sala de interrogatorios. Sólo una mesa y tres sillas, un espejo en la pared, que debía de permitir ver desde fuera. Esperé solo en la sala unos diez minutos. Tenía los nervios destrozados. Al final, la puerta se abrió y entraron dos polis.

Uno de ellos era el inspector alto y canoso que estaba presente cuando me entregué en casa de Stratton. Se llamaba Lawson, del Departamento de Policía de Palm Beach. El otro era un tipo bajito y barrigón vestido con una camisa azul y traje marrón claro. Me enseñó su tarjeta como si el solo nombre tuviera que causarme una gran impresión.

Agente especial comisionado George Moretti. Del FBI.

El jefe de Ellie.

—Y bien, señor Kelly —dijo Lawson sentándose en una silla de madera frente a mí—, ¿qué vamos a hacer con usted?

—¿De qué se me acusa? —pregunté.

El tipo hablaba con un tono relajado y apático.

—¿De qué cree que tendríamos que acusarlo? Prácticamente nos ofrece usted todo el código criminal para escoger. ¿El asesinato de Tess McAuliffe? ¿O los asesinatos de sus amigos? —Echó una mirada a una hoja—. Michael Kelly, Robert O'Reilly, Barnabas Flint. ¿Diane Lynch?

—Yo no hice nada de eso.

—Vale, entonces pasaremos al plan B —dijo Lawson—. Robo. Tráfico interestatal de bienes robados, resistencia a la autoridad... La muerte de Earl Anson, en Brockton...

—Mató a mi hermano —respondí sin vacilar—. E intentaba matarme a mí. ¿Qué habría hecho usted?

—¿Yo? Para empezar, no me habría metido en este lío, señor Kelly —dijo el poli—. Y, para que quede constancia, fueron sus huellas las que encontramos en el cuchillo, no las de Anson...

—Se ha metido usted en un buen lío —dijo el tipo del FBI, y acercó una silla—. Hay dos cosas que puede hacer para salvar el culo. Una, ¿dónde están los cuadros? Dos, ¿que relación tenía Tess McAuliffe con todo esto?

—Yo no tengo los cuadros —dije—. Y Tess no tenía nada que ver. La conocí en la playa.

—Ya lo creo que tenía que ver —dijo el federal, asintiendo como si supiera la verdad. Se acercó otro poco—. Y te diré una cosa, hijo, si no nos cuentas ahora mismo toda la verdad, toda tu vida tal como ha sido hasta ahora no será más que un recuerdo a partir de este mismo momento. Ya sabes cómo son las cosas en una prisión federal, Ned. Nada de playas, hijo, nada de piscinas que cuidar...

—Estoy diciendo la verdad —interrumpí—. ¿Acaso hay aquí algún abogado? ¿He pedido un abogado? Sí, yo estaba involucrado en el plan para robar los cuadros. Yo fui el que hizo saltar las alarmas en Palm Beach. Compruébenlo. Tienen los informes de varios intentos de allanamiento de morada en la ciudad justo antes del robo esa noche, ¿no? Les puedo dar las direcciones. Y yo no maté a mis amigos. Creo que eso ya lo saben a estas alturas. Me llamó Dee para decirme que los cuadros no estaban. Que alguien los había engañado. Alguien que se llama Gachet. Me dijo que nos encontráramos en la casa de Lake Worth. Y cuando llegué, estaban muertos. Así que me asusté. Y huí. Quizá cometí un error. Acababa de ver

que sacaban a mis amigos de toda la vida en unas bolsas, converti-
dos en cadáveres. ¿Qué diablos haría cualquier otra persona?

El federal parpadeó. Me miró entrecerrando los ojos, como diciendo *Ya basta de historias, chico. Ni te imaginas los problemas que
podrías tener conmigo.*

—Además —añadí volviéndome hacia Lawson—, ni siquiera
estáis haciendo las preguntas adecuadas.

79

—De acuerdo —dijo el poli, como si la historia no fuera con él—, dime cuáles son las preguntas adecuadas.

—Por ejemplo, ¿quién más sabía que íbamos a robar los cuadros? —aventuré—. ¿Y quién estuvo en la *suite* de Tess McAuliffe después que yo? ¿Quién mandó a ese matón a Boston a matar a mi hermano? ¿Y quién es Gachet?

Se miraron el uno al otro por un momento, y luego el federal sonrió.

—¿No te has parado a pensar que es porque sabemos las respuestas a esas preguntas, Ned?

Mi mirada se endureció. Esperé a que pestañeara. *Lo sabían.* Sabían que yo no había matado a nadie. Me tenían ahí dentro, interrogándome, y sabían que yo no había matado a Tess ni a Dave. Incluso sabían quién era Gachet. Cuanto más tardaba aquel tipo en responder a mi pregunta, más seguro estaba de que acabaría diciendo: *El doctor Gachet es tu padre.*

—El informe balístico coincide —dijo el inspector de Palm Beach, y sonrió—. El arma que encontramos en casa de Stratton, tal como sospechábamos, pertenecía a Paul Angelos, el guardaespaldas de Stratton. La misma arma de los asesinatos de Lake Worth. Estaba enrollado con Liz Stratton. Lo confirmó otro de los hombres de Stratton. Él le hacía a ella los trabajos sucios. Ella quería el dinero. Quería librarse de su marido. Y conocía a Tess McAuliffe. ¿Quieres saber quién es el doctor Gachet, Ned? ¿Quieres saber quién mandó a ese tipo a Boston? Fue Liz. La agente especial Shurtleff dijo que Liz Stratton había reconocido al menos eso en el restaurante.

¿Liz era Gachet? Los miré, incapaz de creer lo que decían. Esperé, como si de pronto los dos fueran a responderme con una gran sonrisa.

Liz no era Gachet. Stratton la había engañado. Él había manipulado todo el asunto. ¡Y ellos se lo habían creído!

—En realidad, sólo hay una pregunta que todavía tenemos que hacerte —dijo Lawson inclinándose muy cerca de mí—: ¿Qué coño ha pasado con los cuadros?

80

Me llevaron ante el juez y me acusaron de robo, de resistencia a la autoridad y de cruzar las fronteras del estado huyendo de la justicia.

Por una vez, acertaron con los cargos. Era culpable de los tres.

El abogado de oficio que me asignaron me aconsejó que me declarara no culpable, que fue lo que hice, hasta que se me ocurrió que podía llamar al tío George en Watertown y pedirle que me consiguiera uno de esos abogados de alto vuelo, tal como me había ofrecido. Ahora lo necesitaba, de eso no cabía duda.

Fijaron la fianza en quinientos mil dólares.

—¿El acusado puede pagar la fianza? —preguntó el juez mirándome desde su estrado.

—No, señoría, no puedo.

Así que me llevaron de vuelta a mi celda.

Me quedé mirando las frías paredes de cemento, pensando que sería el primer día de muchos que seguirían.

—Ned.

Oí una voz que me sonó familiar. De un salto, me levanté del camastro.

Era Ellie.

Estaba muy guapa, con una falda estampada y una chaqueta corta de lino. Me acerqué rápidamente a los barrotes de la celda. Sólo quería tocarla. Pero me sentía tan avergonzado, vestido con aquel mono naranja, encerrado entre barrotes. No lo sé, creo que fue el momento más deprimente de todos.

—Todo se arreglará, Ned. —Ellie intentaba mostrarse animada—. Contesta a todas sus preguntas. Cuéntales todo. Te prometo que veremos qué podemos hacer.

—Creen que fue Liz, Ellie —dije sacudiendo la cabeza—. Creen que ella era Gachet. Que ella lo planeó todo, con su guardaespaldas. Los cuadros… ¡Se equivocan por completo!

—Ya lo sé —dijo ella, tragando saliva, con la mandíbula tensa.

—Él ha cometido un asesinato, y se librará —dije.

—No —dijo ella, y sacudió la cabeza—, no se librará. Pero escúchame. Tienes que colaborar. Tienes que ser listo, ¿vale?

—Eso sería una novedad —dije, y la miré con mi sonrisa más humilde. Luego busqué su mirada—. ¿Y a ti cómo te van las cosas?

—Me has convertido en toda una heroína, Ned —dijo encogiéndose de hombros—. La prensa me persigue sin parar.

Acercó su mano a la mía en los barrotes y miró de reojo hacia el pasillo para ver si alguien estaba mirando. Y enroscó su dedo meñique en el mío.

—Me siento muy avergonzado aquí dentro. Igual que mi padre. Supongo que todo ha cambiado.

—Nada ha cambiado, Ned —dijo ella, negando con la cabeza.

Asentí, pensando que ahora yo era un bandido a punto de declararme culpable y ser enviado a prisión. Y ella era una agente del FBI. Nada ha cambiado…

—Quiero que sepas algo —dijo, y los ojos le brillaron.

—¿Qué?

—Lo encontraré, Ned. Te lo prometo. Por tus amigos. Por tu hermano. Puedes contar conmigo.

—Gracias —susurré—. Me han puesto una fianza de quinientos mil dólares. Supongo que pasaré un buen tiempo aquí dentro.

—Al menos hay una cosa buena que puede salir de esto…

—¿Sí? ¿A qué te refieres?

—Te volverá a crecer el pelo rubio —dijo con una sonrisa tímida. Eso también me hizo sonreír a mí. La miré a los ojos. Dios, qué ganas tenía de abrazarla. Ella volvió a darme un apretón de mano y me guiñó un ojo—. Entonces le pediré a Champ que reviente el muro, digamos, ¿a las cinco menos diez?

Eso me hizo reír.

—Tómatelo con calma, Ned —dijo, y me acarició tiernamente la mano con el pulgar. Y empezó a dar un paso atrás—. Volveré a verte. Antes de lo que te imaginas.

—Ya sabes dónde encontrarme.

—Lo he dicho en serio —dijo, y se detuvo. Luego me miró fijamente a los ojos.

—¿Lo dices por lo de Stratton?

—Lo digo por todo, Ned. Lo digo por ti.

Me saludó con un dedo en alto y se alejó por el pasillo. Me senté y miré alrededor, en aquel lugar estrecho que sería mi hogar durante una temporada. Un camastro, un váter metálico. Empezaba a mentalizarme de que iba a pasar un tiempo agradable allí solo.

Hacía sólo unos minutos que Ellie se había ido cuando apareció el mismo poli negro en la puerta de mi celda. Metió una llave en la cerradura.

—¿Qué? ¿Vamos a la piscina? —pregunté mientras me incorporaba. Pensé que no habían acabado de interrogarme.

—Esta vez no —dijo riendo—. Acaban de pagar tu fianza.

81

Me llevaron al área de ingreso y me devolvieron mi ropa y mi cartera. Firmé un par de formularios y miré por encima del mostrador hacia la sala del exterior. No me dijeron quién había pagado mi fianza.

Al otro lado del cristal, fuera del área de ingreso, me esperaba Sollie Roth.

La puerta se abrió con un zumbido y salí con mi atado bajo el brazo. Le tendí la mano.

Sollie me la estrechó sonriendo.

—Ya te lo había dicho, chaval, hablando de tus amigos… De lo mejor, chico, de lo mejor.

Me puso una mano en el hombro y me llevó por las escaleras hasta el garaje.

—No sé cómo agradecértelo —dije. Y lo decía de todo corazón.

El coche de Sollie, su última adquisición, un Cadillac, se detuvo ante nosotros. El chófer bajó.

—No me des las gracias a mí —dijo él encogiéndose de hombros mientras el chófer abría la puerta—, sino a ella.

Ellie esperaba sentada en el asiento trasero.

—Dios mío, eres estupenda —dije. Subí al coche y la abracé. El abrazo más fuerte que había dado en toda mi vida. Luego la miré a los ojos, azules y profundos, y la besé en la boca. Me daba igual que nos vieran, me daba igual que estuviera bien o mal.

—Si no os importa, par de tortolitos —dijo Sol, carraspeando en el asiento delantero—, es tarde. Tengo unos cuantos miles de dólares menos en mi cuenta por culpa vuestra, y nos espera mucho trabajo.

—¿Trabajo?

—No sé de dónde he sacado yo la idea de que tú tenías la intención de dar con un asesino.

No pude reprimir una sonrisa, y le di un apretón en el brazo. Resultaba difícil explicar el calor que sentía por dentro, mirando a aquellas dos personas que se la habían jugado por mí.

—Supongo que podemos burlar a la prensa si nos escapamos por la puerta trasera —dijo Sol a su chófer—. ¿Te importaría recuperar tu antigua habitación?

—¿Quieres decir que puedo volver a casa?

—Eres libre y puedes ir adonde quieras, Ned —dijo Ellie—. Al menos hasta que tengas que presentarte en el juicio. El señor Roth ha firmado como responsable de tus actos.

—Así que nada de ideas raras —dijo Sol, y me lanzó una mirada severa—. Además, todavía me debes doscientos pavos, y tengo toda la intención de recuperarlos.

No podía creer lo que estaba ocurriendo. Estaba como atontado. Llevaba días huyendo de la policía, y ahora tenía amigos que creían en mí, que lucharían por mí.

Llegamos a casa de Sol en cuestión de minutos. La verja de su finca se abrió y el Caddie se detuvo en la entrada de adoquines frente a la puerta. Sol se volvió.

—Creo que lo encontrarás todo tal como lo dejaste. Por la mañana veremos cómo te conseguimos un buen abogado. ¿Te parece bien?

—Claro, Sol, me parece estupendo.

—En ese caso, me voy a la cama —suspiró él. Nos dijo buenas noches con un guiño y yo me quedé allí con Ellie mirando mi vieja habitación encima del garaje, cayendo en la cuenta de que ahora nadie me perseguía.

Ella se quedó mirándome. Hasta nosotros llegaba la brisa del mar, que nos calentó por dentro. Por un segundo, la atraje hacia mí y le cogí la cara entre las manos. Quería decirle cuánto agradecía lo que había hecho por mí, pero no me salían las palabras.

Me incliné y volví a besarla. Su boca era cálida y húmeda, y esta vez no hubo vacilaciones. Cuando ya empezaba a faltarme el aliento, me separé. Dejé mi mano descansando sobre su pecho.

—¿Qué pasará ahora, agente Shurtleff?

—Ahora —dijo Ellie— quizá deberíamos subir y repasar unos cuantos detalles del caso.

—Pensaba que eso no se podía hacer —dije cogiéndole la mano con ternura. La atraje hacia mí, sentí su corazón latiendo y su cuerpo menudo estrechándose contra el mío

—Estás muy equivocado —dijo ella alzando la mirada hacia mí—. En todo caso, ¿quién podría vigilarnos?

82

Esta vez no hubo contratiempos. Fue toda una lucha poder llegar arriba de las escaleras. Teníamos las bocas fundidas en un beso y ya nos acariciábamos a pesar del estorbo de la ropa en cuanto cruzamos torpemente la puerta.

—¿Qué era eso que querías que habláramos? —pregunté, con una mueca sardónica, mientras le desabrochaba los botones de la chaqueta.

—No lo sé —dijo ella, y se quitó la blusa con una contorsión. Tenía un cuerpo precioso. Lo había visto el día que la encontré con el kayak. Esta vez lo quería todo. La abracé con fuerza.

—Quiero que sepas —dijo tirando de mi cinturón y luego metiendo la mano por dentro de mis vaqueros (yo estaba duro como una piedra)— que por muy bueno que seas en esto irás igualmente a la cárcel.

—No es un gran incentivo —dije. Le acaricié la espalda hasta la cintura. Bajé la cremallera y la ayudé a quitarse la falda, que cayó al suelo.

—Ponme a prueba —dijo Ellie.

La cogí en brazos y la dejé suavemente sobre la cama. Lancé lejos los vaqueros. Ella arqueó la espalda, se bajó las bragas con un gesto grácil y sonrió.

Yo me sostuve por encima de ella. Sentía todos los músculos de mi cuerpo, todas mis células a punto de explotar por aquella chica tan increíble. Su piel era suave y tersa. Yo estaba sudoroso y tenía la piel ardiendo. Ella era pequeña y fibrosa. Los músculos de sus brazos eran duros, sus muslos se movían conmigo con seductora lentitud. Arqueó la espalda.

—No puedo creer que de verdad estemos haciendo esto —dije.

—Me lo dices a mí —respondió Ellie.

Me introduje en ella con suavidad. Ellie dejó escapar un gemido agudo y se aferró con fuerza a mis brazos. Era tan pequeña y ligera que casi la podía levantar. Nos mecíamos con el ritmo pausado de las olas. No podía dejar de pensar: *De esto se trata, maldito suertudo. Se trata de esta maravillosa chica que lo ha arriesgado todo por ti, que ha mirado en tu interior y ha visto lo que nadie más estaba dispuesto a ver.*

¿Y ahora qué vas a hacer? ¿Cómo te las arreglarás para no perder a Ellie Shurtleff?

83

La ventana estaba abierta. Había asomado la luna y la brisa que venía del mar nos rozaba suavemente como un abanico. Nos acurrucamos con las almohadas, demasiado cansados para movernos.

Estábamos agotados, no por las tres veces que habíamos hecho el amor, sino por la tensión vivida por todo lo que había sucedido. Y ahora, ahí estaba yo con Ellie. Por un momento, sintiéndome a millones de kilómetros del caso, apoyé la cabeza en su hombro.

—¿Y qué hacemos ahora? —pregunté. Ella se hizo un ovillo entre mis brazos.

—Tú harás lo que te diga Sol —contestó ella—. Tienes que conseguir un excelente abogado y no meterte en líos, para variar. Debes ocuparte de tu caso. Con lo que tienen para encerrarte, Ned, y con una ficha policial sin antecedentes, tienes que pensar posiblemente en un año, dieciocho meses como máximo.

—¿Me esperarás, Ellie? —Le hice cosquillas, tratando de bromear.

Ella se encogió de hombros.

—A menos que se presente otro caso de robo y conozca a otro hombre. Con este tipo de cosas, nunca se sabe.

Reímos, y la abracé fuerte. Pero supongo que empezaba a darme cuenta de que ya pensaba en otra cosa. Yo iba a volver a la cárcel. Stratton lo había planeado todo a la perfección.

—Dime una cosa. ¿Confías en que Lawson y la policía de Palm Beach se ocuparán de esto? ¿Y qué hay de tu propio equipo? ¿De Moretti?

—Tal vez hay alguien en quien pueda confiar —pensó en voz alta—. Un inspector de Palm Beach. No creo que trabaje a las órdenes de Lawson. Ni de Stratton.

Todavía me queda una carta por jugar —dije. Ella me miró con incredulidad—. Mi padre…

—¿Tu padre? ¿No lo denunciaste tú mismo a la policía?

Negué con la cabeza.

—No. ¿Y tú?

Ellie se quedó mirando al vacío. No contestó, pero por su expresión entendí que no lo había denunciado. Me miró a los ojos.

—Creo que hay algo que hemos pasado por alto. Lo que Liz nos dijo en el coche. «Sólo robaron un cuadro.» Y: «Usted es la experta en bellas artes. ¿Por qué cree que se hace llamar Gachet?»

—¿Qué pasa con este Gachet? ¿Qué tiene de especial?

—Fue uno de los últimos cuadros que pintó Van Gogh. En junio de 1890, sólo un mes antes de matarse. Gachet era un médico que solía ir a verlo, en Auvers. Tú viste el cuadro. Está sentado ante una mesa, lleva la gorra puesta, y tiene la mejilla apoyada en una mano. Se diría que el cuadro está enfocado en esos tristes ojos azules…

—Ya lo recuerdo —dije—. Dave me dejó una foto.

—Su mirada es muy vaga, está como perdida en el tiempo —siguió Ellie—. Llena de dolor y reconocimiento. Son los ojos del pintor. Siempre se ha dicho que presagiaba el suicidio de Van Gogh. En 1990 lo compraron unos japoneses en una subasta. Más de ochenta millones. Era el precio más alto jamás pagado por un cuadro en aquella época.

—Todavía no lo entiendo. Stratton no tenía ningún Van Gogh.

—No —dijo Ellie—. No lo tenía. —Y entonces vi un destello en sus ojos, como si acabara de entender algo—. A menos que…

—¿A menos que qué, Ellie? —Me incorporé y la miré fíjamente.

—Sólo han robado un cuadro —repitió mordiéndose el labio.

—¿No piensas contarme en qué estás pensando?

Por toda respuesta, me sonrió.

—Stratton aún no ha ganado, Ned. No del todo. Todavía no tiene su cuadro. —Se quitó la sábana de encima y el destello de sus ojos se convirtió en una sonrisa—. Ya lo ha dicho Sollie. Nos espera mucho trabajo.

84

Dos días más tarde me dieron permiso para volar a Boston. Pero no por la razón que yo había esperado. La policía había finalmente entregado el cuerpo de Dave. Íbamos a enterrarlo en la iglesia del barrio, Saint Ann's, en Brockton.

Un alguacil federal tuvo que acompañarme durante el viaje. Era un chico joven que acababa de terminar su formación, Héctor Rodríguez. El funeral se iba a celebrar en otro estado, es decir, fuera de la jurisdicción de la fianza. Y a mí se me consideraba en peligro de fuga. Ya me había fugado una vez. De modo que Héctor se mantenía pegado a mí todo el rato.

Enterramos a Dave junto a mi hermano John Michael. Todos estaban allí apretujados, con las mejillas húmedas de lágrimas. Yo sostenía a mi madre por el brazo. ¿No es eso lo que dicen de los irlandeses, que sabemos celebrar buenos entierros? Sabemos cometer atracos. Nos acostumbramos hace mucho tiempo a perder a los nuestros en la Jungla.

El sacerdote preguntó si alguien quería pronunciar algunas palabras finales. Para mi sorpresa, mi padre dio un paso adelante. Pidió estar un momento a solas.

Se acercó al ataúd de madera de cerezo lacado y puso la mano sobre la tapa. Murmuró unas palabras en silencio. ¿Qué estaría diciendo? *¿Nunca quise que te sucediera algo así, hijo mío? ¿Ned no debería haberte metido en esto?*

Miré al padre Donlan. Él hizo un gesto con la cabeza. Me acerqué a la sepultura y me quedé junto a Frank. Empezó a llover con fuerza y una brisa fría me sopló en el rostro. Nos quedamos allí un rato. Frank pasaba la mano por la tapa del ataúd, pero en ningún momento me miró. Al final, tragó con dificultad.

—Necesitaban un intermediario, Ned —dijo apretando los

dientes—. Necesitaban a alguien que organizara a la gente para dar el golpe.

Me volví para mirarlo, pero él siguió con la vista clavada al frente.

—¿Quién, papá?

—No era la mujer, no. Ni ese otro tío que mataron.

—Eso ya lo sabía, papá —dije, asintiendo con la cabeza.

Él cerró los ojos.

—Tenía que ser un golpe fácil. Se suponía que nadie resultaría herido. ¿Crees que hubiera metido a Mickey en un negocio sucio? ¿A Bobby, a Dee…? Dios mío, Ned, hace treinta años que conozco a su padre…

Se volvió hacia mí y vi las lágrimas en su rostro enjuto. Nunca había visto llorar a mi padre. Me miró, casi rabioso.

—¿De verdad crees que habría dejado que te mataran?

Algo en mí se resquebrajó en ese preciso instante. En el centro mismo del pecho. Bajo la lluvia. Con mi hermano, que yacía muerto. Quién sabe si no era el odio que se había ido acumulando. Mi decisión de verlo tal como era. Sentí la tensión del líquido salino que asomaba en mis ojos. No sabía qué hacer. Estiré la mano y la dejé descansar suavemente sobre la suya, sobre el ataúd. Sentía el temblor de sus dedos huesudos, el terror en su corazón. En ese momento entendí cómo debía ser el miedo a morir.

—Sé lo que he hecho —dijo enderezándose—, y tendré que vivir con ello. No importa lo que dure. En cualquier caso, Ned —dijo, y vi un amago de sonrisa en su cara—, me alegro de que hayas salido bien parado.

—No he salido bien parado, papá —dije con la voz quebrada—. Dave ha muerto. A mí me espera la cárcel. Dios mío, papá, dime quién está detrás de todo esto.

Apretó los puños hasta convertirlos en dos duras bolas. Dejó escapar un lento aliento, como si se estuviera debatiendo contra un juramento que había guardado durante mucho tiempo.

—Lo conocí hace años en Boston. Aunque después se mudó. El cambio le sentó bien. Necesitaban a gente que no fuera de la ciudad.

—¿Quién es?

Mi padre me dijo el nombre.

Me quedé un rato a su lado, con el pecho apretado. En unos segundos se me había aclarado todo.

—Quería un equipo de gente de fuera de la ciudad —repitió mi padre—, y era lo que yo tenía, ¿entiendes? —Al final se volvió para mirarme—. Era un trabajo tirado. Como ir al banco y que te entreguen un millón. Como tener dos ases, Ned, ¿me entiendes?

Volvió a pasar la mano sobre el ataúd, que ahora brillaba con la lluvia.

—Incluso Dave lo habría entendido.

Me acerqué y le puse una mano en el hombro.

—Sí, papá, ya te entiendo.

85

El inspector Carl Breen, de Palm Beach, estaba tomando un café en un banco de Starbucks frente al puerto deportivo, al otro lado del puente de Flagler Drive. Ellie se volvió hacia él.

—Necesito que me ayudes, Carl.

Contemplaron los elegantes yates blancos en el lago —unas bellezas—, lavados y lustrados por personal de uniforme también blanco.

—¿Por qué yo? —preguntó Breen—. ¿Por qué no acudes a Lawson? Tú y él parecéis muy amigos.

—Grandes amigos, Carl. También lo es de Stratton. Por eso he venido.

—Slip es un buen tío —dijo el inspector de Palm Beach, y sonrió al pensar en Lawson—. Sólo que lleva aquí mucho tiempo.

—Estoy segura de que es un tío legal —dijo Ellie—. Lo que pasa es que no confío en el tipo para el que trabaja.

Una gaviota graznó desde uno de los muelles a pocos metros. Breen negó con un gesto de la cabeza.

—Has andado un buen trecho en las últimas semanas desde que tropezaste con mi escenario del crimen. El hombre más buscado de todo el país cae en tus faldas. Ahora estás acusando a uno de los hombres más importantes de la ciudad.

—El florecimiento del arte, Carl. ¿Qué te puedo decir? Y yo no diría precisamente que «cayó en mis faldas». ¿Recuerdas que fui secuestrada?

Breen enseñó las palmas de las manos.

—Oye, yo lo decía como un cumplido. ¿Y qué gano yo con todo esto?

—La detención más importante de toda tu carrera —dijo Ellie.

Breen soltó una risa jocosa. Bebió un último sorbo de café y arrugó el vaso hasta convertirlo en una bola.

—Vale, te escucho…

—Stratton ordenó que mataran a Tess McAuliffe —dijo Ellie con los ojos fijos en él.

—Sabía que dirías eso —dijo Breen, indiferente.

—¿Ah, sí? Pues lo que probablemente no sabías es que Tess McAuliffe no era su nombre verdadero. Se llamaba Marty Miller. Y la razón por la que no has encontrado nada sobre ella es que era australiana. Allá trabajaba de prostituta. La contrataron para hacer un trabajo. Stratton.

—¿Y de dónde has sacado esta información?

—Eso no importa —dijo Ellie—. Si la quieres, es tuya. Lo que importa de verdad es que Stratton estaba liado con ella, y que tu propio departamento lo sabe y no ha hecho ni una mierda. Stratton mató a su mujer para vengarse, y acusó a ella y a su guardaespaldas de todo el tinglado.

—¿La mató? —preguntó Breen. Los ojos le brillaron—. ¿Para vengarse de qué?

—De haber conspirado con Tess. Liz ya no aguantaba más. Eso nos dijo. Stratton es culpable. Por deshacerse de ella y quitarse la presión de encima.

—Hay una cosa que todavía no entiendo —apuntó Breen, cauto—. Dices que en mi departamento sabían lo de esta relación entre Tess y Stratton. ¿Me lo puedes explicar?

—A Dennis Stratton lo vieron en el Brazilian Court con Tess en varias ocasiones. En su casa vi un *tee* de golf que coincidía con uno que encontraron en la escena del crimen. Yo misma mostré la foto de Stratton al personal del hotel. El departamento de policía de Palm Beach ya sabe todo esto.

La mirada vacía de Breen cogió a Ellie por sorpresa.

—Esto no debería ser una novedad para ti, Carl. ¿A ti no te pasaron esta información?

—¿Crees que si nos la hubieran pasado no habríamos investigado algo así? ¿No crees que habríamos seguido a Stratton de cerca? Lawson también. Te lo aseguro, Lawson odia a ese hijo de puta tanto como tú. —Breen la clavó con la mirada—. ¿Se puede saber exactamente de dónde has sacado esta información?

Ellie no contestó. Le devolvió la misma mirada inexpresiva. Sintió que en su pecho se instalaba una sensación de vacío. Todo había cambiado. Era como si estuviera cayendo, primero lentamente, luego más rápido, contra su voluntad.

—Olvídalo, Carl —murmuró, mientras rebobinaba toda la información que poseía sobre el caso, hasta sus primeros momentos.

Todo había cambiado en ese momento.

86

Fue un viaje largo y tranquilo de vuelta a Florida. El agente Rodríguez y yo no intercambiamos ni una palabra. Yo había enterrado a mi hermano. Había visto a mi padre probablemente por última vez. Además, traía algo de vuelta. Algo bastante trascendental.

El nombre de la persona responsable de las muertes de mi hermano y de mis mejores amigos.

Al salir de la sala de pasajeros en el aeropuerto de Palm Beach, vi a Ellie que me esperaba. Se había apartado de esos ruidosos grupos que dan la bienvenida a los parientes que vienen a conocer el sol de Florida. Por lo visto, todavía estaba de turno; vestía un traje y pantalones negros y llevaba el pelo recogido en una coleta. Sonrió cuando me vio, pero tenía el aspecto de haber llegado al final de un día de mucha tensión.

Héctor Rodríguez se agachó y me quitó la tobillera de seguimiento que todavía llevaba. Me estrechó la mano y me deseó buena suerte.

—Ahora vuelve a ser un problema del FBI.

Durante un segundo, Ellie y yo nos quedamos mirando en silencio. Sentí que adivinaba la tensión en mis ojos.

—¿Estás bien?

—Estoy bien —mentí. Miré alrededor para ver si alguien nos observaba y la estreché en mis brazos—. Tengo noticias.

Sentí su cara frotándose contra mi pecho. Por un momento, no supe quién abrazaba a quién.

—Yo también tengo noticias, Ned.

—Sé quién es Gachet, Ellie.

Se le humedecieron los ojos y asintió con la cabeza.

—Vamos, te llevaré a casa.

Yo suponía que se quedaría de una pieza cuando, en el camino de vuelta a casa de Sollie, le dijera el nombre que mi padre me había dado. Ella se limitó a asentir con la cabeza. Y luego giró hacia Okeechobee.

—La policía de Palm Beach nunca investigó a Stratton —dijo Ellie. Se detuvo y dejó el coche en marcha.

—Pensé que les habías informado —dije algo sorprendido.

—Les informé —dijo ella—. O al menos eso creía.

Tardé un segundo en entender qué insinuaba.

Creo que hasta ese momento, escondiéndome de la policía, intentando demostrar mi inocencia, no me había parado a pensar en la rabia que sentía. Pero ahora noté cómo se apoderaba de mí como una tormenta que no podía contener. Stratton siempre tenía a alguien metido dentro del sistema. Tenía todas las cartas.

—¿Cómo vamos a resolver esto? —le pregunté a Ellie mientras los coches pasaban zumbando.

—Podemos conseguir una declaración de tu padre, pero estamos hablando de agentes de la ley, Ned. Vamos a necesitar algo más que la acusación hecha por un tipo que tiene cuentas que saldar y cuya ficha policial no es precisamente intachable. No son pruebas de verdad.

—Pero tú sí tienes pruebas.

—No, lo único que tengo es que alguien ocultó datos en el caso de Tess McAuliffe. Si se lo contara a mi jefe, ni siquiera le cambiaría la expresión.

—Acabo de enterrar a mi hermano, Ellie. ¿No esperarás que me quede aquí sentado y deje que Stratton y esos cabrones se salgan con la suya?

—No, no es eso lo que espero, Ned.

Vi un brillo de tenacidad en sus ojos azules. Un brillo que decía: *Te necesito para que me ayudes a demostrar la verdad.*

—Cuenta conmigo. —Fue lo único que dije.

87

Ellie tardó dos días en conseguir la prueba.

Era como mirar un cuadro desde una perspectiva diferente, con el prisma invertido. Todas las imágenes, todos los fragmentos de luz se reflejaban de manera diferente. Ella sabía que más allá de lo que encontrara, todo dependía de eso. Más le valía estar segura.

Para empezar, entró en el archivo del Departamento de Policía de Palm Beach sobre el asesinato y suicidio en el caso de Liz Stratton. En el archivo había un informe balístico que recogía los antecedentes del arma. Como había dicho Lawson, coincidía positivamente con una de las armas utilizadas en la masacre de Lake Worth. También presentaba el asunto de Liz y el guardaespaldas como un caso cerrado.

Dio vuelta a la página.

La Beretta del treinta y dos había sido confiscada en una redada antidroga dos años antes en una operación conjunta del Departamento de Policía del condado de Dade, Miami, y el FBI. Quedó guardada en una bolsa de pruebas policiales en Miami, y formaba parte de un paquete de armas desaparecidas misteriosamente hacía un año.

Paul Angelos, el guardaespaldas asesinado, era un ex policía de Miami. ¿Por qué alguien en la nómina de Stratton usaría un arma marcada?

Ellie revisó los nombres de los agentes asignados al caso de Miami. Suponía que encontraría el nombre de Angelos, pero fue el nombre al final de la página lo que la dejó helada.

Será una casualidad, se dijo. Lo que ella necesitaba eran pruebas sólidas.

Continuó y revisó los antecedentes de Earl Anson, el tipo que había matado al hermano de Ned en Brockton. ¿Cómo habría llegado hasta Stratton?

Anson era un delincuente de Florida con un expediente abultado. Robo a mano armada, extorsión, tráfico de drogas. Había cumplido condenas en las cárceles de Tampa y Glades. Sin embargo, a Ellie le llamó la atención que en ambas condenas de cárcel, a pesar de un largo historial, le habían otorgado una temprana libertad condicional. Una condena de cuatro a seis años por robo se había negociado hasta quedar en catorce meses. Un segundo delito con reincidencia había quedado reducido al tiempo de condena ya servido.

Anson conocía a alguien de dentro.

Ellie llamó a la oficina del director de Glades, una cárcel en parte de máxima seguridad, a unos 65 kilómetros al oeste de Palm Beach. Consiguió hablar con el subdirector Kevin Fletcher. Le preguntó cómo era posible que en las dos ocasiones Anson figurara con derecho a reducción de pena.

—Anson... —dijo Fletcher, y empezó a revisar sus archivos—. ¿No es el tipo que acaban de cargarse en Boston, según he leído?

—No volverá a verlo por tercera vez, si se refiere a eso —confirmó Ellie.

—No es una gran pérdida —suspiró el subdirector—, pero por lo visto alguien lo tenía muy protegido.

—¿Un padrino? —preguntó Ellie.

—Alguien que lo protegía, agente Shurtleff. Y no por la condena que cumplía ahora. Si quiere mi opinión, era informante confidencial de alguien.

Informante de alguien.

Ellie le dio las gracias a Fletcher, pero a partir de ese momento entendió las dificultades que entrañaba la investigación. Sería imposible descubrir quién utilizaba un informante confidencial sin llamar la atención de todo el mundo.

Así que lo intentó por otros cauces. Llamó a Gail Silver, una amiga que trabajaba en la oficina del fiscal del distrito en Miami.

—Busco información sobre un ex presidiario llamado Earl Anson. Era un asesino a sueldo en el caso del robo de los cuadros que estoy investigando. Quería pedirte si puedes encontrarme una lista de juicios en los que haya figurado como testigo de la defensa.

—¿Este tío qué es? ¿Una especie de servicio de alquiler de testigos? —bromeó Gail.

—Un informante confidencial. Quiero averiguar si tenía conexiones con traficantes de obras de arte o circuitos por donde hayan pasado estos cuadros. —No era del todo una mentira.

—¿Qué buscas concretamente? —preguntó la ayudante del fiscal del distrito, como si se tomara su pregunta como una tarea de rutina.

—Acusados, condenas… —dijo Ellie, como si no le prestara mayor importancia. Y aguantó la respiración—. Agentes que trabajaron en los casos. Gail, si pudieras darme nombres…

88

A la tarde del día siguiente, Ellie llamó a la puerta del despacho de Moretti. Sorprendió a su jefe hojeando una carpeta y éste la hizo entrar con un gesto gruñón.

Las cosas habían ido de mal en peor con el agente especial comisionado Moretti. Era evidente que lo habían eclipsado, algo que se había puesto de manifiesto con la detención de Ned, y la culpable era esa pequeña agente del departamento de Robos de Obras de Arte, que recibía toda la publicidad.

—He estado investigando unas cuantas cosas —dijo Ellie desde la puerta—. He descubierto algo y no sé muy bien qué hacer con ello. Es algo relacionado con los cuadros.

—De acuerdo —dijo Moretti, y se reclinó en la silla mientras cambiaba de carpeta.

—Ned Kelly me contó algo —dijo Ellie, y se sentó con una carpeta sobre las rodillas—. ¿Sabías que fue a Boston para el funeral de su hermano?

—Sí, tenía la intención de hablar de eso contigo —dijo Moretti, y se cruzó de piernas.

—Habló con su padre. Es un dato salido de la nada, George, pero su padre le dijo que sabía quién era el doctor Gachet.

—¿Quién sabía? —preguntó Moretti, enderezándose en la silla.

—El padre de Kelly —dijo Ellie—. Al parecer, además, insinuó que era alguien del cuerpo de policía. Alguien de esta ciudad.

Moretti frunció el ceño.

—¿Cómo es posible que el padre de Ned Kelly tenga información sobre quién montó el robo?

—No lo sé, George —dijo Ellie—. Eso es lo que quiero investigar. Y me empecé a preguntar por qué la policía de Palm Beach nunca investigó la relación de Stratton con Tess McAuliffe de la que yo informé. ¿Tú informaste sobre este punto, verdad?

Moretti asintió con la cabeza.

—Claro que sí...

—¿Conoces a Lawson, el inspector jefe de esa unidad? Siempre he tenido mis dudas sobre él.

—¿Lawson?

—Lo he visto en casa de Stratton las tres veces que he ido —dijo Ellie.

—Veo que no paras de hacer cábalas, agente especial Shurtleff.

—Así que busqué información sobre la Beretta del treinta y dos que usó Liz Stratton —dijo Ellie ignorándolo—. ¿Sabes de dónde venía? De un paquete de pruebas policiales que fueron robadas.

—¿Crees que no sé adónde quieres llegar? Has tenido tu gran iniciación con la prensa por detener a Ned Kelly. De acuerdo, pero se acabó lo de jugar a ser la señora Kojak. ¿No era ése el acuerdo? En lo que concierne a la oficina, estos asesinatos son un caso resuelto. Balística. Motivos. Un caso cerrado.

—Estoy hablando de los cuadros —dijo Ellie, clavándole la mirada—. Pensé que podría coger un avión a Boston para escuchar lo que el padre de Kelly tiene que decir. Si te parece bien.

Moretti se encogió de hombros.

—Podría enviar a un equipo local...

—El equipo local no sabrá nada del mundillo del tráfico de cuadros, ni sabrán qué preguntar. —Ellie no vaciló en poner reparos.

Moretti no contestó. Ocultó la cara entre las manos.

—¿Cuándo piensas ir?

—Mañana por la mañana. A las seis de la mañana. Si el padre de Kelly está tan enfermo como me han dicho, lo mejor es ir cuanto antes.

—Mañana por la mañana —asintió Moretti con una mirada taciturna, como si estuviera resolviendo algún dilema. Un instante después se encogió de hombros, como si hubiera tomado una decisión.

»Intenta actuar con cautela esta vez —dijo, y sonrió—. ¿Recuerdas lo que pasó la última vez que estuviste en Boston?

—No te preocupes —dijo Ellie—. ¿Qué posibilidades hay de que algo así ocurra dos veces seguidas?

89

Esa noche, Ellie se puso una camiseta vieja y arrugada, se lavó la cara y se metió en la cama hacia las diez.

Estaba cansada, pero también tensa. No encendió la tele. Durante un rato estuvo hojeando un libro sobre Van der Heyden, un pintor flamenco del siglo XVII, aunque la mayor parte del tiempo tenía la mirada perdida en el vacío.

Había encontrado lo que necesitaba saber. Sólo era cuestión de saber cuál era el próximo paso. Al final, apagó las luces y se quedó pensando en medio de la oscuridad. Le resultaba imposible conciliar el sueño.

Se tapó los hombros con las mantas. Miró el reloj. Habían pasado veinte minutos. Se quedó un rato escuchando el silencio que reinaba en la casa.

De pronto oyó un crujido que venía del salón. Se quedó helada. *Era el suelo que crujía, o quizá alguien que entraba por la ventana.* Solía dejarla abierta para que entrara la brisa. Siguió escuchando otro rato, con los ojos desorbitados, sin mover un músculo. Esperó un segundo ruido.

Nada.

Y luego volvió a oír el crujido.

Esta vez Ellie guardó un silencio absoluto durante veinte segundos. No era su imaginación. Era un ruido inconfundible.

Alguien había entrado en la casa.

Dios mío. Tragó con dificultad. Tenía el corazón desbocado. Buscó bajo la almohada y sus dedos se enroscaron en torno al arma que normalmente guardaba en el armario. Esa noche, para más seguridad, la había puesto a su alcance. Quitó el seguro con cuidado y la sacó de debajo de la almohada. Se dijo a sí misma que debía guardar la calma, pero tenía la boca totalmente seca.

No se había equivocado. ¡Aquello estaba ocurriendo en ese mismo momento!

Los crujidos se acercaron. Ellie sintió que alguien se desplazaba en la oscuridad hacia su habitación.

Tú puedes hacerlo, le dijo una voz interior. *Sabías que iba a ser así. Aguanta un poco más, Ellie. Venga.*

Miró por encima de las mantas hacia la puerta, y vio que entraba una sombra.

Y luego un ruido que la hizo estremecerse. El *clic* de un arma.

Mierda. El corazón casi se le había parado. *El cabrón me va a disparar.*

Ned, ¡ahora!

Las luces de la habitación se encendieron. Ned estaba al otro lado de la habitación y apuntaba al intruso con una pistola.

—Deja el arma, hijo de puta. ¡Ahora!

Ellie se incorporó de un salto con su propia pistola, sosteniéndola con las dos manos y apuntando al pecho del hombre.

El tipo se quedó quieto, cegado por la súbita luz, con el arma apuntando a algún lugar entre Ned y Ellie.

Moretti.

—Deja el arma —repitió Ellie—. O si no dispara él, dispararé yo.

90

Yo no tenía ni idea de qué iba a pasar ahora. ¿Qué haría Moretti? Nos encontrábamos en una especie de punto muerto. Yo jamás le había disparado a nadie. Ellie tampoco.

—Por última vez. —Ella se había incorporado sobre la cama—. *¡Deja el arma o disparo!*

—De acuerdo —dijo Moretti, mirándonos a los dos. Actuaba con calma, como si ya hubiese vivido situaciones como ésa. Bajó lentamente el arma hasta un ángulo no amenazante, y luego la dejó sobre la cama de Ellie.

—Hemos tenido la casa bajo vigilancia, Ellie. Vimos entrar a Kelly. Pensamos que estaría tramando algo. Estábamos preocupados. Ya sé que parece otra cosa, pero pensé que sería mejor si...

—No cuela, Moretti —dijo ella, negando con la cabeza mientras salía de la cama—. Te dije que investigué de dónde venía la pistola de Liz. Sé de dónde venía. Una redada en la que tú participaste como agente. ¿Y la que tienes ahora? ¿También la robaron de la oficina de Miami?

—Dios mío —dijo el federal—, ¿no estarás pensando que...?

—Estoy pensando que eres un asqueroso hijo de puta. ¡Lo sé positivamente! Sé de tus trapicheos con Earl Anson. Sé que lo hacías pasar por informante confidencial. Ahora es demasiado tarde para que intentes librarte diciendo gilipolleces. No tengo que ir a Boston. El padre de Ned ya ha hablado. Le dijo que te conocía de tus días en Boston. —Moretti tragó con dificultad—. ¿Dices que me tenías bajo vigilancia, eh? ¿Y dónde están tus refuerzos? Por favor. Llámalos.

En el rostro del agente federal se adivinaba la tensión. Y siguió un suspiro de resignación.

—¿Así es como mataste a Tess McAuliffe? —dijo Ellie, y recogió la pistola de Moretti—. ¿La sorprendiste en la bañera, le metiste la cabeza dentro?

—No sabría decirte. Yo no maté a Tess McAuliffe. Eso fue un trabajo del hombre de Stratton.

Apreté la pistola con fuerza.

—Y mis amigos asesinados en Lake Worth… Tú los mataste, hijo de puta.

—Lo hizo Anson —dijo Moretti, encogiéndose de hombros, frío—. Lo siento, Neddie, chaval, ¿tu madre nunca te contó lo que te podía pasar si cogías algo que no era tuyo?

Di unos pasos en dirección a Moretti. Nada me habría hecho más feliz que romperle la cara.

Ellie me detuvo.

—No te escaparás tan fácilmente, Moretti. Las armas usadas en Lake Worth eran dos. La treinta y dos y una escopeta. Eso no lo hizo una sola persona.

—¿Por qué? —pregunté, apretando cada vez con más fuerza la pistola—. ¿Por qué tenías que matarlos? Nosotros no robamos los cuadros.

—No, vosotros no los robasteis. De eso se encargó Stratton. En realidad, ya había vendido los cuadros antes de que vosotros os enterarais del trabajo.

—¿Los había vendido? —Miré a Ellie. Esperaba que ella pudiera darle un sentido a todo eso.

Moretti sonrió.

—Tú ya lo tenías claro desde un comienzo, ¿eh, Ellie? El gran golpe de Ned era sólo una tapadera. ¿Cómo se siente uno cuando le matan a los amigos por un timo?

Moretti me miraba y sonreía, como si supiera que la respuesta a la siguiente pregunta me dolería todavía más.

—¿Un timo para qué? ¿Por qué teníais que ir a por nosotros si ya se habían vendido los cuadros? ¿Por qué matastéis a Dave?

—Todavía no lo sabes, ¿eh? —dijo Moretti sacudiendo la cabeza.

Las lágrimas me ardían en los ojos.

—Se llevaron otra cosa —explicó Moretti—. Algo que no formaba parte del trato original.

Ahora era Ellie la que me miraba.

—El Gaume —dijo.

91

—¡Te felicito! —aplaudió Moretti—. Sabía que si me quedaba un rato alguien acabaría diciendo algo inteligente.

La mirada de Ellie fue de Moretti a mí.

—El Gaume no es un objeto de colección. Nadie mataría por él.

—Me temo que ahora les toca a los abogados, Ellie —dijo Moretti encogiéndose de hombros. La sonrisa de desprecio volvió a asomar en su cara—. Nada de lo que he dicho es admisible en un tribunal. Tendréis que demostrarlo todo, si es que podéis, lo cual dudo. El arma, Anson... Todo lo que has dicho es circunstancial. Stratton me protegerá. Lamento estropearte el plan, pero yo estaré tomando margaritas y tú todavía estarás rellenando impresos para tu jubilación.

—¿Qué te parece esto como prueba circunstancial, Moretti? —dije, y le di con toda mi fuerza en la boca. Casi cayó al suelo y los labios empezaron a sangrarle—. Ése va por Mickey y mis amigos —avisé. Volví a darle un segundo puñetazo y esta vez sí cayó—. Ése iba por Dave.

Pasaron unos cinco minutos antes de que llegaran los coches de la policía que habían respondido al 911. Se detuvieron de un frenazo frente a la casa. Entraron corriendo cuatro agentes y Ellie les explicó quién era y qué había sucedido. Enseguida se puso al teléfono para hablar con el FBI. Por todas partes se veían las luces parpadeantes de los coches patrulla. La policía se llevó a Moretti y bajaron las escaleras. Fue un momento de satisfacción.

—Oye, Moretti —le gritó Ellie. Él se volvió en medio del césped—. No está nada mal para una agente especialista en obras de arte, ¿eh?

Los miré cuando se lo llevaron y pensé que ahora todo el tinglado se vendría abajo. Ya no podía seguir en pie. Moretti hablaría. Tendría que hablar.

Fue entonces cuando comenzó a desplegarse ante mis ojos una imagen horrorosa y completamente nueva.

Un hombre con la mano dentro de la chaqueta bajó de un coche aparcado un poco más allá, y se acercó caminando por el césped de Ellie.

Vi todo lo que ocurrió. El hombre pasó junto a los coches de policía. Sacó la mano de su chaqueta deportiva. Se acercó a Moretti, escoltado por dos policías.

Y le descerrajó al federal dos disparos en el pecho.

—¡No! —grité, y empecé a correr. Y luego mi voz se suavizó cuando me detuve, horrorizado—. Papá, no…

Acababa de ver cómo mi padre mataba al agente especial comisionado George Moretti.

SEXTA PARTE

Un asunto pendiente

92

Hank Cole, supervisor del FBI, contemplaba la vista de la ciudad de Miami desde la ventana de su despacho. Más allá, un mar azul absolutamente hermoso. Era mil veces mejor que Detroit, recordó el director responsable adjunto. ¡O que Fairbanks! Se preguntaba si tenían campos de golf en Alaska. Cole sabía que de todo ese destrozo tenía que rescatar algo. Y tenía que hacerlo rápido, si quería conservar ese bonito título con su nombre, si quería seguir admirando esa maravillosa vista todos los días.

Para empezar, su oficina había lanzado una caza al hombre por todo el país para encarcelar a una persona inocente. Bueno, eso ocurre a veces. Cualquiera podía ver que Kelly se adecuaba al tipo. Pero luego viene la principal agente del FBI en el caso y acusa a su jefe de intentar matarla en su propia casa *para encubrir el hecho de que él era el hombre del gatillo en todo aquel cuento*. Y luego a Moretti lo matan cuando la policía se lo está llevando.

¿Y quién lo mata? Cole arrugó un trozo de papel. ¡El padre del que originalmente habían tenido por principal sospechoso!

Ay, esto le costaría caro. El director adjunto Cole apretó los dientes. La prensa se lo iba a pasar en grande. Tendrían que llevar a cabo una investigación interna, y los del departamento le arrancarían la piel a tiras. Cole sintió un dolor en el pecho, pensó que quizá sería un infarto. *¡Un infarto!... No caería esa breva.*

—¿Director adjunto Cole?

Cole apartó la vista de la ventana y volvió a la realidad. A la reunión en su despacho.

Alrededor de su mesa de reuniones estaba James Harpering, el abogado jefe de la oficina local del FBI Mary Rappaport, la fiscal del distrito del condado de Palm Beach, y Art Ficke, el nuevo agente responsable.

Y también estaba presente la mujer que había torpedeado su carrera profesional, la agente especial Ellie Shurtleff.

—En resumen, ¿qué tenemos —preguntó Cole como si tal cosa y sin perder la calma— para apoyar las alegaciones de la agente Shurtleff contra Moretti?

—Tenemos el historial del arma —aventuró Ficke—. Y la relación previa entre Moretti y Anson. Es un buen trabajo de investigación —dijo con un gesto de reconocimiento hacia Ellie Shurtleff—, pero todo es sumamente circunstancial.

—Está el testimonio de Frank Kelly —dijo Ellie.

—¿Admitir como prueba el testimonio de un ladrón profesional? ¿Un hombre que tenía cuentas pendientes con la víctima? —El abogado Harpering se encogió de hombros—. Funcionaría si pudiéramos establecer una relación previa entre los dos.

—Tenemos cuarenta y ocho horas —advirtió Cole— antes de que venga alguien de Washington a hacerse cargo de todo esto. De modo que si damos algún crédito al argumento de la agente especial Shurtleff, ¿qué tenemos contra Stratton? ¿Podemos relacionarlo con Moretti de alguna manera?

—La relación entre Moretti y Stratton sería comprensible —señaló Harpering—. Moretti era el agente responsable de este caso.

—¿Y había alguna relación entre ellos antes del robo de los cuadros?

—Moretti era un profesional, señor —dijo Ficke.

—¡Maldita sea! —exclamó Cole—. Si Moretti era corrupto, quiero que se sepa. Y si Stratton es un criminal, también. Así que, por el bien de este grupo, agente especial Shurtleff —dijo mirando a Ellie—, y por el bien de su carrera, ¿le importaría volver a contarnos cómo acabó en su casa el agente especial comisionado Moretti?

93

Ellie carraspeó. Estaba nerviosa. No, la palabra *nerviosa* ni siquiera comenzaba a describir cómo se sentía. Volvió a contarles lo sucedido después de que Ned regresara del funeral de su hermano y le contaron lo que su padre le había confesado. También mencionó lo que Liz Stratton les había contado. Y cómo Ned y ella le habían montado una trampa a Moretti después de su investigación sobre los orígenes del arma.

Por descabellado que sonara todo, Ellie intuyó que la creían. Al menos en parte.

—¿Y desde cuándo usted y Kelly están... trabajando juntos en este caso? —inquirió el director adjunto Cole.

—Desde que se entregó —dijo ella, tragando con dificultad. Inclinó levemente la cabeza—. Quizá desde un poco antes.

—Quizá desde un poco antes. —Cole apretó la mandíbula y miró alrededor de la mesa como pidiendo una explicación.

—Yo puedo echarle el guante —dijo Ellie, tímidamente, después de carraspear— a Stratton.

—La capa de hielo que está pisando es muy fina, agente especial Shurtleff. Debe tener las rodillas congeladas —dijo Cole lanzándole una mirada de antipatía.

—Yo puedo echarle el guante, señor —repitió ella; esta vez con más firmeza.

Cole la miró frunciendo el ceño. Ellie miró de reojo a Harpering y Ficke para ver si se burlaban. No se burlaban.

—Está bien —dijo el director adjunto suspirando—. ¿Cómo?

—Él cree que nosotros tenemos algo que él quiere —dijo Ellie.

—¿Ese cuadro? —dijo Cole asintiendo—. El... Gaume. ¿Qué pasa con ese cuadro?

—Todavía no lo sé —admitió Ellie—. Pero Stratton tampoco sabe que no lo sabemos.

Cole miró a Harpering y a Ficke. Alrededor de la mesa se hizo un silencio denso y calculador.

—Usted tiene una formación de investigadora en cuestiones de arte, ¿no es así, agente especial Shurtleff? —preguntó Cole.

—Sí, señor —asintió Ellie. Cole ya lo sabía.

—Entonces, sabiendo eso, se le podría ocurrir —dijo Cole, juntando las palmas de las manos— que lo mío sería un acto suicida dejar que usted se ocuparse de algo de esta envergadura después de lo que ha hecho. Si fallamos, mi carrera podría acabar en la basura.

—Y la mía también —aseguró Ellie mirándolo fijamente.

—Así es —dijo el director adjunto. Lanzó sendas miradas a Harpering y Ficke.

—Tal como están las cosas en este momento —dijo el abogado—, Stratton se salva y a nosotros nos queda lidiar con la operación de limpieza más grande desde el *Exxon Valdez*.

Cole se frotó con fuerza las sienes.

—Sólo para tener una idea, agente especial Shurtleff, ¿qué necesitaría usted concretamente para llevar a cabo este trabajo?

—Necesitaría que filtraran la información de que Moretti no habló. Que no dijo ni una palabra sobre Stratton. Y que a mí me han apartado del caso. Que me están investigando.

—Eso no será precisamente difícil —dijo Cole.

—Y otra cosa —siguió Ellie, aprovechando que estaba tan fina.

—¿De qué se trata? —preguntó el director adjunto entornando los ojos con un gesto de impaciencia.

—Se trata de algo poco habitual, señor…

—Vaya, como si hasta ahora todo se hubiera hecho siguiendo el protocolo —dijo Cole, sin poder reprimir una sonrisa.

Ellie respiró hondo.

—Tendré que contar con Kelly, señor.

94

Estaba jugando al *gin rummy* con Sollie en su casa, junto a la cabaña de la piscina. Me habían confinado a su casa hasta que concluyera una investigación exhaustiva sobre mi participación en los hechos ocurridos en casa de Ellie.

Un problemilla por haber violado mi acuerdo de libertad condicional, es decir, posesión de un arma de fuego.

Sabía que Ellie tenía problemas. Y sabía que nuestra iniciativa podía costarle el empleo. Ahora lo sabíamos todo: la participación de mi padre, lo que Ellie había descubierto sobre Moretti, nuestra conversación con Liz. Y yo.

Con Liz y Moretti muertos, no teníamos gran cosa que colgarle a Stratton. El tipo lo había planeado todo a la perfección. Era lo que alimentaba mi rabia. Eso, y lo de mi padre. Frank pensaba que ajustaba las cuentas con Moretti, pero lo paradójico era que, al apretar el gatillo, mi padre había dejado libre a Stratton.

—No paras de darme corazones, y yo no paro de recogerlos —dijo Sol, como si pidiera diculpas.

—Supongo que hoy no estoy para grandes jugadas —dije, y tiré una carta.

—¿Grandes jugadas? Se trata de tu rehabilitación, Ned. Se lo prometí al juez. Además, a este ritmo, habré recuperado el dinero de mi fianza hacia mañana por la tarde. Y luego te puedes ir al infierno.

Sonreí a mi viejo amigo.

—Estoy preocupado por Ellie, Sol.

—Eso salta a la vista. Pero ¿sabes una cosa? Creo que todo irá bien. Esa chica es capaz de cuidarse sola.

—Intentó ayudarme, y le he creado todo tipo de problemas. Quiero coger a Stratton, Sollie. Estaba seguro de que ya lo teníamos.

—Ya lo sé, chico —dijo Sol, y bajó sus cartas—. Y creo que todavía tendrás una oportunidad. Te diré una cosa sobre los tipos
como Dennis Stratton. ¿Sabes cuál es su punto débil? Que siempre
creen que son el pez más grande del estanque. Y créeme, Ned,
siempre hay uno un poco más grande —dijo mirándome fijamente—. Pero antes tienes que ocuparte de algo más importante...

—¿A qué te refieres? ¿A repartir las cartas?

—No, me refiero a tu padre, chico...

—Es por culpa de mi famoso padre que estamos en este lío
—advertí recogiendo mis cartas—. De no ser por él, ya tendríamos
a alguien que declarara contra Stratton. No te creas ni por un segundo que actuaba por causas nobles.

—Creo que actuaba de la única manera que sabía. El hombre
está enfermo. Dios santo, muchacho, el cuatro...

—¿Qué?

—Has dejado pasar el cuatro de picas. No estás concentrado,
Ned.

Miré mi mano y me percaté de que estaba jugando fatal. Tenía
la cabeza a millones de años luz de ahí.

—Tienes que cuidar de tus propios asuntos, hijo —dijo Sol,
que seguía hablando de mi padre—. Este lío con Stratton ya tendrá
una solución. Pero mientras estamos en ello —dijo mostrando sus
cartas y captando mi mirada—, quizá pueda echarte una mano.

—¿A qué te refieres?

—Descartarse, chico... Tiene que ver con los peces. Ya hablaremos más tarde.

Jugué un diez de diamantes.

—¡Gin rummy! —La mirada de Sollie se encendió mientras
ponía sus cartas sobre la mesa—. Esto es demasiado fácil, chico
—dijo, y echó mano del papel para anotar los resultados. Su tercer
gin rummy consecutivo—. Si ésta va a ser la tónica, creo que dejaré que vuelvas a la cárcel.

Winnie, la criada filipina de Sollie, salió a anunciar que teníamos visita.

Ellie la seguía a unos pasos.

Me levanté de la silla de un salto.

—Debes tener las orejas ardiendo, cariño —dijo Sollie Roth, y sonrió—. Mira a tu amiguito. Está tan preocupado por ti que no puede ni jugar.

—Tiene razón —dije, y la abracé fuerte—. ¿Cómo ha ido?

Ellie se sentó y se encogió de hombros.

—Teniendo en cuenta que conseguí que mataran a Moretti y que ando por ahí contigo, soy lo que se llama un desastre de manual. El director adjunto ha tomado las medidas necesarias. Hasta que aclaremos esto, estoy bajo revisión disciplinaria.

—Pero ¿conservas tu empleo? —pregunté esperanzado.

—Quizá —dijo, y volvió a encogerse de hombros—. Todo depende de una cosa.

—¿De qué cosa? —inquirí, tragando con dificultad, pensando que se trataba de una complicada cuestión procesal.

—De nosotros —dijo—. De que consigamos echarle el guante a Dennis Stratton.

Creí que no la había oído bien, y me senté algo confundido.

—¿Has dicho nosotros?

—Sí, Ned —dijo ella dejando entrever una sonrisa—. Tú y yo. A eso se refiere el nosotros.

95

Antes, Ellie tenía que ocuparse de un par de cosas. Y resulta que era algo relacionado con el mundo del arte. ¿Qué diablos pasaba con aquel cuadro? El Gaume.

Había incontables maneras de investigar sobre un pintor, incluso un pintor del que apenas había oído hablar, muerto hacía cien años.

Entró en Internet, pero sólo dio con un par de datos sobre Henri Gaume. El pintor había llevado una vida anodina. No encontró biografía alguna. Luego lo buscó en la Benezit, la gran enciclopedia de pintores y escultores de Francia, y ella misma tradujo los datos del francés. No había prácticamente nada. Gaume había nacido en Clamart, en 1836. Pintó durante un tiempo, en Montmartre, y entre 1866 y 1870 expuso sus obras en el prestigioso Salón de París. Y luego desapareció del mapa artístico. El cuadro que fue robado —Stratton ni siquiera lo tenía asegurado— se titulaba *Faire le ménage*, algo así como «hacer la limpieza de casa». Una criada mirando en un espejo junto a un aguamanil. Ellie no encontró los datos de su procedencia. No estaba catalogado.

Llamó a la galería en Francia donde Stratton decía haberlo comprado. El propietario apenas recordaba de qué obra se trataba. Dijo que creía que había formado parte de una herencia. Una mujer mayor que vivía en la Provenza.

No puede ser el cuadro. Gaume es un pintor absolutamente mediocre.

¿Había algo en el cuadro? ¿Un mensaje? ¿Por qué Stratton tenía tantas ganas de recuperarlo? ¿Qué podría justificar para alguien el asesinato de seis personas?

A Ellie empezaba a dolerle la cabeza.

Dejó a un lado los grandes libros sobre la pintura del siglo XIX.

La respuesta no estaba ahí. Estaba en otra parte. *¿Qué tiene este tan poco valioso Gaume?*

¿Qué es, Ellie?

Y de pronto lo supo. No le llegó como un gran impacto sino como el aleteo de un pájaro pequeño que rozaba apenas su intuición.

Se lo había dicho Liz Stratton cuando se la llevaban los hombres de su marido. Esa resignación en su cara, como si nunca volverían a verla. *Usted es la experta en bellas artes. ¿Por qué cree que se hace llamar Gachet?*

Claro. ¡La clave estaba en el nombre!

El doctor Gachet.

Siempre había habido rumores, apócrifos, desde luego. Nada se había concretado, jamás. Nada en la herencia de Van Gogh. Tampoco cuando su hermano fue a vender sus obras. Ni con los apoderados del artista, Tanguy o Bonger.

Uno de los libros de arte que tenía sobre su mesa de trabajo tenía el retrato del doctor Gachet en la portada. Ellie lo cogió y se quedó mirando al médico de provincia, con esos melancólicos ojos azules.

Por algo como esto merecería la pena matar, pensó.

De pronto Ellie se dio cuenta de que no había hablado con la gente que debía y que tampoco había consultado los libros adecuados.

Se quedó mirando el célebre retrato de Van Gogh.

Había estado indagando en la vida de otro pintor.

96

—¿Preparado? —Ellie quiso asegurarse, y luego me pasó el teléfono.

Yo asentí, y lo cogí como si alguien me hubiera entregado el arma con que iba a matar a alguien. Tenía la boca seca como una lija, pero eso no importaba. Había soñado con hacer esto desde que recibí esa llamada de Dee, y una hora más tarde vi a Tess y a mis amigos muertos.

Me hundí en una de las sillas de Sollie.

—Sí, estoy preparado —confirmé.

Sabía que Stratton hablaría conmigo. Supuse que el corazón se le pondría a cien en cuanto supiera quién lo llamaba. Estaba seguro de que yo tenía su cuadro. Había matado por ello, y estaba claro que estábamos ante un hombre que actuaba convencido de que su instinto no le engañaba. Marqué el número y el teléfono empezó a sonar. Me recliné en el asiento y respiré hondo. Contestó una mujer con acento hispano.

—Con Dennis Stratton, por favor.

Le dije mi nombre y ella fue a buscarlo. Me dije que todo acabaría pronto. Había hecho mis promesas. A Dave. Y también a Mickey, Bobby, Barney y Dee.

—Así que es el famoso Ned Kelly —dijo Stratton, cuando se puso al aparato—. Por fin podemos hablar. ¿En qué puedo ayudarle?

Nunca había hablado directamente con él. No quería darle ni un segundo más para su farsa de mierda.

—Lo tengo, Stratton —fue lo único que dije.

—¿Que tiene qué, señor Kelly?

—Tengo lo que está buscando. Usted tenía razón. Tengo el Gaume.

Se produjo un silencio. Stratton estaba decidiendo cómo reaccionar. Quería saber si yo decía la verdad o si me estaba riendo de él, o tendiéndole una trampa.

—¿Dónde se encuentra? —preguntó.

—¿Que dónde estoy? —dije, y guardé silencio. Aquello no me lo esperaba.

—Sí, ¿desde dónde llama, señor Kelly? ¿La pregunta es demasiado difícil para usted?

—Estoy lo bastante cerca —respondí—. Lo único que importa es que tengo su cuadro.

—¿Lo bastante cerca, eh? ¿Por qué no hacemos una prueba? ¿Conoce usted Chuck & Harold's?

—Claro que sí —repuse mirando nervioso a Ellie. Aquello no estaba en el guión. Chuck & Harold's era un pub de Palm Beach que estaba siempre lleno a reventar, gente que iba a mirarse.

—Hay una cabina de teléfono. Cerca del lavabo de señores. Yo llamaré, digamos, de aquí a cuatro minutos justos, señor Kelly. ¿Está usted lo bastante cerca? Asegúrese de estar ahí cuando suene. Sólo usted y yo.

—No sé si me dará tiempo a llegar —dije mirando mi reloj.

—En ese caso, ¡yo saldría volando! Quedan tres minutos y cincuenta segundos, y sigo contando. En su lugar, yo no llegaría tarde a esa llamada si quiere volver a hablar de este asunto.

Colgué y me quedé mirando a Ellie un instante.

—Ve —dijo ella.

Salí corriendo de la casa hasta el patio de la entrada. Subí al coche de Ellie. Ella y dos agentes del FBI corrieron y subieron a un segundo coche. Puse el mío en marcha, salí a todo gas con los neumáticos chirriando al girar para llegar a County. Recorrí las seis o siete manzanas hasta Ponciano lo más rápido que pude. Llegué al cruce, giré a casi setenta por hora y me detuve con un chirrido de frenos delante del local.

Miré el reloj. Cuatro minutos exactos. Sabía cómo llegar al lavabo de hombres. Solía pasarme horas en ese bar.

Justo cuando llegué el teléfono empezó a sonar.

—¡Stratton! —contesté.

—Veo que tiene recursos —dijo, como si se lo estuviera pasando en grande—. Así, señor Kelly, sólo usted y yo. No hay por qué tener a otros colgados de la línea. Me quería comentar algo acerca de un cuadro de Henri Gaume. Dígame, ¿en qué había pensado?

97

—Estaba pensando en entregárselo a la policía —dije—. Estoy seguro de que les interesaría echarle una mirada. —En el otro extremo de la línea se produjo un silencio—. O usted y yo podemos hacer un trato.

—Me temo que no hago tratos con sospechosos de asesinato, señor Kelly.

—Eso significa que tenemos algo en común, Stratton. Yo normalmente tampoco tengo tratos con asesinos.

—Qué bien —dijo él con una risilla—. ¿Por qué ha cambiado de parecer?

—No lo sé. Supongo que por sentimentalismo. He oído decir que era el cuadro preferido de su mujer.

Esta vez Stratton no respondió hasta al cabo de un rato.

—Yo busco un cuadro de Henri Gaume. ¿Cómo sé que el que usted dice tener es el que busco?

—Es el que busca. Una mujer mirando un espejo por encima de un aguamanil. Lleva un sencillo delantal de color blanco. —Yo sabía que cualquiera podría haberse hecho con el informe de la policía. Esa descripción no era precisamente una prueba—. Estaba en el pasillo de su habitación el día que ordenó matar a mis amigos.

—La noche en que me robaron, señor Kelly. Descríbame el marco.

—Es dorado —dije—. Antiguo, con filigranas.

—Déle la vuelta. ¿Hay algo escrito en el dorso?

—No lo tengo conmigo —dije—. Recuerde que estoy en Chuck & Harold's.

—Pues eso no ha sido muy inteligente, señor Kelly —dijo Stratton—, para el tipo de conversación que había pensado tener conmigo.

—Hay algo escrito en el dorso —dije. Sabía que estaba a punto de revelar algo valioso—. *Para Liz, siempre. Dennis.* Muy emotivo, Stratton. Menudo hipócrita.

—No le he pedido comentarios, señor Kelly...

—¿Por qué no? El precio es el mismo.

—La suya no es una estrategia demasiado inteligente. Irritar a la persona con la que piensa hacer negocios. Sólo para tener una idea, ¿en qué tipo de precio pensaba usted?

—Estamos hablando de cinco millones de dólares.

—¿Cinco millones de dólares? Ni la madre de Gaume pagaría más de treinta mil dólares por ese cuadro.

—Cinco millones de dólares, señor Stratton, o lo dejo en manos de la policía. Si no recuerdo mal, ése es el precio que usted y Mickey habían acordado al principio.

Siguió un silencio. No era el tipo de silencio que daba a entender que Stratton se lo estaba pensando. Era el tipo de silencio de querer romperme el cuello.

—No estoy seguro de qué está hablando, señor Kelly, pero está de suerte. He ofrecido una recompensa por ese cuadro. Pero sólo para estar del todo seguro, hay otra cosa en el dorso. En el ángulo superior derecho del marco.

Cerré los ojos un momento. Intenté recordar todo lo que me habían dicho del cuadro. Tenía razón. Había algo más en el marco. Estaba a punto de revelar algo que me hacía sentirme sucio. Como si hubiera traicionado a alguien. Alguien a quien quería.

—Es un número —susurré en el teléfono—. Cuatro-tres-seis-uno-cero.

Siguió una larga pausa.

—Bien hecho, Kelly. Se merece esa recompensa por su manera de manejar a todo el mundo. Incluyendo a la policía. Esta noche asistiré a una gala de beneficencia, en los Breakers. De la Fundación Formula-tu-Deseo. Una de las causas predilectas de Liz. Alquilaré una *suite* a mi nombre. ¿Qué le parece si yo me retiro de la gala, digamos, a las nueve?

—Estaré allí.

Colgué el teléfono, sintiendo los pesados latidos de mi corazón en el pecho. Cuando salí del restaurante, un coche negro me esperaba en la esquina. Ellie y los dos federales me miraban, expectantes.

—Tenemos un trato —dije—. Esta noche a las nueve.

—Entonces tenemos mucho trabajo —dijo uno de los federales.

—Tal vez más tarde —dije—. Primero tengo que hacer algo.

98

Un guardia me registró y me condujo hasta las celdas de detención en la cárcel del condado de Palm Beach.

—¿Qué es lo que pasa con vosotros, los Kelly? —preguntó sacudiendo la cabeza—. ¿Lo lleváis en la sangre?

Mi padre estaba tendido en un camastro de metal en el interior de una celda, y tenía la mirada perdida.

Me quedé mirándolo un rato. Bajo aquella luz pálida, casi podía distinguir las arrugas de un hombre más joven. Recordé una escena de mi infancia. Frank llega a casa haciendo una entrada solemne y con una caja grande. Mamá está fregando los platos. JM, Dave y yo estamos sentados a la mesa de la cocina después del cole, merendando. Yo tendría unos nueve años.

—*Evelyn Kelly.* —Mi padre hizo girar a mi madre y dijo, como en los concursos de la televisión—: ¡Acompáñeme usted aquí abajo!

Le dio la caja y nunca olvidaré la expresión de mi madre cuando la abrió. Un espléndido abrigo de piel. Frank la ayudó a ponérselo y luego la hizo girar como si bailaran. Mi madre miraba con expresión avergonzada, como aturdida, una mezcla de emoción e incredulidad.

Mi padre la cogió por la espalda como un bailarín profesional y nos guiñó un ojo.

—¡Y espere a que vea lo que hay detrás de la puerta número tres! —Si se lo proponía, mi padre podía engatusar hasta a un poli para que le entregara su arma.

—Hola, papá —dije, junto a su celda.

—Neddie —dijo él, después de volverse en el camastro. Me miró parpadeando.

—No sabía qué traerte, así que te traje estas chucherías —Le enseñé una bolsa llena de barritas de chocolate y unas pastillas Luden de cereza para la tos. Era lo que mi madre solía llevarle cada vez que íbamos a verlo a la cárcel.

Frank se sentó y sonrió.

—Siempre le he dicho a tu madre que una sierra me vendría mucho mejor.

—Lo intenté. Pero esos detectores de metal arman un jaleo espantoso.

—Ay, los nuevos tiempos... —suspiró él pasándose la mano por el pelo.

Lo miré. Había adelgazado y tenía un color amarillento, pero su aspecto era relajado, tranquilo.

—¿Necesitas algo? Puedo conseguir que Sollie te mande un abogado.

—Georgie lo ha arreglado todo —dijo él sacudiendo la cabeza—. Ya sé que crees que he vuelto a cagarla —dijo—, pero tuve que hacerlo, Ned. Existe un código, incluso para los pringados como yo. Moretti no lo respetó. Mató a la carne de mi carne, a gente de mi propia sangre. Hay cosas que no se pueden pasar por alto, ¿me entiendes?

—Si querías hacer algo por Dave, tendrías que haberte cargado a Dennis Stratton. Él ordenó que lo mataran. Lo que hiciste estropeó nuestra mejor posibilidad de atraparlo.

—¿Y por qué será que me siento como si finalmente hubiera hecho algo bueno? —preguntó, y luego sonrió—. En cualquier caso, nunca he sido alguien capaz de pintar un gran cuadro. Pero me alegro de que hayas venido. Quiero decirte un par de cosas.

—Yo también —dije, y apoyé las manos en los barrotes.

Frank se inclinó y se sirvió un vaso de agua.

—Nunca he sabido verte tal como eres, ¿no es verdad, hijo? Ni siquiera te di lo que te merecías cuando tu nombre quedó limpio en ese asunto de la escuela. Que sólo consistía en decir: «Ned, lo siento por dudar de ti. Eres un buen chico... un buen hombre».

—Escúchame, papá. No tenemos por qué hablar de eso ahora...

—Sí tenemos que hablar de eso —dijo, y se puso de pie—. Después de que John Michael murió, creo que no pude enfrentarme a la verdad de ser el culpable de que lo mataran. Una parte de mí quería decir: *¿Lo veis? Mis hijos son iguales, iguales a mí. Así son los Kelly.* Cuando conseguiste ese empleo en Stoughton, la verdad es que me sentía jodidamente orgulloso.

Con un gesto de la cabeza, le dije que entendía.

—Aquel día, de vuelta a casa…, fue el peor día de mi vida. —Mi padre me miró a los ojos.

—El día del entierro de Dave... —asentí con la cabeza—. Sí, para mí también.

—Sí, ése también. —Abrió los ojos con un gesto de tristeza—. Pero yo hablaba ahora de ese día en Fenway. Cuando dejé que te fueras y te llevaras la culpa por lo que yo había hecho. Fue en ese momento cuando me di cuenta de que había hecho de mi vida un desastre. De lo grande que tú eras y de lo pequeño que me había vuelto yo. No, en realidad, pensaba en el pobre tipo que siempre había sido. Siempre he sido un amargado, Neddie, pero tú no eres así.

Frank se acercó a los barrotes arrastrando los pies.

—Hace mucho tiempo que debería haberte dicho esto, pero lo siento, hijo. Lo siento por haberos defraudado a todos. —Cerró su mano sobre la mía—. Ya sé que no basta con que diga esto. No arregla las cosas. Pero es todo lo que puedo hacer ahora.

Sentí que las lágrimas me quemaban los ojos.

—Si Dave está allá arriba mirando —dije intentando reír—, me apuesto lo que quieras a que piensa: *Tío, seguro que esa visión tan sabia de las cosas me habría salvado unos días antes…*

Frank también rió con un gruñido.

—Ésa siempre fue mi maldición, grandes ideas, y un cero a la izquierda cuando se trataba de hacer las cosas a su tiempo. Pero he dejado todo bien arreglado. Para tu madre. Y para ti también, Ned.

—Vamos a coger a este tío, papá —dije, y yo también le apreté la mano. Ahora era yo el que lloraba.

—Eso, hijo, tú ve y cógelo. —Nuestras miradas se encontraron en un abrazo sin palabras y lleno de luz. Y Sol tenía razón. Lo perdoné en ese momento. Por todo. No tenía que pronunciar ni una palabra.

—Tengo que irme, papá. —Le apreté los dedos huesudos—. Puede que no me veas durante un tiempo.

—Sólo espero y deseo que no —dijo con una risilla—. Al menos no adonde yo voy —añadió, y me soltó la mano.

Di un paso atrás por el pasillo de las celdas.

—Adiós, papá —dije con la voz quebrada, y me volví.

Frank seguía de pie junto a los barrotes.

—Dime una cosa. El abrigo de mamá. Ése que llevaste a casa un día. Era robado, ¿no?

Se me quedó mirando un instante, y la mirada hundida de pronto se endureció, como diciendo: *¿Cómo me puedes preguntar algo así?* Y luego una sonrisa le arrugó la boca.

—Desde luego que era robado, hijo.

Retrocedí unos pasos más y sonreí a mi padre por última vez.

99

El hombre del FBI me arregló el cable.

—Te estaremos grabando en todo momento —dijo Ellie. Estábamos en casa de Sol, que utilizábamos como nuestra base—. Nuestra gente estará por todas partes. Lo único que tienes que hacer es decir una palabra, Ned, y tendremos a Stratton rodeado.

Ahora había todo un equipo de agentes. El que reemplazaba a Moretti, un tipo de labios delgados, pelo negro alisado y gafas de carey, era el que daba las órdenes. Un tal Ficke, agente especial comisionado.

—Éstas son las reglas básicas —dijo Ficke—. En primer lugar, no vas a ningún sitio sin Stratton. Nada de intermediarios. No mencionas el nombre de Moretti. No quiero que piensen que hay alguna posibilidad de que haya hablado. No te olvides de que es probable que Stratton nunca haya conocido a Anson. No ha conocido a tu padre. Procura hacerlo hablar sobre el robo, si puedes. ¿Quién lo montó? Pide ver el talón. Con el talón basta para cogerlo. ¿Eres capaz de hacer esto?

—Soy capaz, agente. Pero ¿y el cuadro?

—Toma, aquí lo tienes.

Vino una agente y me pasó un paquete reforzado con cinta adhesiva.

—¿Qué hay aquí dentro?

—Muchos problemas para ti si llegan a abrirlo —contestó Ficke—, así que procura tener el talón en la mano antes de que ellos lo abran. Si en algún momento estás en peligro, nosotros entramos a buscarte.

Miré a Ellie.

—¿Estarás ahí? —pregunté.

—Claro que sí.

—Habrá apoyos en todos los niveles —dijo Ficke—. Una vez que consigas lo que necesitamos, o si abren el paquete, nosotros entramos. No te pasará nada.

No te pasará nada. Le lancé una mirada. Me sentía como un soldado raso prescindible al que ordenan cruzar un campo minado. *Adelante, no me pasará nada.* Todo el mundo en esa habitación sabía una cosa, y era que Stratton no me dejaría salir vivo de la *suite* del hotel.

—Quiero hablar con Ellie —dije.

—No es ella la que está a cargo del espectáculo —dijo Ficke, con tono seco—. Si tienes preguntas, me las haces a mí.

—No tengo preguntas. Necesito hablar con ella. Y aquí no, afuera.

100

Salimos a la plataforma que rodeaba la piscina. Vi a Ficke observándonos a través de las cortinas, así que la llevé hasta las escaleras que bajaban a la playa, mi despacho, lo más lejos posible de él.

Ellie se arremangó los pantalones, dejó sus zapatos en las escaleras y bajamos a la playa. El sol comenzaba a ponerse. Eran casi las seis.

La tomé de la mano.

—Se está bien aquí fuera, ¿no? Casi me hace añorar mis días de socorrista. No sabía entonces cómo me iban de bien las cosas.

La tomé por los hombros y le aparté un mechón de pelo de los ojos.

—Confías en mí, Ellie, ¿no?

—¿No crees que es un poco tarde para hacerme esa pregunta, Ned? No te detuve cuando se presentó la oportunidad. Robamos un coche. Retuvimos información, secuestramos a una testigo… En mi manual a eso se le llama confianza.

—Deberías haber bajado del todoterreno de mi madre cuando te lo dije —le advertí sonriendo—. Las cosas serían bastante diferentes.

—Sí, probablemente estarías muerto o en la cárcel. Y yo todavía disfrutaría de un empleo bastante seguro. En cualquier caso, según recuerdo, en aquel momento no tenía muchas alternativas. Tú tenías un arma.

—Y, según recuerdo, tenía el seguro puesto.

La estreché con fuerza y sentí su corazón latiendo contra mi pecho. Ninguno de los dos sabía qué pasaría esa noche. Y después el mundo entero sería diferente. A mí me esperaban cargos por delitos graves. Tendría que cumplir una condena. Después yo sería un ex presidiario y ella seguiría siendo una agente del FBI.

—Lo que te pido ahora, Ellie, es que sigas confiando en mí. Sólo un poquito más.

Se apartó suavemente e intentó leer en mis ojos.

—Me estás asustando, Ned. Podemos cogerlo. Pronto todo esto habrá terminado. Por favor, aunque sólo sea esta vez,cíñete al plan.

La miré sonriendo.

—¿Tú estarás ahí fuera cubriéndome, verdad?

—Te lo he dicho —respondió mirándome decidida—. Estaré fuera. No dejaría que entraras ahí solo.

Ya sé que no me dejarías. Volví a estrecharla y miré más allá de sus ojos, hacia el sol que se ponía.

No tuve la entereza de decirle que me refería a después.

101

Con sólo entrar en el largo camino que conducía al Breakers, uno se sentía transportado a otro mundo.

Las dos imponentes torres estaban bañadas en una luz clara, probablemente la vista más conocida de Palm Beach. La impresionante sucesión de arcadas que las visitas debían atravesar para llegar al vestíbulo, las hileras de palmeras iluminadas. Hubo una época en que los Flagler y los Melon y los Rockefeller iban hasta allí en lujosos trenes privados. Ahora acudía la gente que trataba de imitarlos.

Esta noche yo iba a destrozarlo todo.

Detuve el Crown Vic de Ellie detrás de un Mercedes SL 500 y un Rolls en el gran círculo de ladrillos rojos frente a las puertas del vestíbulo. Bajaron las parejas, ellos de esmoquin y ellas con elegantes vestidos de noche y joyas deslumbrantes. Yo llevaba unos vaqueros y un polo verde Lacoste por encima del pantalón. Hasta el mozo que aparcaba los coches me lanzó una mirada de «tú no perteneces a este mundo».

Yo había oído hablar de estas galas, incluso había trabajado de camarero en un par de ocasiones cuando acababa de llegar a Florida. El evento los acercaba a la vida social de la Vieja Guardia. Las invitaciones decían para tal o cual gala de beneficencia. Era más una plataforma para que unas cuantas veteranas exhibieran sus joyas y se pasearan con sus caros vestidos, comiendo caviar y bebiendo champán. A saber cuánto dinero llegaba a manos de la «causa» a la que rendían homenaje. Recuerdo haber oído que una mujer cuyo marido había muerto repentinamente decidió conservar el cadáver en hielo durante semanas hasta que acabó la temporada de las galas.

Allá vamos, Ned…

Agarré bajo el brazo el grueso paquete que los federales me habían dado y entré en el vestíbulo. Había mucha gente esperando, algunos vestidos formalmente, los botones del hotel con sus chaquetas rojas, unos cuantos clientes de indumentaria informal. Supuse que cualquiera de ellos podía ser uno de los hombres de Stratton que me vigilaba. O del FBI.

Lo más probable era que ahora el FBI estuviera preguntándose qué coño estaba pasando.

Miré mi reloj. Las 20.40. Había llegado con veinte minutos de antelación.

Me dirigí sin vacilar a la recepción. Me atendió una chica muy guapa, Jennifer.

—Creo que hay un mensaje para mí, en la casilla de Stratton.

—Señor Kelly —me saludó, con una sonrisa, como si me esperara. Se ausentó un momento y volvió con un sobre del hotel sellado. Le enseñé mi identificación y lo abrí. En una tarjeta del hotel, leí: *Habitación 601.*

Venga, Ned. Vamos allá. Aguanté la respiración un segundo e intenté calmar mis nervios.

Pregunté a Jennifer dónde se celebraba la gala de Formula-tudeseo, y ella señaló hacia el Salón de Actos, por el pasillo del vestíbulo que estaba decorado, y a la izquierda.

Apreté el paquete —el Gaume— bajo el brazo y seguí a dos parejas muy elegantes que seguramente se dirigían al salón de la gala.

De pronto, mi audífono captó una voz desfigurada por las interferencias. Era Ficke, y estaba cabreado.

—Maldita sea, Kelly, ¿qué estás haciendo? Vas veinte minutos adelantado con respecto al plan.

—Lo siento, Ficke. El plan ha cambiado.

102

Seguí avanzando hasta que vi el Salón de Actos. Subí por unos peldaños más allá del bar del vestíbulo.

Había una pequeña multitud en la puerta, hombres con esmoquin y mujeres con vestidos elegantes, todos ocupados dando su
nombre y presentando sus invitaciones. La seguridad no se parecía
en nada a la de los aeropuertos. Desde el salón llegaban los com-
pases de ese estilo de música que uno ha jurado que jamás bailará.
Yo me limité a mezclarme con la gente por atrás.

Una mujer de pelo blanco me miró como si yo fuera Sponge-
Bob SquarePants. Los pendientes de diamantes que lucía eran tan
grandes como las bolas de un árbol navideño. Me deslicé a su lado
y ya me encontraba dentro.

—¡Señor! —oí, pero ignoré la llamada.

Más te vale que te salga bien, Neddie.

El salón era, efectivamente, grandioso. Había flores por todas
partes y una araña imponente colgaba del techo artesonado. La orquesta tocaba *Bad, Bad Leroy Brown*, a ritmo de chachachá. Todas
las mujeres con las que me topé iban cargadas de diamantes: colla-
res, anillos, tiaras. Los hombres llevaban el esmoquin bien almido-
nado, con pañuelos blancos plegados a la perfección. Había un
tipo que vestía un *kilt* escocés.

Empecé a buscar desesperadamente a Stratton. Sabía que mi
aspecto estaba tan fuera de lugar como un maorí en una fiesta de
Su Majestad la Reina.

De pronto alguien me cogió por el brazo y me alejó de la multitud.

—La entrega de los pedidos es por la puerta trasera, señor
Kelly —me espetó al oído.

Me volví rápidamente. Era Champ el que me sonreía.

—Por un momento te engañé, ¿eh, colega?

Iba vestido como un perfecto camarero, y sostenía una bandeja de plata con crepes de caviar. Si no fuera por su pelo rojo, habría pasado desapercibido.

—¿Dónde está Stratton? —pregunté.

—En la parte de atrás. ¿Dónde iba a estar, si no, el gilipollas? —respondió con un codazo—. Es el que viste un esmo... Relájate, chaval —dijo mostrando la palma de la mano para disculparse—, sólo intentaba aligerar la tensión.

De repente divisé a Stratton entre la multitud. Luego busqué a sus matones.

—Ned —dijo Champ. Dejó su bandeja y me dio un apretón en el hombro—. Funcionará. La verdad es que me digo lo mismo cada vez antes de saltar, pero tengo unas cuantas vértebras en perpetua reparación que podrían desmentirme. —Me guiñó el ojo y chocamos los puños—. En cualquier caso, no te preocupes, chaval... Hay amigos en la casa. Te cubro la retaguardia.

—¡Ned! —Otra vez el audífono. Era Ellie—. Ned, ¿qué haces? Por favor.

—Lo siento, Ellie —dije, sabiendo que le entraría el pánico—. No dejes esta frecuencia. Por favor. Cogeremos a vuestro hombre.

Entre la multitud, veía caras que reconocía. Vi a Henry Kissinger. A Sollie Roth hablando con hombres de negocios importantes. A Lawson.

Y luego vi a Stratton, más atrás. Tenía una copa de champán en la mano y hablaba con una rubia con un vestido corto. Unas cuantas personas a su alrededor reían. La ironía era que acababan de enterrar a Liz, y Stratton ya se había convertido en el soltero más cotizado de Palm Beach.

Respiré hondo y me dirigí hacia él.

Cuando vio que me acercaba, abrió desmesuradamente los ojos. Hubo un momento fugaz de sorpresa y enseguida recuperó la compostura, con una ligera y asesina mueca en los labios. Los amigos de Stratton me miraron como si fuera el chico de los mandados.

—Ha llegado un poco temprano, señor Kelly. ¿No quedamos en que nos reuniríamos en la habitación?

—He llegado justo a la hora, Stratton. El plan ha cambiado. Me he dicho a mí mismo, ¿por qué perderse este maravilloso acontecimiento? Pensé que a sus amigos podría interesarles ver cómo hacemos negocios aquí mismo.

103

Arriba, en una de las *suites* del hotel, a Ellie le había entrado el pánico. No paraba de gritar en el micrófono:

—¡Ned! ¿Qué haces?

Pero él no contestaba.

—Vamos a abortar —decía Ficke—. Vamos a acabar con esta farsa.

—No podemos hacer eso —dijo Ellie, y se apartó de su puesto de escucha—. Ned está en el salón. Se ha encontrado con Stratton. Lo está haciendo ahora.

—Si tenemos que bajar al salón, agente Shurtleff —dijo Ficke lanzándole una mirada furibunda—, puede usted estar puñeteramente segura de que será para sacarlo de ahí, no para ayudarle. Se ha acabado el espectáculo —dijo, y se quitó los auriculares—. No pienso dejar que ese vaquero perjudique a la Oficina. —Hizo una señal con la cabeza al encargado de las operaciones—. Apagadlo todo.

—No —dijo Ellie—. Déme a dos hombres. No podemos irnos y dejarlo tirado. Se lo prometimos. Seguirá necesitando apoyo de todas maneras. Está cumpliendo con su parte. Ha ido a hablar con Stratton.

—Entonces, quédese a escuchar usted, agente Shurtleff —dijo Ficke, desde el vano de la puerta—. Seguimos grabando.

Ellie no podía creerlo. El tipo estaba sencillamente abandonando la operación. Y Ned seguía allí dentro. Sin apoyo.

—Dijo que nos traería a Stratton y eso es lo que está haciendo —dijo Ellie—. Se lo prometimos. No podemos irnos y abandonarlo a su suerte. Así sólo conseguiremos que lo maten.

—Puede quedarse con Downing —dijo él—. Y con Finch, que está en el vestíbulo. —Ficke la miró con cierta indiferencia—. Es una carta suya, agente Shurtleff. Es su problema.

104

—¿Hacer negocios aquí? —preguntó Stratton, sin que se le borrara de la cara esa sonrisa engreída e imperturbable. Aunque yo sabía que se debía estar preguntándose qué diablos estaba pasando.

Le contesté con mi propia sonrisa.

—Tú mataste a mi hermano, Stratton. ¿No pensarías que te iba a soltar sin hacerte sufrir?

Unas cuantas cabezas se volvieron. Stratton miró a su alrededor. Era evidente que lo había pillado con la guardia baja.

—No tengo la menor idea de qué está hablando, señor Kelly, pero no creo que un hombre que actualmente está acusado de delitos federales esté en la mejor posición para lanzar acusaciones contra mí.

—También mató a Liz —dije con voz lo bastante alta como para que cualquiera que estuviera cerca se volviera para oír mejor—. Y se inventó esa historia ridícula de que la engañaba porque ella estaba a punto de delatarlo. Robó sus propios cuadros y los revendió, y luego ordenó matar a esos chicos de Lake Worth para que pareciera un robo que acababa mal. Pero ahora busca algo. Algo que, por lo visto, no tenía que haber sido robado. ¿No es así, señor Stratton?

Enseñé el paquete precintado.

Él me miró con ojos desorbitados.

—Y bien, señor Kelly, ¿qué es lo que tiene usted ahí?

Lo tenía. Lo tenía acorralado. Alcancé a ver que esa máscara de siempre con que fingía controlarlo todo empezaba a resquebrajarse. En su frente asomaron gotas de sudor.

Vi que Lawson se acercaba entre la multitud. Y, peor aún, también venía hacia mí el matón de Stratton, el Coleta.

—Es una lástima que Moretti fuera asesinado por su padre —dijo Stratton—. ¿Por qué no le cuenta eso a todo el mundo? Creo que el que intenta ocultar algo es usted. Es usted el que ha salido de la cárcel con libertad condicional. No tiene ni la más mínima prueba.

—La prueba... —dije mirándolo fijo y sonriendo—. La prueba está en el cuadro —añadí enseñando el paquete—. El que usted me pidió que trajera aquí esta noche, señor Stratton. El Gaume.

Él miró el paquete. Se humedeció los labios, mientras se le cubría la frente de una pátina húmeda y reluciente.

Una corriente de murmullos recorrió la multitud, cada vez más numerosa. La gente intentaba acercarse, enterarse de lo que estaba pasando.

—Esto..., esto es absurdo —empezó a balbucear, buscando una cara amiga. La gente esperaba una respuesta. Yo me sentía en la gloria.

Y entonces se volvió hacia mí, pero en lugar de quitarse la máscara, su rostro comenzó a recuperar su flema habitual.

—Este patético montaje podría tener éxito —dijo con la mirada llena de ira— si en realidad tuviera el cuadro en el paquete. ¿No es así, señor Kelly?

El salón entero guardó silencio. Sentí que todas las miradas se volvían hacia mí. *Stratton lo sabía*. Sabía que no tenía el cuadro. *¿Cómo lo había averiguado?*

—Venga, ábralo. Muéstrele a todo el mundo sus pruebas. Me da la impresión de que esto no le servirá de gran cosa cuando llegue el momento de dictar su sentencia.

¿Cómo lo sabía? En ese momento, pensé fugazmente en todas las posibilidades. ¿Ellie? ¡Claro que no! ¿Lawson? No estaba enterado de la operación. Stratton tenía otro topo. Tenía un segundo hombre infiltrado en el FBI.

—Se lo advertí, ¿no es así, señor Kelly? —Me miró con una sonrisa gélida—. Le dije que no me hiciera perder el tiempo.

El Coleta me cogió por un brazo. Vi que Champ se acercaba entre la multitud, preguntándose qué podía hacer.

Le lancé una mirada de odio a Stratton. Sólo atinaba a repetir-me una única pregunta. *¿Cómo?*

—Porque yo se lo dije, Ned —dijo una voz entre la multitud.

La reconocí de inmediato. Y se me quebró el corazón. Todo aquello en lo que confiaba, todas mis certezas, se me derrumbaron.

—Ned Kelly —dijo Stratton sonriendo—. Creo que ya conoce a Sol Roth.

105

—Lo siento, chico —dijo Sol, y se apartó lentamente del grupo de curiosos.

Fue como recibir un puñetazo en toda la cara. Supe que me había puesto pálido, y me sentí aturdido, totalmente cogido por sorpresa. Sol era mi arma secreta, mi as en la manga para esa noche.

Sólo atinaba a mirar al viejo, atontado y confundido, como un peso enorme que caía arrastrando una planta tras otra por las telas de mi corazón. Había visto cómo mataban a mi hermano y asesinaban brutalmente a mis mejores amigos. Pero hasta ese momento no sabía bien contra qué estaba luchando. Los ricos en comparsa con los ricos. Eran un club. Y yo estaba fuera. Sentí que los ojos me quemaban.

—Tenías razón —suspiró Sol, como si fuera culpable—. Yo negocié una venta privada entre Dennis y un coleccionista muy paciente de Oriente Próximo. Tiene el cuadro a buen recaudo en una caja fuerte donde se quedará tranquilamente unos veinte años. Muy lucrativo, si se me permite opinar…

No podía creer lo que estaba oyendo. Cada palabra que salía de su boca era como una lanza hundida aún más profundo. *Espero que lo disfrutes, Sol. Y que lo gastes bien. Ese dinero sirvió para que mataran a mi hermano y a mis mejores amigos.*

Stratton hizo una señal al Coleta. Sentí un objeto no punzante contra las costillas. Una pistola.

—Pero lo que nunca me imaginé, maldito ambicioso hijo de puta —dijo Sol, de pronto cambiando de tono y mirando a Stratton—, era que toda esa gente iba a morir.

Stratton parpadeó, y la mueca de suficiencia en sus labios se desvaneció.

—Ni que fueras capaz de matar a Liz, cuya familia conozco desde hace más de cuarenta años. Maldito cabrón enfermo y retorcido.

Desorientado, a Stratton se le endureció la mandíbula.

—Nos quedamos mirando mientras le chupabas la vida del cuerpo, monstruo. Todos te vimos, de modo que todos tenemos una parte de culpa. Si de algo me avergüenzo en todo este maldito enredo, es de eso. Liz era una buena mujer.

Sollie metió la mano en el bolsillo de su chaqueta. Cuando la sacó, sostenía una bolsita. Adentro había una especie de llave. Una llave de hotel. Del Brazilian Court.

—Tal como lo habíamos planeado, la llave de Tess. —Sol se volvió hacia el Coleta, que seguía con la pistola hincada en mis costillas—. Te dejaste esto en el bolsillo, estúpido. La próxima vez tendrías que vigilar mejor a los que buscan en la ropa sucia.

Stratton miraba la llave como hipnotizado, y su rostro cobró un tono grisáceo. Todos los asistentes en el Salón de Actos vieron por su expresión que empezaba a entender.

Liz.

Liz había encontrado la llave de Tess. Liz lo había jodido desde el más allá.

Yo no sabía qué valía más la pena, si mirar cómo Stratton se derrumbaba ante su círculo de la alta sociedad, o imaginar cómo Dave y Mickey habrían flipado con esta encerrona. Sol me guiñó un ojo, como diciendo: *¿Qué te ha parecido, Ned?* Pero yo sólo pensaba: *Dios, espero que me estés viendo. Dave, espero que te lo estés pasando en grande.*

Y luego Sollie se volvió. No hacia mí sino hacia Lawson.

—Creo que ahora tiene las pruebas que quería…

El inspector dio un paso adelante y cogió a Stratton por el brazo. Nadie en la sala quedó más sorprendido que yo. Ellie y yo estábamos convencidos de que Lawson era un hombre de Stratton.

—Dennis Stratton, queda usted detenido por los asesinatos de Tess McAuliffe y Liz Stratton.

El magnate se había quedado helado, completamente horrorizado, y cuando le lanzó una mirada a Sollie, los labios le temblaban.

Y de repente todo empezó a cambiar. El Coleta me quitó la pistola de las costillas y, cogiéndome como escudo, apuntó al poli de Palm Beach. Champ salió corriendo de entre la multitud y cargó contra él con tal ímpetu que el tipo cayó rodando por el suelo. Lucharon por un momento, pero Geoff lo dejó tendido de espaldas.

—Detesto hacerte esto, chaval, pero me debes un guardabarros cromado de mi Ducatti. —Acto seguido, le dio un cabezazo en toda la cara. Con un crujido seco, la cabeza del matón rebotó hacia atrás.

Y al hacerlo, se le disparó el arma.

Al principio, gritos, gente empujando frenéticamente hacia la entrada.

—¡Están disparando!

Miré a Stratton, Lawson, Sollie... Y, al final, miré a Champ. Seguía ahí, quieto, a horcajadas sobre el Coleta. En sus labios se dibujó lentamente una sonrisa de incredulidad. Al principio, pensé que decía: *Ya lo ves, te había dicho que te cubría la espalda, chaval.* Pero después vi que se parecía más a un estado de shock. Champ empezó a sangrar y vi que se le empapaba la camisa blanca.

—¡Geoff! —exclamé. Había empezado a tambalearse. De un salto, lo cogí y lo tendí suavemente en el suelo.

—Mierda, Neddie —dijo mirándome—, ese cabrón tendrá que pagarme una moto nueva completa por lo que me ha hecho.

Sonó otro disparo, y luego el caos. El segundo guardaespaldas de Stratton había empezado a disparar. Vi que Lawson caía. Todos los demás se lanzaron al suelo.

Un disparo le dio al guardaespaldas en el pecho y lo hizo caer hacia atrás y a través de la ventana. En su caída, arrancó las cortinas de sus enormes soportes hasta dar con ellas en el suelo. Entonces vi a Stratton, que se había librado de Lawson y se escabullía hacia la puerta de la cocina.

Grité por el micrófono llamando a Ellie.

—¡Champ ha caído! ¡Le han dado! —Pero ella no contestaba. Yo había alterado los planes de todo el equipo. ¿Y ahora qué?

—Dios, chaval, vete —dijo Champ, y se humedeció los labios—. Lo tengo todo controlado por aquí.

—Tú, aguanta —dije, y le apreté la mano—. La poli llegará en un minuto. Finge que estás esperando una jodida cerveza.

—Sí, ahora mismo me sentaría bien una.

Cogí el arma del Coleta. Y salí en busca del hombre que había ordenado matar a mi hermano.

106

Los disparos habían cesado cuando Ellie y los otros dos federales llegaron al salón. Espantados por el tiroteo, los invitados vestidos con esmoquin y trajes elegantes se arremolinaban en la entrada. Cuando vieron las chaquetas con el distintivo del FBI, todos señalaron hacia el interior.

—Ha habido disparos. Alguien está herido.

Ellie entró en el salón con el arma desenfundada. El personal de seguridad del hotel ya había llegado. El salón estaba casi vacío. Las sillas y las mesas estaban tiradas, las flores desparramadas por el suelo.

Aquello pintaba mal.

Vio a Lawson apoyado contra una pared, con una mancha roja en el hombro. Carl Breen estaba arrodillado a su lado, gritando en un *walkie-talkie*. Había otros tres cuerpos en el suelo. Dos de ellos eran los guardaespaldas de Stratton. Uno estaba envuelto en una cortina, y parecía que estaba muerto. El otro era el Coleta, el cerdo que había perseguido a Ned. Estaba fuera de juego y no iría a ninguna parte.

Ellie reconoció al tercer caído por el pelo rojo.

¡Champ!

—Dios mío. —Se acercó a toda prisa. Geoff estaba tendido de espaldas con la rodilla en alto. Tenía el lado izquierdo empapado en sangre, la cara blanca y los ojos vidriosos.

—Oh, Dios mío, Champ… —Ellie se arrodilló a su lado.

Un agente de seguridad ladraba por su radio pidiendo una ambulancia. Ellie se inclinó y miró a Geoff a los ojos.

—Aguanta. Te pondrás bien —dijo. Le puso la mano en un lado de la cara. Sudaba y estaba frío. Sintió que los ojos se le llenaban de lágrimas.

—Ya sé que habrá que pagar muchos destrozos —dijo Geoff forzando una sonrisa—. Yo como camarero no soy muy bueno...

Ellie le sonrió. Le apretó levemente la mano y miró alrededor del salón.

—Salió persiguiéndolo, Ellie —murmuró Geoff. Miró en dirección a la cocina—. Ned se ha llevado el arma del Coleta.

—Mierda —masculló ella.

—Tenía que hacerlo —dijo el neozelandés, y se humedeció los labios.

—No me refería a eso —dijo Ellie. Se miró la pistola, y le dio un último apretón en la mano a Champ—. He visto a Ned con un arma en la mano.

107

Salí disparado por las puertas de la cocina que daban al salón. Los empleados de la cocina, asustados después de oír los disparos en el exterior, estaban que se subían por las paredes. Me miraban sin saber quién perseguía a quién.

Vi a un cocinero negro con sombrero de chef.

—Ha pasado un hombre vestido de esmoquin. ¿Por dónde ha ido?

—Hay una puerta trasera —dijo, finalmente, el chef—. Da al vestíbulo. Y arriba. A la parte principal del hotel.

Habitación 601, recordé.

Encontré las escaleras y empecé a subir. Bajaban dos adolescentes.

—¿Ha pasado por aquí un tío vestido de esmoquin? —pregunté.

Los dos señalaron hacia arriba.

—¡El tío lleva una pistola enorme!

Cinco plantas más arriba, abrí una puerta pesada y salí a un pasillo alfombrado de rojo. Agucé el oído para captar los pasos de Stratton. Nada. La habitación 601 estaba a la izquierda, hacia los ascensores. Seguí esa dirección.

Doblé una esquina y vi a Stratton. Estaba al final del pasillo e intentaba meter una llave electrónica en una puerta. Yo no sabía qué había adentro. Quizá contaba con ayuda.

—¡Stratton! —grité apuntándole. Se volvió hacia mí.

Reparé en un detalle y me dieron ganas de reír. De pronto, el talante siempre tranquilo del que lo tiene todo controlado se había transformado en una mirada frenética y llena de ira. Levantó el brazo y disparó. En la pared saltaron chispas cerca de mi cabeza. Apunté pero no disparé. Con todo lo que lo odiaba, no quería matarlo.

Pero Stratton vio que yo estaba armado y salió corriendo por otro pasillo.

Lo seguí.

Como una presa acorralada, empezó a probar las puertas cerca del vestíbulo de los ascensores. Estaban cerradas. Había una ventana, pero sólo daba al exterior.

De pronto se abrió una puerta y desapareció.

108

Tuve un recuerdo de lo más curioso mientras subía, pistola en mano, persiguiendo a Dennis Stratton por una oscura escalera de cemento.

Años atrás, en Brockton, Dave y yo nos enzarzamos en una pelea.

Calculo que yo tendría unos quince años, él tendría unos diez. Él y uno de sus chistosos amiguitos metían ruido como un par de simios estúpidos mientras yo intentaba besar a una chica, Roxanne Petrocelli, en Buckley Park, justo al lado de casa. Lo perseguí por entre las barras paralelas y me lancé sobre él. Creo que fue una de las últimas veces que pude dominarlo. Con una especie de llave, le tenía los brazos y el cuello clavados. Y no paraba de decirle: «¿Te rindes? ¿Te rindes?», esperando que él se diera por vencido. Pero el tío era duro y no se rindió. Yo apretaba cada vez con más fuerza, hasta que vi que la cara se le ponía roja. Pensé que si seguía apretando lo mataría. Finalmente, Dave gritó: «Vale, me rindo...» Y lo dejé ir.

Estuvo un momento recuperando la respiración, hasta que el color le volvió a las mejillas. Y luego se abalanzó sobre mí con toda su fuerza y me tiró de espaldas. Cuando rodó encima de mí, dijo con una mueca burlona:

—El tío Al dice que eres un loco cabrón.

No sé por qué me acordé de eso mientras subía en busca de Stratton. La escalera estaba a oscuras, unos reflectores enormes lanzaban potentes haces de luz hacia la noche. No lo veía por ningún sitio, aunque sabía que estaba ahí arriba.

Como un lejano tamborileo en mi cabeza, seguía oyendo: *El tío Al dice que eres un loco cabrón.*

Abrí una puerta metálica y salí al suelo de cemento de la azotea del hotel. La escena era casi irreal. Palm Beach hasta donde se perdía la vista. Las luces del Biltmore, el puente Flagler, los edificios de apartamentos en West Palm. Unas luces gigantescas, dispuestas como obuses, proyectaban rayos enormes contra las torres y la fachada del hotel.

Miré buscando a Stratton. ¿Dónde coño se había metido? Los muros alquitranados, los cobertizos y las antenas parabólicas eran sólo vagas sombras. Sentí un escalofrío que me estremeció de arriba abajo, como si en ese momento fuera un blanco fácil.

De pronto sonó un disparo y una bala se incrustó en la pared por encima de mi cabeza. Había fallado por centímetros.

—¿Qué pasa, señor Kelly? ¿Ha venido para vengarse? ¿Le parece dulce la venganza?

Otro disparo dio en la pared de la torre. Yo miraba hacia los focos de luz. No conseguía ver dónde se ocultaba.

—Debería haber hecho lo que prometió. Los dos estaríamos en mejores condiciones. Pero es por lo de su hermano, ¿no? Es como si todos los Kelly tuvieran el mismo estúpido orgullo.

Me agaché, intentando situarlo. Sonó otro disparo, que hizo saltar el alquitrán por encima de mi cabeza.

—Se acerca el final —cacareó Stratton—. Sin embargo, diría que teníamos algo en común, ¿no, Ned? Curioso que en nuestras conversaciones nunca llegamos a hablar de ella.

Sentí que me hervía la sangre. *Tess.*

—Era un culo muy dulce. Esos amigos suyos y su hermano…, eso sólo eran negocios. Pero Tess… De eso sí que me arrepiento. Usted también, seguro. Ah, pero si no era más que una puta.

Si lo que intentaba era enrabiarme, lo había conseguido. De un salto, salí de detrás de la pared y disparé dos veces en dirección a la voz de Stratton. Uno de los focos estalló.

Él respondió con un disparo. Sentí un dolor penetrante en el hombro. Me palpé enseguida. Se me cayó la pistola que tenía en la otra mano.

—Oh, lo siento. —Stratton apareció detrás del soporte de un foco—. Tendría que tener cuidado, colega.

Miré al cabrón. Vi ese ceño de superioridad que había llegado a detestar, su frente brillante y calva.

Y entonces lo oí. Era un ruido como *zoc-zoc-zoc* en la distancia. Se acercaba y sonaba cada vez más fuerte.

Y luego, en el cielo, un par de luces que temblaban y se acercaban a gran velocidad. Un helicóptero.

—Vuelve a equivocarse, señor Kelly —sonrió Stratton—. Vienen a buscarme a mí.

109

Ellie subió por la escalera junto a las puertas de la cocina.

Se topó con un camarero que bajaba a toda prisa farfullando algo sobre un tío que perseguía a un loco hasta el sexto piso. *Ned*. Ellie le pidió que le dijera al primer poli o federal que viera que siguiera sus pasos. Salió a la sexta planta y se encontró con un conserje aterrorizado que llamaba a gritos por teléfono a la seguridad del hotel. Le dijo a Ellie que había dos tipos ¡armados! en el tejado.

Ella volvió a comprobar el seguro de su arma y se precipitó hacia las escaleras de la torre.

¿Qué diablos estás haciendo, Ned?

Se secó el sudor de la cara. Oyó voces en la azotea. Cogió la Glock con las dos manos.

Subió rápidamente hasta la última planta. Miró hacia el exterior y vio los reflectores que iluminaban el tejado de la torre. Más allá se divisaban las luces de Palm Beach. Se apoyó contra la pesada puerta. ¿Y ahora qué? Sabía que Ned y Stratton estaban afuera. *Tranquila, Ellie*, se dijo. Es como en las prácticas de tiro. Hay que situarse fuera de la línea de fuego. Evaluar la situación. Y esperar a que lleguen refuerzos.

Salvo que en las prácticas de tiro el tipo que una amaba no estaba ahí para estropear toda la operación.

Se dijo que sabría cómo manejar la situación. Hizo girar el pomo de la puerta y respiró hondo.

Y entonces oyó el eco de dos descargas en la azotea. Eso lo cambiaba todo.

Estaban disparando.

110

Lo había estropeado todo como el perfecto aficionado que era. La idea de que Stratton pudiera escapar después de haber asesinado a Mickey y Dave, y a su propia mujer, me torturaba más que cualquier otra cosa.

—No se ponga tan triste, Ned —dijo Stratton con tono afable—, los dos haremos un viaje. Por desgracia, el suyo será un poco más breve.

Stratton lanzó una mirada para ver las maniobras del helicóptero y me hizo un gesto con la pistola para que me moviera. Yo no quería ceder, no quería darle la satisfacción de verme atemorizado, pero sabía que mi única posibilidad era seguirle el juego. El FBI estaba en el edificio. Alguien tendría que subir pronto a la azotea. Yo tenía que ganar tiempo como fuera.

Había un estrecho saliente de cemento frente a mí, a modo de cornisa, y era lo único que nos separaba de una caída de seis plantas.

—Venga, señor Kelly —dijo Stratton con tono burlón—. Ha llegado la hora de su gran reverencia. Le recordarán por esto.

El viento sopló con fuerza y yo empecé a asustarme de verdad. El helicóptero de Stratton ejecutaba un círculo cada vez más estrecho mientras descendía hacia la azotea. Frente a mí se desplegaban las luces de Palm Beach.

Stratton estaba a mis espaldas a menos de dos metros, y me apuntaba con su arma.

—¿Qué siente sabiendo que estará muerto mientras yo estoy tomando *mai-tais* en Costa Rica y leyendo sobre ese famoso tratado de no extradición. No parece justo, ¿no cree?

—Váyase al infierno, Stratton.

Oí el *clic* escalofriante de su arma cuando la bala entró en la recámara.

Cerré los puños con fuerza. *Ni pensarlo. No me acercaría a él.* Si quería matarme, tendría que apretar el gatillo.

—Venga, Neddie, pórtate como un hombre —dijo Stratton, y se acercó. El ruido ensordecedor de las aspas del helicóptero reverberaba contra las paredes del edificio. Oí la voz de Stratton, que se burlaba de mí—. Si le sirve de consuelo, Ned, con la influencia que tengo, en los tribunales me habría salvado de todas maneras.

Avanzó un paso. *No se lo pongas fácil, Ned.*

¡Ahora!

Apreté los puños y estaba a punto de volverme cuando oí una voz que gritaba por encima del rugido del helicóptero.

Era Ellie.

—¡Stratton!

111

Los dos nos volvimos. Ellie estaba a unos seis metros, en parte oculta por el resplandor de los reflectores en la azotea. Tenía los brazos extendidos en posición de disparo.

—Quiero que baje el arma, Stratton. Ahora. Luego quiero que se aparte de Ned. Si no, le meteré una bala en la cabeza. Y que Dios me ayude.

Stratton vaciló. Seguía apuntándome a mí. Sentí que un hilillo de sudor me corría por las sienes.

Me quedé totalmente quieto. Sabía que quería matarme. Con sólo darme un empujón, me precipitaría al vacío.

Stratton miró de reojo hacia el helicóptero, que giraba a unos diez metros por encima de nosotros. Se abrió una puerta lateral y alguien lanzó una escalera de cuerda.

—No lo creo —gritó a Ellie. Me cogió por la parte de atrás del cuello y me puso el cañón del arma en la cabeza—. No querrá ver cómo cae su amiguito. En cualquier caso, usted es una investigadora del arte. Dudo que pudiera dar en el blanco de *La Última Cena* ni aunque se la pintaran en un muro.

—He dicho que suelte el arma, Stratton.

—Lo siento, pero soy yo quien da las órdenes —dijo él, sacudiendo la cabeza—. Y ahora usted nos dejará ir hacia esa escalera. Nos dejará porque es la única posibilidad que tiene de salvarle la vida. Y mientras tanto, quiero que tenga mucho cuidado, Ellie, mucho cuidado, por si alguien en ese helicóptero le dispara.

—Ellie, ¡apártate! —grité.

—No va a ninguna parte —dijo ella—. En cuanto te separes de él, Ned, le volaré la cabeza. Y, Stratton, para que lo sepa, a pesar de mi licenciatura en bellas artes, desde aquí puedo meterle una bala en el ojo a un discípulo de *La Última Cena*.

Por primera vez, percibí que Stratton se ponía nervioso. Miró a su alrededor, cavilando cómo saldría de ésa.

—Por aquí, Ned —ladró en mi oído, presionándome con la pistola en la cabeza—, y no haga tonterías. Lo mejor que puede hacer es dejarme llegar hasta la cuerda.

Retrocedimos dos pasos, todavía sobre la cornisa. El helicóptero se acercó aún más y el ruido se hizo ensordecedor. La escalera colgaba a unos tres metros por encima de nosotros.

Yo miré a Ellie, intentando leer en sus ojos lo que quería que hiciera. Podía lanzarme contra él. Darle a Ellie un espacio para disparar. Pero estábamos demasiado cerca del borde.

Stratton tenía la vista fija en la escalera que se balanceaba más arriba, a no más de un metro.

—Ellie. —La miré pensando: *Dios, espero que entiendas lo que hago ahora.*

Me moví un poco hacia la izquierda, y Stratton también tuvo que moverse. De pronto, quedó iluminado por uno de los potentes reflectores. Manoteó para alcanzar la escalera, ahora a sólo unos centímetros.

—¡Ellie, ahora!

Lo empujé y Stratton se volvió con el arma hacia delante, cegado por la intensidad de la luz. Lanzó un grito.

—¡Aaah!

Ellie disparó. Vi un destello ámbar en la oscuridad. El disparo le dio a Stratton de lleno en el pecho. Éste se tambaleó hacia atrás cuando el impacto lo lanzó hasta el borde de la cornisa. Vaciló un segundo, miró hacia abajo. Y, de pronto, consiguió sostenerse en pie y se enderezó. La escalera quedó a su alcance y sus dedos se aferraron desesperadamente al último travesaño.

El helicóptero se elevó.

Stratton se balanceó un instante. Y luego, milagrosamente, se sostuvo en el aire. En su rostro asomó esa mueca burlona, como diciendo: *Ve, Kelly, se lo había dicho.* Levantó el brazo que tenía libre. Yo estaba tan aturdido por lo que había pasado que apenas vi lo que ocurrió a continuación.

Ahora me apuntaba con el arma. El cabrón pretendía matarme de todas maneras.

Sonó un disparo. La camisa blanca de Stratton explotó en un rojo vivo. Su pistola cayó. Luego cedieron sus dedos, e intentó desesperadamente agarrarse a la cuerda, pero sólo se encontró con la oscuridad.

Stratton cayó. Su grito desgarrado y frenético se desvaneció en la noche. Detesto reconocerlo, pero fue un grito que me procuró un íntimo regocijo.

Corrí hasta el borde. El tipo yacía tendido de espaldas en el círculo junto a la entrada del hotel. Una multitud de gente vestida de etiqueta y uniformes rojos se arremolinaba en torno a él.

Miré a Ellie. No sabía si estaba bien. Se había quedado paralizada, con los brazos extendidos.

—¿Estás bien?

—Nunca había matado a nadie —dijo asintiendo con la mirada perdida.

La abracé con mi brazo sano y la sentí hundirse suavemente en mi pecho. Durante un rato, nos quedamos quietos en el tejado del Breakers. No dijimos palabra. Nos mecíamos como… En realidad no sé cómo, como supervivientes de algo que la mayoría de la gente nunca llega a vivir, supongo.

—Cambiaste los planes, Ned. Eres un cabrón.

—Lo sé —dije, y la estreché—. Lo siento.

—Te quiero —dijo ella.

—Yo también te quiero —respondí.

Nos quedamos meciéndonos en la noche, de pronto tranquila. Y luego Ellie dijo con voz queda:

—Ahora irás a la cárcel, Ned. Un trato es un trato.

Le limpié una lágrima de la mejilla.

—Ya lo sé.

SÉPTIMA PARTE

El doctor Gachet

112

Dieciocho meses más tarde...

La puerta de la prisión federal se abrió con un zumbido electrónico y yo salí al sol de Florida convertido en un hombre libre.

Lo único que llevaba conmigo era la bolsa de mi equipo BUM con mis cosas y un portátil colgado del hombro. Salí al patio frente a la prisión y me cubrí los ojos para protegerme de la luz. Y, como en las películas, no sabía hacía dónde orientar mis pasos.

Había pasado los últimos dieciséis meses en el bloque de baja seguridad (seis meses de reducción de pena por buena conducta) entre defraudadores de la Hacienda Pública, timadores financieros y niñatos delincuentes de la droga que hay en este mundo. Con el tiempo, había conseguido avanzar en mis estudios para un máster en educación social de la Universidad del Sur de Florida. Resultó que tenía cierto talento. Podía hablar con un grupo de jóvenes delincuentes o de inadaptados sociales que estaban a punto de tomar las mismas decisiones que yo, y los chicos me escuchaban. Supongo que eso es lo que a uno le ocurre cuando ha perdido a sus mejores amigos y a su hermano, y además pasa dieciséis meses en una prisión federal. Lecciones de la vida. En cualquier caso, ¿qué diablos iba a hacer? ¿Volver a trabajar de socorrista?

Miré las caras de unas cuantas personas que esperaban. En ese momento, sólo había una pregunta para la que quería una respuesta.

¿Estaba ella allí?

Ellie me había visitado regularmente cuando comencé a cumplir condena. Iba a verme casi todos los domingos, me llevaba libros y DVD y me escribía simpáticas notas con las que amenizaba mis semanas. Coleman quedaba a sólo un par de horas en coche de Delray. Fijamos una fecha: el 19 de septiembre de 2005. El día que yo salía de la cárcel. *Hoy.*

Ellie siempre había bromeado diciendo que me iría a buscar en un monovolumen, como el día en que nos conocimos. No importaba que yo tuviera esos antecedentes y que ella trabajara para el FBI. Aquello la distinguiría, decía, riendo. La haría destacar entre los colegas de la Agencia. Sería la única agente que salía con un tipo que ella misma había puesto a la sombra.

—Ya puedes contar con ello —decía.

Hasta que, en un determinado momento, la Agencia le ofreció un ascenso. La enviaron de vuelta a Nueva York y la nombraron directora de la Oficina Internacional de Robo de Obras de Arte. Era un ascenso importante. Muchos viajes al extranjero. Las visitas empezaron a espaciarse y, en lugar de cada semana, eran cada mes. Y luego, durante la pasada primavera, cesaron del todo.

Nos escribíamos *e-mails* varias veces a la semana y hablábamos por teléfono. Me dijo que todavía me apoyaba y que estaba orgullosa de lo que estaba haciendo. Siempre había sabido que haría algo con mi vida. Pero yo detecté un cambio en su voz. Ellie era inteligente y una ganadora, e incluso había salido en la televisión después de cerrado el caso. Cuando faltaba poco para septiembre, me envió un *e-mail* diciendo que quizá estaría fuera del país. No quise insistir. Los sueños cambian. Eso es lo que tiene la cárcel. Con el paso del tiempo acabé pensando que si Ellie estaba esperándome sería como mi nuevo punto de partida. Y yo sería el tío más feliz de todo el sur de Florida. Si no... mala suerte, ahora los dos éramos personas diferentes.

Había un taxi y un par de coches que esperaban estacionados frente a la cárcel. Una familia de hispanos jóvenes se acercó entusiasmada a saludar a alguien.

Ellie no estaba. No había ningún monovolumen esperándome.

Pero había otro coche aparcado justo al otro lado de la reja al final del largo camino de entrada. Aquello me arrancó una sonrisa.

Era un Cadillac de color verde claro que conocía bien. Uno de los coches de Sollie.

Y apoyado en el capó, una figura familiar, con las piernas extendidas y cruzadas, vestido con vaqueros y una chaqueta deportiva de color azul marino.

Un pelirrojo.

—Ya sé que no es precisamente lo que te esperabas, chaval —dijo Champ sonriendo tímidamente—, pero tengo la impresión de que necesitas que alguien te lleve a casa.

Me quedé ahí, mirándolo, en medio del calor que subía del pavimento, y los ojos se me humedecieron. No había visto a Champ desde el comienzo de mi condena. Había estado seis meses hospitalizado. La bala le había perforado el bazo y el pulmón y luego rebotado en la columna. Sólo le quedaba un riñón. Ellie me había dicho que jamás volvería a correr en moto.

Recogí mi bolsa y me acerqué. Y pregunté:

—¿Dónde vamos?

—Los neozelandeses tienen un dicho: la casa está donde las mujeres roncan y la cerveza es gratis. Esta noche, tu casa tendrá que ser el sofá de mi salón.

Nos dimos un fuerte abrazo.

—Tienes buena pinta, Champ. Siempre he dicho que eras bueno arreglando los estropicios.

—Ahora trabajo para el señor Roth. Compró una distribuidora de Kawasaki en Okeechobee —dijo, y me pasó una tarjeta de visita. GEOFF HUNTER. EX CAMPEÓN MUNDIAL DE SUPERBIKES. SOCIO COMERCIAL—. Ya que no puedo conducirlas, me dedico a venderlas —dijo, y me cogió las bolsas—. ¿Qué te parece si nos largamos, chaval? Este viejo autobús me pone los pelos de punta. Nunca me he sentido seguro conduciendo estos aparatos con techo y cuatro ruedas.

Subí al asiento del copiloto y Geoff metió mis bolsas atrás. Luego se acomodó al volante, y observé que todavía tenía la espalda rígida.

—Veamos —dijo manipulando la llave del contacto—, recuerdo vagamente cómo funciona esto.

Aceleró el motor y arrancó con un tirón. Me volví y me di cuenta de que miraba por la ventanilla trasera una última vez, esperando algo que, sabía, no ocurriría. Las torres del centro penitenciario de Coleman fueron quedando atrás y, con ellas, parte de mis esperanzas y mis sueños.

Champ aceleró y el Caddie de veinte años pasó a una marcha que seguro no se había utilizado durante años. Me miró y me guiñó un ojo, impresionado.

—¿Qué te parece si vamos por la autopista, chaval? Y vemos qué puede dar de sí este viejo pájaro.

113

Sollie me mandó llamar a la mañana siguiente.

Cuando llegué a su casa, estaba viendo un programa de la CNN en la galería junto a la piscina. Parecía un poco más viejo, más pálido, si eso era posible, pero su mirada se iluminó al verme entrar.

—Neddie..., me alegro de verte, hijo.

A pesar de que nunca me visitó en Coleman, Sollie se había preocupado por mí. Me había puesto en contacto con el decano de los programas de posgrado de la Universidad del Sur de Florida, me facilitó libros y un ordenador, y aseguró a la junta de libertad condicional que me daría un empleo, si yo lo quería, cuando me dejaran en libertad. También me mandó una cariñosa nota de pésame cuando murió mi padre.

—Tienes buen aspecto, hijo —dijo. Me estrechó la mano y me dio unas palmadas en la espalda—. Las cárceles de hoy en día deben ser como el Ritz Carlton.

—Tenis, *mah-yong*, canasta —dije yo, y me toqué el trasero—. Tengo rozaduras del tobogán de la piscina —añadí sonriendo.

—¿Todavía juegas al *gin rummy*?

—Últimamente, sólo a cambio de coca-colas y tickets del economato.

—No importa —dijo, y me cogió del brazo—, haremos borrón y cuenta nueva. Ven, camina conmigo hasta la piscina.

Salimos. Sol vestía una camisa blanca con cuello de botones y unos impecables pantalones de golf color azul. Nos sentamos ante una de las mesas para jugar a cartas alrededor de la piscina. Sol sacó una baraja nueva y comenzó a barajar.

—Sentí mucho lo de tu padre, Ned. Y me alegro de que pudieras verlo aquella vez antes de que muriera.

—Gracias, Sol —dije—. Fue un buen consejo.

—Siempre te he dado buenos consejos, hijo —dijo, y cortó la baraja—. Y tú siempre me hiciste caso. Excepto aquella pequeña escapada a la azotea del Breakers. Pero al final todo salió bien. Todos consiguieron lo que querían.

—¿Y qué era lo que tú querías, Sol?

—Justicia, hijo. Igual que tú —dijo, y repartió lentamente las cartas.

Yo no recogí las mías. Me quedé sentado, mirándolo fijamente. Luego puse mi mano sobre la suya cuando él iba a dar vuelta a la primera carta.

—Quiero que sepas, Sol, que nunca se lo conté a nadie. Ni siquiera a Ellie.

Sollie se detuvo. Cogió sus cartas, golpeó suavemente con el canto en la mesa y las dejó boca abajo.

—¿Te refieres al Gaume? ¿Cómo sabía yo que tenía todo eso escrito en el dorso? Me parece bien, Ned. Supongo que ahora estamos en paz, ¿no?

—No, Sol —dije mirándolo atentamente—. No lo estamos. —Pensaba en Dave. Y en Mickey, Barney, Bobby y Dee. Asesinados por algo que nunca poseyeron—. Tú eres Gachet, ¿no? ¿Tú robaste el Gaume?

Me miró con sus ojos grises medio hundidos, y luego se encogió de hombros como un niño culpable.

—Supongo que te debo explicaciones, ¿no, hijo?

Por primera vez me di cuenta de que había subestimado totalmente a Sollie. Recordé ese comentario que había hecho en una ocasión acerca de Stratton, que se creía el pez más grande del estanque, aunque siempre había otros más grandes.

Ahora lo miraba fijamente.

—Te voy a enseñar algo, una sola vez, Ned —dijo, y dejó las cartas—, y para que guardes silencio para siempre te voy a pagar mucho dinero. Hasta el último centavo que pensabas ganar el día que fuiste a reunirte con tus amigos.

Yo intentaba conservar la calma.

—Un millón de dólares, si no recuerdo mal. Y, ya que estamos, ¿qué te parece otro millón por tus amigos y otro por Dave? Son tres millones, Ned. No te puedo pagar por lo que les sucedió. No puedo cambiar lo que ha ocurrido. Soy un hombre viejo. El dinero es lo único que tengo, estos días… Bueno, no del todo…

Vi que asomaba un destello en sus ojos. Se levantó de la mesa.

—Ven…

Me incorporé y Sol me llevó a una parte de la casa donde nunca había estado, un estudio en el ala donde quedaba su habitación. Abrió una puerta de madera que, pensé, era la entrada de un armario. Estaba frente a otra puerta. Había un teclado en la pared.

Con sus dedos delgados, tecleó un código. De pronto, la puerta se abrió. Era un ascensor. Me invitó a entrar con un gesto de la cabeza. Acto seguido, tecleó otro código. El ascensor se cerró y empezamos a bajar.

Unos segundos más tarde, el ascensor se detuvo y la puerta se abrió automáticamente. Había una sala pequeña con paredes llenas de espejos y otra puerta, de acero sólido. Sol pulsó un botón y se replegó una cortina metálica, revelando una pequeña pantalla. Apoyó la palma de la mano en la pantalla. Se encendió brevemente un flash, luego una luz verde. Y la puerta de acero se abrió con un zumbido electrónico.

Me cogió el brazo.

—Aguanta la respiración, Ned. Estás a punto de ver una de las últimas maravillas del mundo.

114

Entramos en una sala amplia y bien iluminada. Una alfombra gruesa, preciosas molduras en el techo en torno a una bóveda. Los únicos muebles eran cuatro sillas de cuero en el centro, cada una mirando a una de las paredes.

No podía creer lo que veía.

En los muros colgaban cuadros. Eran ocho. Ocho obras maestras. Yo no era ningún experto, pero sabía qué pintores eran sin tener que mirar en un libro. Rembrandt, Monet.

Una escena de la Natividad, de Miguel Ángel.

Imágenes impresas indeleblemente en mi cerebro. Aquello no tenía precio.

¡Una de las últimas maravillas del mundo!

—Dios mío, Sol —dije mirando incrédulo a mi alrededor—, sí que has estado ocupado.

—Ven aquí… —Me cogió por el brazo. En un atril de madera, instalado en el centro de la habitación, vi algo que sólo había oído describir. En un marco dorado sencillo. Una lavandera con su vestido gris. Junto a un aguamanil. Dándole la espalda al espectador. Un rayo de luz la iluminaba suavemente mientras trabajaba. Vi la firma en la parte inferior.

Henri Gaume.

Todas las demás eran obras maestras. Otro Rembrandt. Un Chagall. Miré a Sol.

—¿Por qué esto?

Él se acercó al cuadro. Levantó pausadamente la tela. Para mi asombro, vi que debajo había otro cuadro. Una escena que reconocí. Un hombre sentado ante una mesa en un jardín. Su pelo rojo asomaba bajo la gorra blanca. Ojos azules intensos. Había una mirada sutil y sabia en ese rostro, pero en sus ojos se reflejaba un aire melancólico. Abrí los ojos desmesuradamente. Estaba asombrado.

—Ned —dijo Sol dando un paso atrás—, te presento al doctor Gachet.

115

Parpadée, fijando la mirada en el hombre triste y encorvado. Era algo diferente al que había visto en el libro que me dejó Dave. Pero era, sin lugar a dudas, el Van Gogh. Había estado oculto todo ese tiempo tras el Gaume.

—El doctor Gachet perdido —anunció Sol con una mirada orgullosa—. Van Gogh pintó dos retratos de Gachet durante su último mes de vida. Éste se lo dio al propietario de su vivienda y ha pasado los últimos cien años en un ático en Auvers. Fue el que llegó a oídos de Stratton.

—Tenía razón —murmuré, mientras la rabia crecía en mi pecho. Mi hermano y mis amigos habían muerto por este objeto. Y era Sollie el que lo tenía.

—No —dijo Sol sacudiendo la cabeza—. Liz robó el cuadro, Ned. Descubrió lo del falso robo y vino a verme. Conozco a su familia desde hace mucho tiempo. Tenía la intención de chantajear a su marido. Ni siquiera estoy seguro de que supiera por qué este cuadro era tan importante. Sólo sabía que Dennis lo quería a cualquier precio, y ella quería hacerle daño.

—¿Liz?

—Con ayuda de Lawson. Cuando la policía respondió a la alarma.

Ahora me sentía totalmente confundido. Recordé al inspector de Palm Beach que Ellie creía que era un hombre de Stratton.

—¿Lawson? ¿Lawson trabaja para ti?

—El inspector Vern Lawson trabaja para la ciudad de Palm Beach, Ned —dijo Sol—. Digamos que de vez en cuando me pasa información.

Me quedé mirando a Sollie; ahora lo entendía todo con más

claridad. Lo miré como se mira a alguien que uno cree conocer pero que de pronto ve bajo una nueva luz.

—Mira a tu alrededor, Ned. ¿Ves ese Vermeer? *Las tejedoras*. Se dice que está perdido desde el siglo diecisiete. Sólo que no estaba perdido. Sencillamente estaba en manos desconocidas. Y ese Rembrandt, *El sacrificio de Isaac*. Sólo se habla de él en sus cartas. Nadie está seguro siquiera de que exista. Pasó casi trescientos años en una capilla de Amberes sin que nadie se diera cuenta. Es la mayor belleza de estos tesoros. Nadie sabe que están aquí.

Yo sólo atinaba a mirar sin poder disimular mi asombro.

—Y ese Miguel Ángel de ahí… —dijo Sol, señalando con la cabeza—. Ése sí que me costó encontrarlo.

Había un espacio en la pared entre el Rembrandt y el Vermeer.

—Ven, ayúdame —dijo Sol, y levantó el *Doctor Gachet*. Lo cogí de sus manos y lo colgué en la pared entre otras dos obras maestras. Los dos dimos un paso atrás.

—Sé que no lo entenderás, hijo, pero para mí esto es el final del viaje de mi vida. Te puedo volver a ofrecer tu trabajo de antes, pero dado que esta vez cuentas con ciertos medios, sospecho que hay otras cosas que querrás hacer con tu vida. ¿Te puedo dar un consejo?

—¿Por qué no? —dije encogiéndome de hombros.

—En tu lugar, yo iría al pueblo de Camille Bay, en las islas Caimán. Allá te espera un talón con el primer millón de dólares. Siempre que guardes nuestro secreto, habrá un talón todos los meses. Treinta y cinco mil dólares durante cinco años en una cuenta bancaria. Eso debería durar más que yo. Desde luego, si quieres pensártelo dos veces y resulta que la policía llega hasta aquí, consideraremos saldadas nuestras cuentas.

Durante un rato, ninguno de los dos habló. Simplemente mirábamos el *Gachet* perdido. Las pinceladas en remolino, los ojos azules, tristes y sabios. Y de pronto creí ver algo en ellos, como si el viejo médico me estuviera sonriendo.

—¿Neddie, qué piensas? —Sol miraba el *Gachet* con las manos a la espalda.

—No lo sé —dije inclinando la cabeza—. Está un poco torcido. A la izquierda.

—Es exactamente lo que pensaba yo, chaval —dijo Sol Roth
sonriendo.

116

Al día siguiente, volé hasta George Town en las islas Caimán. Un taxi azul me llevó a lo largo de la costa hasta la playa de Camille Bay.

Tal como había dicho Sollie, había una habitación reservada a mi nombre. No era exactamente una habitación sino, más bien, un increíble bungalow con techo de paja junto a la playa, a la sombra de unas palmeras altas que se mecían al viento y con una pequeña piscina privada.

Dejé la bolsa y me quedé mirando las aguas color turquesa.

En la mesa vi dos sobres sellados con mi nombre apoyados contra el teléfono.

El primero contenía una nota de bienvenida de A. George McWilliams, el director del hotel, junto a una cesta de frutas. Me informaba de que, como invitado del señor Sol Roth, me sintiera con total libertad para llamarlo a cualquier hora.

El segundo sobre contenía un resguardo del Royal Cayman Bank a mi nombre por la suma de un millón de dólares.

Un millón de dólares.

Me senté. Me quedé mirando el resguardo y volví a mirar el nombre, sólo para convencerme de que no estaba soñando. Una cuenta bancaria a mi nombre. Todos esos ceros maravillosos.

Dios mío, era un hombre rico.

Miré a mi alrededor, la vista sobrecogedora y la lujosa habitación, la cesta con plátanos, mangos y uvas, el lujoso suelo de baldosas, y entonces caí en la cuenta. Ahora podía pagar todo aquello. No estaba ahí para limpiar la piscina. No estaba soñando.

¿Por qué no estaba saltando de alegría?

Recordé mi viejo Pontiac Bonneville de hacía dos años, después de hacer saltar las alarmas. Estaba a punto de dar el golpe más importante de mi vida, ¿no? Soñaba con tomar unos martinis de naranja con Tess en un yate maravilloso. Un millón de dólares en el banco.

Y ahora lo tenía todo. Tenía un millón de dólares. Además, tenía las palmeras y la cala. Podía comprar ese yate, o al menos alquilarlo. De una manera torcida e irónica, todo se había hecho realidad. Podía hacer lo que quisiera con mi vida.

Y, sin embargo, no sentía nada.

Me quedé sentado a la mesa, y fue en ese momento cuando me di cuenta de otra cosa que tenía frente a mis ojos.

Algo que había estado mirando, pero sin verlo, junto a los sobres recién abiertos. Con gesto vacilante, lo cogí.

Era uno de esos viejos juguetes Matchbox, la réplica de un coche. Salvo que éste no era un coche cualquiera.

Era un pequeño Dodge monovolumen.

117

—¿Sabes lo difícil que es encontrar uno de ésos por aquí, pero de verdad?

Era la voz de Ellie a mis espaldas.

Me volví. Ahí estaba, con un bronceado perfecto y vestida con una falda tejana y una blusa rosada. Miraba, pestañeando, a contraluz, por el sol que se ponía a mis espaldas, y las pecas casi se le salían de las mejillas. Mi corazón se encendió, como un motor que acelera.

—La última vez que me sentí así —dije—, una hora después, toda mi vida se había derrumbado.

—La mía también —dijo ella.

—No viniste a buscarme —dije fingiendo sentirme ofendido.

—Ya te dije que estaría fuera del país —contestó—. Pero aquí estoy.

Dio un paso hacia mí.

—Tuve que volver a Palm Beach con Champ haciendo piruetas en un Cadillac de veinte años. Tardamos dos horas. ¿Sabes qué tortura es ésa? Peor que la cárcel.

Ella dio otro paso adelante.

—Pobrecito.

Le enseñé el pequeño monovolumen que tenía en la mano.

—Bonito detalle —dije—. No va a ninguna parte.

—Sí que va, Ned —dijo ella, con sus grandes ojos humedecidos. Se llevó las manos al corazón—. Va justo hasta aquí.

—Dios mío, Ellie. —Ya no podía aguantarme. Alargué los brazos y la abracé con toda mi fuerza. Su corazón latía como el de un pajarito. Me incliné y la besé.

—Esto no le parecerá demasiado bien al FBI —dije cuando nos separamos.

—A la mierda el FBI —dijo Ellie—. He renunciado.

Volví a besarla. Le acaricié el cabello y le acerqué la cabeza a mi pecho. Quería contarle lo de Sol. Lo que había visto en la casa. Sus obras maestras. El *Gachet* perdido. Me estaba matando. Si había alguien en el mundo que merecía saberlo, era ella.

Pero, como había dicho Sol, yo hacía caso de los consejos.

—¿Y qué haremos ahora? —pregunté—. ¿Vivir de mi máster?

—¿Ahora? Ahora saldremos a caminar por la playa, y espero que vayas a hacer algo romántico, como preguntarme si quiero casarme contigo.

—¿Quieres casarte conmigo, Ellie?

—Aquí no. Afuera. Y luego quizá hablemos un rato acerca de cómo viviremos el resto de nuestra vida. Hablando claro, Ned. Nada de juegos, ya basta de juegos.

Así que salimos a caminar por la playa. Y yo le pedí que se casara conmigo. Y ella dijo que sí. Y durante mucho rato no dijimos nada más. Sólo caminamos por la orilla y vimos el sol poniéndose en el paraíso.

Y de repente se me ocurrió que podría ser muy emocionante que un tipo como yo se casara con una ex agente especial del FBI.

Desde luego, pensaba que Ellie quizá creía lo mismo. Yo era Ned Kelly…, *el bandido*.

EPÍLOGO

118

Dos años más tarde…

El timbre del teléfono me pilló justo cuando salía a toda prisa. Tenía a Davey el travieso, de diez meses, en los brazos y estaba a punto de ponerlo, con sus diez kilos, en los brazos de Beth, nuestra canguro.

Ellie ya estaba en el trabajo. Había abierto una galería. En Delray, donde nos instalamos en un pintoresco chalé a pocas manzanas de la playa. Ellie se especializó en pintura francesa del siglo XIX, y vendía los cuadros en Nueva York y Palm Beach. En nuestro salón, por encima de la repisa de la chimenea, incluso teníamos un Gaume.

—Ned Kelly —contesté, apoyando el auricular en el hombro.

Llegaba tarde al trabajo. Todavía estaba en el negocio de las piscinas. Salvo que esta vez había comprado la empresa, Tropic Pools, la más grande de la zona. En aquellos días, trabajaba para los clientes más exquisitos desde Boca hasta Palm Beach.

—Señor Kelly —contestó una voz desconocida—. Me llamo Donna Jordan Cullity. Soy socia del despacho de abogados Rust, Simons y Cullity. Las oficinas de nuestro bufete están en Palm Beach.

Le comuniqué en voz baja a Beth que Ellie estaría de vuelta hacia las cuatro y media.

—¿Sí? —contesté.

—¿Conoce usted al señor Sol Roth? —preguntó la abogada.

—Sí, sí —repetí.

—Entonces, lamento informarle de que el señor Roth ha muerto.

Sentí que la sangre se me subía a la cabeza y, luego, un nudo en el estómago. Sabía que Sol había estado enfermo, pero siempre se lo tomaba a la ligera. Lo había ido a ver hacía menos de un mes. Y él había bromeado diciendo que pensaba asistir con Champ a un festival de Harleys cerca del Gran Cañón. La noticia hizo que me temblaran las piernas, como cuando había muerto mi padre.

—¿Cuándo?

—Hace más o menos una semana —dijo la señorita Cullity—. Sabía desde hace un tiempo que tenía cáncer. Murió tranquilamente mientras dormía. De acuerdo con sus deseos, sólo su familia lo supo.

—Gracias por informarme —dije con una sensación de vacío que se apoderaba de mi interior. Recordé la imagen de los dos juntos dentro de aquella sala, mirando esos cuadros. Dios mío, lo iba a echar de menos.

—En realidad, señor Kelly —dijo la abogado—. No sólo le llamo para informarle de su muerte. Se nos ha contratado para ocuparnos de la voluntad del señor Roth en lo que concierne a su herencia. Hay ciertas cosas a las que no queríamos dar publicidad. Dijo que usted entendería.

—¿Se refiere a los pagos que ha hecho en mi cuenta en las islas Caimán? —Entendía por qué Sol no quería darle publicidad. Ahora que estaba muerto, supuse que el saldo se pagaría íntegramente—. Puede disponer como a usted le parezca, señora Cullity. Siempre le estaré eternamente agradecido a Sol.

—En realidad —dijo ella, después de una pausa—, creo que deberíamos vernos, señor Kelly.

—¿Sí? —Me recliné contra la pared—. ¿Por qué?

—Creo que no me ha entendido, señor Kelly. No lo he llamado por ningún pago. Se trata de la herencia del señor Roth. Hay algo que ha querido dejarle.

119

Dos ases. ¿No fue así como lo llamaba hace cuatro años?

No, es bastante más que dos ases… Es como que te toque la lotería, chaval, como diría Champ. Es como el golpe con que se gana la Super Bowl cuando está a punto de acabar el partido. Chutas la pelota, que pasa por el arco, y el partido termina. No puedes errar.

¿Qué hace uno cuando la obra de arte más cara del mundo le cae en las manos?

Pues, para empezar, uno la mira. Quizá un millón de veces. Un hombre con su gorra blanca y la cabeza inclinada, ante una mesa, con una mirada melancólica.

Sí, la miras hasta que conoces cada pincelada, cada arruga de ese rostro cansado. Intentando entender cómo algo tan sencillo puede ser tan mágico. O por qué ha llegado a tus manos.

O si alguna vez quisiste ese dinero.

Quizá llegue a cien millones de dólares, según los cálculos de la abogada.

Y entonces se lo cuentas a tu mujer. Se lo cuentas todo. Todo lo que habías jurado no contar. Qué diablos, en cualquier caso el secreto de Sol ahora estaba a buen resguardo.

Y después de que ella te grita un buen rato y te quiere pegar, la haces entrar y la observas mientras ella lo ve por primera vez. Ves algo bello en la cara de tu mujer, algo más allá del asombro y la incredulidad.

—Oh, Dios mío, Neddie…

Como ver a un ciego que descubre el color por primera vez. La caricia mágica de sus ojos. La reverencia. Y tú también te quedas sin aliento.

Y coges al bebé de diez meses y lo sostienes frente a él y le dices:

—Llegará un día, Davey, en que podrás contar una historia muy pero que muy increíble.

Serán cien millones de dólares que no tendrás, chaval.

De modo que siempre se vuelve a esa pregunta. ¿Qué haces con el cuadro? Al fin y al cabo, ha sido robado, ¿no?

¿Montar una enorme juerga, como se estila en Palm Beach y que salga tu rostro en *Shiny Sheet* o en el *Today Show*? ¿Ingresar en la galería de la fama de *Artnews*?

Me quedé mirando a Gachet. Y entonces lo vi. En el ángulo de la cabeza inclinada. Los ojos sabios, melancólicos.

No son los ojos del médico que está ahí sentado, bajo el sol de junio. Son los ojos de la persona que lo está pintando.

Y me pregunté: ¿qué sabía él? ¿A quién pertenece de verdad este cuadro?

¿A Stratton? ¿A Sollie? ¿A Liz?

Seguro que a mí, no.

No, a mí, no.

Quiero decir, yo sólo soy un socorrista, ¿verdad?

120

Al año siguiente...

—¿Listos? —Ellie y yo bajamos con Davey hasta el mar.

La playa estaba maravillosamente tranquila y vacía aquel día. Las olas eran pequeñas. Unos cuantos turistas paseaban por la orilla mojándose los pies. Una anciana vestida toda de blanco, con un ancho sombrero de paja, buscaba conchas. Ellie y yo cogimos a Davey de la mano y lo dejamos saltar de las dunas al agua.

—Listos —contestó mi hijo, decidido. Su mata de pelo rubio era del color del sol.

—Mira. Así se hace. —Enrollé un trozo de papel y lo metí en la botella de cerveza Coors Light. Coors siempre había sido la preferida de mi hermano. Luego le volví a poner la tapa, la cerré con fuerza y le di con la palma de la mano. Le sonreí a Ellie.

—Con eso ya debe estar.

—Yo no lo conocí, Ned, pero creo que a Dave le habría gustado esto —dijo Ellie, con mirada de aprobación. Yo le lancé un guiño.

—Toma. —Le entregué la botella a Davey. Caminamos hasta la orilla donde las olas rompían suavemente—. Espera a que se retire la corriente —dije señalando hacia la espuma de las aguas revueltas—. ¿Lo ves, ahí?

Davey asintió con la cabeza.

—Ahora —dije bajándolo hasta el nivel del agua—. ¡Lánzala!

Mi hijo de veinte meses corrió hacia el agua y lanzó la botella con todas sus fuerzas. Cayó a sólo un metro, pero cogió la ola en su retirada y la resaca se la llevó, suavemente.

Una segunda ola le dio a la botella y la levantó, pero siguió aguas adentro, como si supiera cuál era su destino, y volvió a caer por encima de la cresta, más lejos. Todos gritamos hurras. Unos segundos más tarde, era como un pequeño navío que se había enderezado y ahora surcaba las aguas mar adentro.

—¿Adónde va, papá? —inquirió el pequeño Davey, cubriéndose los ojos para protegerse del aire luminoso del océano.

—Quizá al cielo —dijo Ellie mirando cómo se alejaba.

—¿Qué hay adentro?

Intenté contestar, pero se me quebró la voz y cerré los ojos.

—Es un regalo —contestó Ellie en mi lugar. Me cogió la mano—. Para tu tío Dave.

En realidad, lo que había metido en la botella era un artículo del periódico. Del *New York Times*. En los últimos días, lo habían copiado la mayoría de grandes periódicos de todo el mundo.

El mundo del arte se vio sacudido el martes por la tarde, cuando un cuadro donado en una subasta de beneficencia en Palm Beach, Florida, que era una supuesta reproducción del cuadro perdido de Van Gogh, fue inesperadamente identificado como un original.

Un grupo de expertos en arte, compuesto de historiadores y curadores de las principales casas de subasta, que estudió el cuadro durante varios días, lo ha autentificado como el *Retrato del doctor Gachet*, un cuadro dado por perdido hace tiempo, que el célebre artista pintó pocas semanas antes de su muerte. El doctor Ronald Suckling, de la Universidad de Columbia, director del grupo, dijo que su repentina aparición era «irrefutable», y que constituía un «acontecimiento tan espectacular como milagroso para el mundo del arte y para el mundo en general». Agregó que nadie tiene «la menor idea» de dónde ha estado el cuadro durante los últimos ciento veinte años.

Resulta más sorprendente todavía cómo de pronto el cuadro ha salido a la luz pública y cómo fue donado anónimamente a la Fundación Liz Stratton, una organización benéfica de Palm Beach creada para proteger a los niños víctimas de abusos, un proyecto en ciernes de la malograda

esposa del financiero de Palm Beach, muerta en una trági-
ca serie de crímenes que sacudió a esta famosa ciudad tu-
rística hace cuatro años.

El cuadro formaba parte de una subasta celebrada durante el acto benéfico inaugural. Según la portavoz de la
institución, Page Lee Hufty, «nos fue donado y entregado
de forma anónima. Ni por un segundo pensamos que podía
tratarse del original».

El valor de esta obra, estimada en más de cien millones
de dólares, la convierte en una de las donaciones más importantes a una asociación benéfica en toda la historia.

«Lo que lo hace todo más increíble —explicó Hufty—
es la nota que acompañaba el regalo. "Para Liz, para que finalmente este cuadro haga algún bien." La nota estaba fir-
mada por *Ned Kelly*, quizá una referencia velada al legenda-
rio bandido australiano del siglo XIX, famoso por sus buenas
obras.

«Es como una broma absurda, generosa e inexplicable
—dijo Hufty—. Sea quien sea, tiene razón, porque con este
regalo se hará un bien inimaginable.»

—¿Eso es el cielo? —preguntó el pequeño Dave señalando el
horizonte.

—No lo sé —dije observando cómo la botella lanzaba un último destello antes de perderse en el mar—. Pero si no lo es, está
muy cerca...

Visite nuestra web en:

www.umbrieleditores.com